# リテイク・シックスティーン

豊島ミホ

幻冬舎

# リテイク・シックスティーン

# 登場人物

小峰沙織　一年五組。見た目がお嬢なタバコ屋兼雑貨屋の娘。
貫井孝子　一年五組。沙織の友人。背は小さく態度は大きめ。
村山基和　一年五組。端整な顔立ちの吹奏楽部員。学校の傍に下宿している。
大海ちひろ　一年五組。おおらかで身体も大きい男子。村山と仲良し。
油屋芳子　一年五組。メガネをかけている、大人しめの美術部員。
車谷かな子　一年五組。長身にショートヘア。常に単独行動の女子。
小島　一年五組。クラスの女子の仕切り役。
野口　一年五組。五組の女子の中では存在感と声が大きい人。
原田　一年五組。野口の友人。見た目は女の子らしくかわいい。
高木　一年五組。吹奏楽部員の女子。赤いほっぺたがチャームポイント。
泉　一年一組。村山と同じ下宿の吹奏楽部員。
麻由子　沙織の母。家業を手伝わず、夜の仕事をしている。
ヤスシ　沙織の父。沙織の就学以前に、麻由子と離婚している。

# 1

「ねえ、誰にも言わないでね、誰にも言わないでね」

孝子《たかこ》が、いかにも秘密を告白しますという態度で切り出したのは、放課後の教室でのことだった。電車を待つためにふたりで残り、宿題を始めたはいいけれど、窓から吹き込む風が気持ちよすぎて——春の夕暮れの、本当にちょっとだけ冷たいくらいの温度だったから——ノートから顔を上げて、「なんか今の空気ってよくない?」「超いい超いい」なんてうなずき合ったところ。

好きな人ができた、とでも打ち明けられるんだろうと思って、私は簡単にうなずいた。中学校でも小学校でも、他人のそういう話を聞くのは別に好きじゃなかったけれど、クラスの人の顔も憶《おぼ》えきっていない、始まったばかりの高校生活の中でなら、無責任にきゃあきゃあ言って楽しめそうな気がした。

孝子は部活も委員会もやっていないから、「好きな人」と言ったらこのクラスの中の人だろう。誰かな、級長の中川くん? 英語の先生のつまんないダジャレに突っ込みまくる夏木くん? 痩《や》せっぽちで顔のきれいな村山くん……かろうじて名前を憶えた男子数人で何パターンか考えてみて、「うっそぉ」「どんなとこがいいの、ねえねえ」と言おうとした矢先、孝子が口を開いた。

「あたし、未来から来たの」

——ん?

今、私はなにをどう聞き違えてしまったのだろう。黄みがかった頰《ほほ》を赤らめた孝子の顔は、好きな人を告白しているようにしか見えないのに。

聞き返そうとして「え」と言葉にならない声を出したけれど、それは孝子の口から縷々《るる》とあふれる「告白」の続きに呑《の》まれた。

「二〇〇九年から来たから、二十七歳だったの。黙っておこうかと思ったんだけど、沙織《さおり》には黙ってらんないいんだもん、やっぱり」

ふたりきりの教室で、聞き間違いなど起こるはずもなかった。何も考えられない。孝子が息つぎをした短い間に、私はまばたきをひとつすることしかできなかった。

「あたし、ずっと無職でさ。二十七なのに、働かないで家でくさってて。人生やり直したい、って思った時に、高校からどうにかしたいと思ったのね。だからここに来たの」

——これって、夢？

そう思ってみても覚めない。当たり前だけど現実だ。

風は相変わらずやさしく吹き込み、胸まである私の髪を端からふわふわと巻き上げる。窓の外には、日の暮れようとする空と、裏山から張り出した木の枝、その枝越しの遠い街並みが見えた。五月、若芽がいくらか育った程度の落ちつかなそうな淡い緑の葉が、一枚一枚、目で確かめられる。そして私の隣の席を借りて座った孝子は、照れくさそうな笑みを浮かべている。

「あたし、今度は絶対、青春って言える青春を送るんだあ」

そう言うと孝子は、「ぎゃはっ」と笑ってノートの上に顔を伏せ、耳を赤くした。

ちなみに今は一九九七年五月、高校に入学したばかりの私たちは十五歳だ。

高校から家までは、バスと電車を乗り継いで三十分かかる。

まずバスで、市街地の駅まで。駅からは三方向に線路が延び、私の使う「山乃内《やまのうち》ほかほか線」はその中で唯一のローカル線だ。二両編成のディーゼルカーが、下校時刻には高校生でほどほどに埋まる。そうしてその高校生は、ほぼ同じ中学の同窓生だ。県境まで、沿線の中学はひとつしかない。

市内の女子高の子。工業高校の男子。他の路線から乗り換えてくる、少し遠くの共学普通科に通う子たち。ばらばらな制服がひとつの車両の中に交じる。中学時代の部活の先輩の顔も見られる。

四月のうちは、乗るとすぐ「あっ、沙織じゃーん」と誰かしら中学の仲間に声をかけられ、そのままお喋《しゃべ》りして帰ることが多かった。お互いの高校について「先輩怖い」とか「宿題多くて最悪」とか言い合って、電車が自分たちの駅に着く頃に「中学はよかったよね」って結論に落ちつく。でも、ゴールデンウィークが明けてみると、同じ制服同士が固まるようになっていた。一番仲がよかった、今は女子高に通うマミちゃんは、私の姿を見るとスマイルでひらひらと手を振ってくれるけれど、同じ高校の子たちとドアの前に輪をつくって、こちらの座席に寄ってくることはない。私はひとりで参考書を開く。女子が臙脂《えんじ》色《いろ》のネクタイを結ぶこの制服を着ているのは、車内で私だけだ。

淋《さみ》しくはない。黄色い声を上げて私の知らない話をする子たちが、気になるというわけでもない。でも、参考書に目を走らせながら、これを閉じてマミちゃんのところに声をかけにいったらどうなるのかな、今も普通に仲間に入れてくれるのかな……などと想像してしまう間が、あんまり好きじゃなかった。新しい生活を持て余している感じがして。

けれども今日、電車に乗ってみると、なんにも持て余す余裕がない自分に気付いた。

——「あたし、未来から来たの」。

孝子の言葉が頭を支配しきっている。いつもの癖で、カバンから参考書を出して広げてはみたけれど、目を落とすことすらせず、窓ばかり見ていた。国道沿いに立つ街灯の光が、時々飛ぶように流れていった。

——どこから突っ込むべきなんだろう……。

未来から「来た」ってなんだ。二〇〇九年にはタイムマシンがあるの？　理系に進む気のある私としては、手段を聞かずして「へー、そう」と呑み込める話ではない。それとも、あれはギャグの一種だったんだろうか。私がなにか適切に突っ込むことにより、新しい笑いとして昇華されるものだったんだろうか。……いや、孝子は本気だった。四月からの付き合いとはいえ、一ヶ月、教室移動と駅までのバス下校をともにした仲だから、ふざけてるのかそうでないかくらいはわかる。とすれば、孝子は、すさまじい妄想癖の持ち主ということになるけど。

ただ、「未来から来たの」を聞いてひとつだけ引っかかったことがある。入学式の時の孝子の態度だ。

式が始まる前の教室で、孝子はわざわざ、出席番号順に並んだ席で斜め後ろの私を振り返って話しかけてきた。一言目は「そのカバン、かわいいね」だったか、特に変わったものではなかったのだけれど、短めのスカートに垢抜《あか》けたショートヘアというスタイルの孝子が、私に話しかけてきたことは意外に思えた。私の前にいる茶髪の小島さんとか、隣でPHSをいじっている野口さんとか、もっと雰囲気が彼女に近い人はいたのに、なぜ孝子は私を選んで話しかけてきたのだろう。

「あたし、貫井《ぬくい》孝子」

そう告げて、私が名乗るのを待つ間、孝子は何故か鼻穴を膨らまして笑いをこらえるような顔をしていた。そして、私が「小峰《こみね》沙織です」と言うと、その顔を一気に崩してふにゃりと笑ったのだった。

その時は「なんか変なの」と思っただけで忘れてしまったけれど、これらはひとつの仮説で説明がつく。——〝孝子は既に私を知っていた〟。

——いーや、ないないない。

そこまで考えて、自分の思考の非現実性に呆《あき》れた。ない。絶対ない。タイムトリップが可能な二〇〇九年なんてありえない。

——こんなファンタジーより、明日からの対応を考えたほうがいいよね……。

どうしたもんかしら、と肩からため息をつく。こうしてひとりで電車に乗るまでも、結構大変だったのだ。孝子の告白を、どれくらい真に受け、どれくらい流すべきか。もし（妄想だとしても）真摯《しんし》に告白してくれたのなら、話をなかったことにするのは悪い。かといって、食いついて未来の話など聞き出そうとするのもばからしい。結局、「告白」を受けた私は「信じろって言われても、すぐさまハイとは言えない話だよね……」と素直な感想を述べ、孝子は例の照れ笑いをして、「だよねー！　ごめん」と話を切り上げたのだった。

「気にしなくていいよー。あたしが沙織に言っちゃいたかっただけだから」

最後にそう言われたけれど、時間になってバス停に移動してても、バスに乗ってからも、いつ「未来」の話を蒸し返されるのか、気が気じゃなかったし、むしろ私が蒸し返すべきなのか、それが友だちとしての態度なのかと、どきどきしっぱなしだった。

面倒なことになった。「友だちに好きな人を打ち明けられた」「そしてそれが自分の幼なじみだった」とかより、はるかに面倒な事態だ。

窓に映る自分の背が丸まっているのに気付いて、伸びをしたところで、横から声をかけられた。

「さーおり！」

「マミちゃん」

空《あ》いていた隣のシートに、マミちゃんが腰を下ろしたところだった。いつも一緒の子たちは、ドア前に固まってお喋りをしている。「どうしたの」と訊《き》く前に、「どうしたの」と言われた。

「今日元気ないじゃん。なんか勉強も上の空みたいだしさ」

――いつもひとりで参考書読んでるだけなのに、元気かどうかわかるもんなのか。

びっくりしたけれど、なにか考えるより先に「別にー」という言葉が口をついて出た。「高校の友だちが『未来から来た』と言い出した」なんて悩み、打ち明けられるわけがない。

　マミちゃんは「そーお？」と首を傾《かし》げ、「じゃあアレだ！　恋だ！」と言い出した。「残念ながらそれはない」と即座に斬《き》り捨てる。マミちゃんは「なんだ～」とつまらなそうな顔をした。

「沙織、共学でしょ？　しかも鶴高《つるこう》って男子のほうが多いでしょ？　いい男分けてよ～」

「分けるような人材がいたら、自分の彼氏にするわあ」

「言えてる。沙織、お嬢チックだからモテそうだし」

　モテそう？　そんなことない、私は高校に入ってから仲のいい男子のひとりもいないのに。まあ、仲よくなりたい相手も別にいないけど。

　しかし私が反論する前に、マミちゃんは「あー、そういえば」とさっくり話題を変え、カバンを探り始めた。六穴の手帳を取り出して、ビニールのポケットからプリクラを出してよこす。

「さっき三回も撮ってきちったー、沙織もらってちょ」

「ありがとー」

　揺れる電車の中で、使いづらい小さなハサミでプリクラを切り分ける。カーブに差しかかって電車が大きく揺れた時マミちゃんは「うおっ、自分の顔切るとこだった！」と声を上げた。

「最初から十六枚に切れてればいいのに」

「それくらい日本の高度な科学技術でやってくれって感じだよね」

　切った三枚をもらい、自分もプリクラを返そうと思ったけれど、定期入れと一体になった小さな手帳の中を見ても、春休みに従姉《いとこ》のお姉ちゃんと撮ったプリクラしかなかった。これは、高校に入ってすぐマミちゃんに分けている。

「ごめん、新しいのないや」と言うと、マミちゃんは「いいよー」と笑顔で首を振った。

「でも、今度撮ったらちょうだいね。沙織の高校の友だち、見たい」

電車がスピードを落とす。もう私たちの駅に着くところだ。マミちゃんはホームの灯《あか》りを見ると「あ」と声を上げて席を立った。ドアの前に固まった友だちのところに行こうとしたんだろう、でも一度私のほうを振り返って言った。

「沙織も一緒に行こう?」

ドアの前の彼女たちは、こちらに目もくれずお喋りを続けている。電車が止まって、誰かがドアボタンを押したところで、弾《はじ》けるように笑った。

「……私はいいや」

そう言うと、マミちゃんは「そっか、じゃまたね」と手を振って、脱兎《だっと》のごとく友だちのほうへ駆けていった。ドアが開くと同時に、誰かの肩に思いっきりもたれて、倒してしまいそうになるのが見えた。

「ちょーっと、線路に落ちるっ!」

「ごめーん」

私は半端にしかジッパーを閉じていないカバンを胸に抱くように持って、反対側のドアへ走る。女の子たちの声が近づいてくるより先に改札をくぐり、古い駅舎の外に出た。

ぱらぱらと出てくる高校生たちの集団から、足早に抜ける。私の家はすぐ駅前の小さなタバコ屋兼雑貨屋で、この古い商店に入るところを人に見られるのが好きじゃない。ガラス戸を開けて滑り込むように店に入ると、奥からおばあちゃんの「おかえり」という声がした。

私は電車を降りた時のまんまに抱えたカバンを持ち直し、横目で道路を見る。ガラス戸越しにも、駅舎の灯りは見え、誰かの甲高い笑い声が聞こえた。

何故か、孝子の言葉を思い出した。

──「あたし、今度は絶対、青春って言える青春を送るんだあ」。

黄ばんだ蛍光灯一本で照らし出された店の中を見回して、私は傍《そば》のポテトチップスにふっと息を吹きかけた。冷たい空気とともに埃《ほこり》が舞った。


「おはよっ」

翌日の孝子は遅刻寸前に教室に入ってきて、でかいビニール袋を机の上に置いた。

「なにそれっ」

斜め後ろの席についたまま訊くと、「二〇〇九年のメロン」という言葉が返ってきた。

──わあー、今日もばっちり未来ネタ引きずってるよー。

私が固まると、孝子は慌ててこちらに身を乗り出してきた。

「ちょっと、ジョークに決まってるでしょ。てか、調理実習の買い出し当番があたしなの、忘れた？」

「あ」

言われてみると、そうだ。一、二時間目の家庭科は調理実習。私と孝子は席順が近いから同じ班で、買い出し当番のじゃんけんも先週している。通常、こういう当番は電車通学でない人間がやるものだろうけれど、うちの班にはたまたま、電車通学の子しかいなかったのだ。

「こんなん持って電車乗るの恥ずかしいからさあ、坂の下のスーパーで買うつもりだったんだけど、あそこ九時からじゃん？　昨日の夜気付いて。気付いた時には地元のスーパー閉まってて。しょうがないから、市場寄ってきたよー」

「市場って！　どこにあんの、それ」

「駅の反対側。地元民以外の一年生は、普通知らないかもね」

ふうん、とうなずいてから、今の台詞《せりふ》も「未来ネタ」の可能性があることに気付いた。「地元民以外の一年生は普通知らないかも」＝「既に高校三年間分の知識があるあたしは知っている」？

——いや、考えすぎか。私が勝手に気にしているだけなのか。うう。

振り回されていることが悔しくて唇を噛《か》んでしまったけれど、孝子はそれに気付かない様子で、ビニール袋の中身を点検し始めた。

「ほうれん草と、にんじんと、スイートコーンね。メインの鮭《さけ》と調味料系は先生が用意してきてくれんだよね」

「うんうん、合ってる」

私も先週の家庭科で言われた買い出し項目を思い出してみる。メニューは「鮭のムニエル」、各班で準備することになっていたのは、つけあわせの野菜だけだったはずだ。

「やー、調理実習もひさびさだと新鮮だなあ！　エプロン、超かわいいの用意してきちゃった」

孝子ははりきっているらしく、教室中に響く声で喋っている。「ひさびさ」も未来ネタだと思うのだけれど、高校受験が明けて初めての調理実習だから、みんなにも不自然に聞こえないだろうか。私はひとりでひやひやしながら、精一杯笑みをつくった。

そこで私は、孝子の背中を見て立ち尽くす女の子がいるのに気付いた。今教室に入ってきたのか、リュックを背負ったまま、教壇からこちらを見ている。頬を隠すように大きく膨らんだおかっぱ頭に、分厚いレンズの銀縁眼鏡。名前はなんていったっけ、女子で出席番号一番の——。

私がそちらを凝視していたからか、孝子がくるりと振り返った。教壇にいる彼女の視線に気付き、呼びかける。

「油屋《あぶらや》さん」

そうそう、あぶらやさん。私はやっと思い出したくらいだったのに、孝子は、口をきいたことがないはずの彼女の名前を抵抗なく呼んだ。油屋さんのほうは少し戸惑ったのか、口をもごもごさせたけれど、孝子は椅子にふんぞり返ったまま彼女を手招きした。

「なんかしたのー？」

油屋さんは教壇から降りてきた。が、こちらへ寄ろうとはせず、机をふたつ挟んだ辺りに突っ立って、「なんでもないんだけど、ただ……」とつぶやいた。

「その野菜はどこで買ってきたのかなって……」

語尾が空中に溶けるようなか細い声だった。孝子は得意気に「市場市場！　駅の裏っかわにあるんだよねー、歩くと遠いけど！」と返事をする。

会話はそこで途切れ、油屋さんは、「あ、ありがとう」とぎこちなく口にすると自分の席へ歩いていった。ちょうどチャイムが鳴り、先生が入ってくる。

「なんだー、貫井！　八百屋か！」

先生が、孝子の机の上にごろごろしたままの野菜を目ざとく見つけて突っ込む。孝子が「本日特売っす」と言うと、ざわめきの中で数人が笑ったのが聞こえた。


ホームルームを終えると、さっそく移動することになる。特別教室棟への渡り廊下を歩きながら、孝子はエプロンを見せてくれた。「超かわいい」と言うくらいだから、どんなフリフリエプロンかと思いきや、ベージュのタータンチェックというシンプルなものだった。でも、確かにかわいい。

「沙織のもかわいいじゃーん」

孝子が私の手から水色の小花柄エプロンを取って言った。その時、私たちの横をすり抜けて前に出た油屋さんの姿が視界に入った。彼女はひとりで、足早に廊下を歩いていく。あっという間に特別棟の角を折れてしまった。

孝子は私のエプロンを持ったまま、しばらく黙っていた。そして声をひそめて言った。

「油屋さんさ、買い出し忘れたんだと思わない？」

突然そんなことを言われて、驚く。

「さっき、あたしの野菜超見てたじゃん！　あたし、彼女と電車の方角同じなんだよね。朝持ってなかったのに、学校来たらあたしが野菜持ってたから、びっくりしたんだよ」

「言われてみれば……」

確かに、彼女が買い出し当番で、孝子と同じように「電車を降りてからスーパーで野菜を買おう」と考えていたとすると、つじつまが合う。自分は開店前のスーパーに行ってしまって野菜を買えなかったのに、同じ電車で来た孝子はちゃんと野菜を持っていた。そりゃあびっくりして野菜を凝視もするだろう。

私の中では「なるほどね」って感じでおしまいだったのだが、孝子は私のエプロンを握り締めて「どうしよう！」と叫んだ。

「あたしが電車から降りる時、油屋さんに声かけてれば……でも、彼女が買い出し当番になってるなんて知らなかったし」

孝子は眉根《まゆね》を寄せ、深刻そうな顔をつくっている。悔やむほどのことでもないと思うんだけど。

「それは孝子が気にすることじゃないんじゃない？」

「でも、同じクラスで同じ電車に乗ってんだから、普段から喋っておくべきだったんだよやっぱり！　そしたら買い出し当番だってこともわかって、今朝一緒に市場に行けたのに！」

――ええ～？

正直、何故孝子がそこまで熱くなるのかわからない。忘れ物なんて個人の責任だし、同じ電車に乗っているクラスメイトだからという理由で、つるむ必要もないと思う。

そこまで考えたところで、ふと、自分の通学電車のことが頭をかすめた。同じ制服で輪をつくる中学時代の友だち。そこに寄っていけない私、寄ってこない彼女たち。

「今から行って野菜半分わける」

孝子が唐突に走り出そうとしたので、私は肩をつかんで止めた。

「やめなよ！　そういうことは先生が……」

そこに、「貫井ちゃーん」と声が割り込んできた。後ろから走ってきた同じ班の小島さんが、孝子の背中をポンと叩く。

「野菜、ちゃんと買ってきたあ？」

小島さんの顔を見ると、孝子は走り出そうとしていた足を引っ込めて、「あ、うん」と返事をした。

「うーわ、このエプロンかわいいー」

小島さんはそのまま孝子の横につき、私たちと並んで歩き出す。「沙織のだよ」と言って孝子が小花柄のエプロンを私の手に戻すと、小島さんは私の顔を見て「かわいいねー」とにこにこした。油屋さんを追いかける余地はなさそうだった。

「野菜がない？」

調理実習が始まってすぐ、家庭科教師のナベちゃん（五十歳・既婚）がすっとんきょうな声を上げた。私たちの斜め後方の調理台――油屋さんのいる班のテーブルで、生徒がうなだれている。

席順は入学式の時のまま出席番号順なので、男女通しの番号を使っていないうちの高校では、男女が教室の右と左にぱっくりと分かれる。今日の調理実習も、女子だけの班がふたつ、男子だけの班が三つなのだが、油屋さんのところは男女の境目なので、男子四人、女子ふたりの混合班だった。

「誰なの、買い出し当番は」

ナベちゃんが言うと、油屋さんがおずおずと手を挙げた。他の班員が、責めるような目を彼女に向ける。そして私を含め教室中の視線が、そこの班に集まっていた。ナベちゃんが振り返って、

「はいはい、他の班は作業始めて！」と手を叩く。

私は野菜を手に取って洗い始めたけれど、隣の孝子は、突っ立って油屋さんのほうを見たままだった。「孝子」と私が肘《ひじ》でつつくのと同時に、小島さんが「じゃー分担決めようかー」とみんなに呼びかける。

「野菜は小峰さんが洗ってくれてるから……誰かムニエルの下ごしらえ進めて」

「あ、じゃあウチらが」「焼くの責任重いからやりたくないし」と、小野さんと田家《たけ》さんが手を挙げる。高木さんが「あたしむしろ焼きたい、バリバリ焼く」と主張するので、小島さんが「私も焼きたいから、じゃあふたりで焼く係になろ。最初は洗い物とかでサポートね」と言った。クールな車谷《くるまたに》さんが、「私は洗い物メインで」とつぶやく。

「じゃあ、小峰さんと貫井ちゃんがつけあわせの野菜のほう、進めてくれるかな？」

小島さんにそう仕切られ、私は孝子と一緒にうなずいた。

油屋さんたちの班はしばらく叱《しか》られていた。孝子はまな板を出して、野菜を切る作業に入ったけれど、時々あちらの班に目を走らせていた。

「孝子、にんじん、グラッセだから。銀杏《いちょう》切りじゃないよ」

「ああ、あぶねっ」

やっぱり上の空だ。そんなに気になることだろうか、と思いつつ、孝子につられて油屋さんたちの様子をうかがってしまう。

「この班は、つけあわせなしでやってもらいます」

ナベちゃんが宣言し、男子たちが「えええっ」と悲鳴を上げる。調子のよさそうな坊主頭の人が「こういう時、普通他の班からわけてもらいますよねっ」と取りすがったけれど、ナベちゃんは聞き入れなかった。

「同じ班の人は、前の日に確認しなかったぶんの連帯責任があるけど、他の人たちにはなんの責任もないでしょう? なのに野菜をわけるなんておかしいじゃない。はい、ムニエルだけ始めて」

その班の人たちも、遅れてしぶしぶと作業に入った。誰かが「でも、野菜のぶんラクになったっちゃーなったよなっ!」と笑うと、教壇に戻ったナベちゃんが「そのぶん点数も引きます」とシビアに言い放った。一瞬にして、教室内の空気が悪くなる。

「わー、きっつ」

私の横に座った小島さんがつぶやく。油屋さんの班では、背の高い男子が、「マジかよ」と吐き捨てたところだった。油屋さんは、うつむいて流しの前に突っ立っている。ごめんなさい、と唇が動いたように見えたけれど、声は聞こえなかった。

「まあ、やるしかないじゃん？」

もうひとりの女子、井上さんがそう言って場をとりなしたけれど、背の高い男子は、持ってきたボウルを乱暴に調理台に叩きつけ、ガンという音を教室中に響かせた。

——うわー。うわー。

見ているこっちまでいたたまれなくなり、「男子のああいう行動って引くね」と孝子に囁《ささや》こうとした。が、孝子はちょうどデカい声で言い放ったところだった。

「感じワル」

——え？

また空耳？　と思ったけれど、孝子は包丁を置いて例の背の高い男子を睨《にら》みつけていた。

「布川《ふかわ》くん、自分は悪くないみたいなポーズだけどさ、どうなのそれ」

ふかわ、というのが彼の名だったらしい。向こうの調理台から振り返ってこっちを見た。当然、でかい声で演説を始めた孝子に、クラスメイト全員の視線が集まっている。私はつい、孝子から五センチくらい離れてしまった。

「あんた西中でしょ。地元じゃん。他にもその班、地元の人間いるよね。なのに電車通学の油屋さんに買い出し当番押し付けて、なんとも思わなかったの？」

家庭科室は今や、静まり返ってしまっている。呼びかけられている当人、布川くんも、なにが起こっているのかが理解できないらしく、きょとんと孝子の顔を見ているだけだ。教卓に肘をついたナベちゃんは、我関せずという顔でそっぽを向いている。

「この街に通うようになったばっかりの人間が、どこにスーパーがあって何時からやってるかなんて知るわけないじゃん。したら、率先して地元の子が買い出ししてくれたらいいんじゃない？公平にジャンケンで決めたんだとしても、せめて前日に念押ししといたらいいじゃん。登校時に開いてる店がどこか、って」

孝子の演説は続き、私は横でどきどきしていた。なんでだろう、話しているのは自分じゃないし、見られているのも自分じゃないのに、心臓が破れそうだった。顔が赤くなっているのがわかる。

——孝子、そんなこと言わなくていいよ。普通言わないんだよ。

心の中で呼びかけた。同じ教室にいながら接したことのない布川くんが、キレるのかどうかわからなくて怖かった。けれども孝子は顔色ひとつ変えず、「油屋さんだけが悪いって言いきれないでしょ」と話を結んだ。

あとには静寂だけが残った。布川くんは、口をきいたことのない孝子にいきなり説教されて反応しようがなかったのだろう、結局「はあ」と言ったきり、調理台に向き直ってしまった。

孝子もまな板に視線を戻し、野菜を刻み始める。とんとんとん、という音が孝子の手元だけから聞こえていたけれど、やがて他の場所でもことことと作業が始まり、ゆっくりと音が戻っていった。

私は窓にもたれて、しばらく呼吸を整えようとしていたけれど、この部屋の中にもうひとり、胸を押さえて顔を赤くしている子がいるのに気付いた。油屋さんだった。

「……ブラボー」

隣の調理台で、男子の小さな声がした。私の見間違いでなければ、顔のきれいな村山くんのつぶやきだった。


「あのっ」

調理実習が無事終わり、結局高木さんが焦がしたムニエルでお腹を満たして家庭科室を出たところで、後ろから声をかけられた。

教科書を抱えた油屋さんが立っていた。したがって、声をかけられたのは私ではなく、隣にいる孝子ということになる。

「ありがとう……さっきは」

油屋さんは眼鏡の下の頬を赤くして言った。やっぱり聞き取れないくらいの声だった。

「や、やっぱり悪いのは私だと思うんだけど……でも、嬉しかった。です」

今にも泣き出しそうな油屋さんは、ちびの孝子より小さく見えた。孝子は口を歪《ゆが》めて笑い、「いいってことよ」と時代劇のヒーローみたいな台詞を言う。それがあんまり決まってなかったので、私は隣で小さく笑ってしまった。

油屋さんはもう一度頭を下げると、廊下を駆けていった。孝子はしばらく棒立ちになってその背中を見ていたけれど、突然、くくく、と笑い出して、「沙織、沙織」と私の袖《そで》を引いた。そのまま、傍の女子トイレに引っぱり込まれる。

トイレの中に入ると、孝子は声を立てて笑い出した。特別棟のトイレなので、人気《ひとけ》はない。何事かと思ったけれど、孝子はひとしきり笑ってから、私の肩にすがって言った。

「……最初の調理実習で買い出しをすっぽかしたのは、あたしなの」

「は？」

なにを言われているのか、最初はピンと来なかった。けれども孝子が語るうち、言わんとすることはわかった。

「買い出しなんて地元の子が行ってくれればいいのにとか、さっきのは全部、昔のあたしの言い訳なの。油屋さんをかばったんじゃなくて、自分をかばってたんだよ」

――「未来ネタ」だ。

つまり、過去の孝子は、油屋さんと同じように買い出しを忘れたことでみんなに責められた。だから、同じ失敗をした彼女をかばっただけだ――そういうことに、孝子の中ではなっている。

孝子はまた、くくく、と笑ったまま、私の腕にぶらさがってしゃがんだ。

「あーもう、笑っちゃう……地元のスーパーで前の日に準備しとけばよかったのに、昨日の夜『げ、こんなくだらない失敗繰り返してる！』ってびっくりしちゃったよ。しかも、あたしが怒られたのは小島だったけど、油屋さんが怒られてんのは男子だし。怖かったー、やべー、今さら膝《ひざ》の力抜けてきた」

どうでもいいんだ、と突然思った。私の腕にくっついた孝子の手が、小さく震えていたので、未来の話が嘘《うそ》でもホントでも、どうでもよくなってしまった。

——「人生やり直したい、って思った時に、高校からどうにかしたいと思ったのね。だからここに来たの」。

妄想でもなんでもいいじゃないか。この子が全力で「やり直」そうとしてるなら、「青春って言える青春を送」ろうとしてるなら、それが悪いことなわけがない。そして隣にいる私は、「普通」の友だちには見せてもらえないような面白いものを、見せてもらえるんじゃないだろうか。

私は孝子の手を一度離して、強く握り直した。

「ぶらさがんないでよ、重いよお」

「だぁって」

孝子はまだしゃがみ込んで笑っている。その顔がどこか泣いてるようにも見える。

小さく開いたトイレの窓から、風が吹き込んで一瞬臭気を払った。青空が、細い長方形に切り取られてそこにある。小さい面積しか見えないのに、まぶしかった。

「……孝子。今日は帰り、早いバスに乗って駅前行かない？」

しゃがんだままの孝子にそう言った。孝子はやっと立ち上がって、「へ、なんで？」と間抜けな声を出す。

「プリクラ撮ろ」

私が言うと、「出た『プリクラ』！　懐かしすぎ！」とまたゲラゲラ笑い出されてしまった。

並んでトイレを出ると、廊下にはもうクラスメイトの姿はなかった。

「あー、布川くんこえー。復讐《ふくしゅう》とかされないかな？」

「それはないんじゃない？　怒ってなかったし。多分」

「『多分』じゃダメなんですけどー」

他愛のないお喋りをしながら、廊下を歩いていく。ここ一ヶ月繰り返してきた、どうということのない光景だけれど、昨日よりは少しだけ、「青春」に近い気がする。

2

高校で初めて渡された「定期考査成績表」は、短冊《たんざく》のような長い紙を二つ折りにしたものだった。二定《にてい》から五定《ごてい》まで、まだほとんどのマスが真っ白なぴんとした紙の中に、一行ぶんだけ成績が書き入れられている。

そして、孝子のそれにはさっそく赤い字が交じっていた。

「信じらんない……」

孝子がうなだれている。彼女が持っているのは私の成績表だ。初めて手にした成績表がなんだかもの珍らしくて、私から「見せ合いっこしない？」と言ったのだった。

しかし、孝子の成績はお世辞にもいいとは言えない。赤点の数A30点を始め、化学がぎりぎり黒の51点、倫理58点。地理で61点しか取れてないのもちょっと気になる。

「未来から来たんだったら、高一のテストなんて満点取れるんじゃないの〜？」

私は孝子の目の前で成績表をひらひらさせて言った。孝子が慌ててそれを取り返す。

「だからこそ、だよ！　沙織やみんなはこの間まで受験勉強頑張ってた中学生だろうけど、あたしは二ヶ月前まで二十七歳だったんだもんっ、数学なんてとっくの昔に忘れてるわ！」

放課後の教室で「未来から来たの」という告白を受けてから一ヶ月。六月に入って、一回目の定期考査の結果が返ってきても、孝子の「未来ネタ」は相変わらず続いている。私もだんだんそれに慣れてきて、適当に切り返したり茶化したりできるようになってしまった。

この一ヶ月でわかったのは、孝子の頭の中の「未来」が、かなりの精度でつくりこまれているということ。

「っつーか、コレ元の成績より悪いよ。あたし、赤点は二定からのはずだったのに。しかも、沙織は前にも増して優等生になってるような……」

孝子が、壊れ物を扱うようにして、私の成績表をトレイの端っこに返した。オレンジのトレイには、ハンバーガーとコーラがのっかっている。

ここは駅前のハンバーガーショップだ。周りにはクラスメイトこそいないけれど、他校生や先輩たちの姿がちらほら見える。孝子は、直接言いふらすのでなければ人前で「未来ネタ」を喋ってもいいと思っているらしい。実際、わざわざ私たちの会話を聞いて割り込んでくるほど好奇心旺盛《おうせい》な人間は教室にはいなかったし、私も今やどこで「未来ネタ」を聞こうが抵抗はない。もちろん二十七歳の孝子がタイムトリップでこの九七年にやってきたなんて信じているわけじゃないけれど、フィクションとして楽しむぶんには、別に恥ずかしくない気がしてきている。

「ていうかー」

孝子が珍しく声をひそめ、身を乗り出してきた。私はストローを口に含んだまま、孝子のほうにちょっとだけ耳を寄せる。

「実は、もう色々違ってきちゃってんだよね。『元の世界』と」

孝子は、重大な事実を告げるかのような重々しい声で言った。私は首を傾げる。

「え、そりゃ違うでしょう。だって、孝子は色々変えるために……やってきたんでしょ？　変わんないほうががっかりじゃん」

今度こそ青春らしい青春を送る、そのために過去にやってきたのだ——孝子はそういう意味のことを言っていたはずだ。孝子の頭の中の「過去」と、今の状態にズレが生じなければ、そっちのほうが困った事態ではないか。

けれども孝子は「や、そりゃ確かにそうですけど、そういうことじゃなくてさー」とさらに声を小さくする。

「なんか、努力の結果だけじゃなくて、偶発的な部分も全部変わっちゃってんだよね。今日の席替えの結果見て、すんげーびっくりしちゃったよ」

席替え。そう、今日うちのクラスでは初めての席替えが行われた。入学以降、斜め同士で同じ班だった私と孝子は、それぞれ教室の最前列と最後列に散った。……とはいえ、授業中にこそこそお喋りをしていたわけでもなし、教室移動と放課後とお弁当が一緒な私たちの行動に変わりはない。

「なんか不満でもあるの?」

と訊くと、孝子は食べきったハンバーガーの包み紙を握り締めて言った。

「隣だよ隣。あたし、一定明けの席替えは村山くんの隣になるはずだったのに!」

ちなみに、さっきちらりと見たら、廊下側ブロック最前列の孝子は、なんだかずんぐりむっくりした男子の隣になっていた。まあ残念っちゃ残念かな……と、そこまで考えて、私は固まってしまう。

「えっ、孝子、村山くんのこと……!」

数少ない、顔と名前が一致するクラスメイトながら、私は孝子との会話で彼のことを口にしたことがなかった。調理実習の時、孝子に「ブラボー」とつぶやいたのは確かに村山くんだったと思うけど、あのあと彼と孝子が口をきいたというようなことはないし、私も特に接する機会はない。突然その名前を出されて、驚きのあまりコーラでむせてしまった。みっともなく咳《せ》き込んだ私に、孝子は「大丈夫~?」と言ってから続けた。

「好きとかそういうんじゃないよ。彼、地味だけど顔きれいじゃん? 目の保養っつーかさ、教科書忘れて隣の人に見せてもらうんでも、ああいう人だと得した感じするじゃん」

さっぱりと言いきる。それを聞くと、なんだほんとに気がないんだな、とわかってしまった。肩透かしを食らった気分になる。変なの、今まで人の恋愛沙汰《ざた》なんて興味なかったのに。

孝子は空《から》に近くなったコーラを思いっきり吸い上げてストローを鳴らしたあと、「あー、でもあんな人とお付き合いしたらそれこそ〝青春〟って感じだよね、いいよねー」と軽く言った。それを聞いて、ふと、孝子に訊いてみたいことが浮かんだ。

「あ、ねえ。うちのクラスで、カップルになる人っていないの？」

今まで、「未来」の真偽を試すような質問はなるべくしないようにしてきたのだけれど（だって答えに詰まらせても面白いことないし）、それは純粋に訊いてみたかった。案外面白い答えが聞けるのかもしれない、と思って。

しかし孝子の返答は「いない」だった。

「二年になれば、クラスでひと組くらいカップルができないこともないけど。一年のうちなんて、みんな付き合いも狭いし……それにこの学校じゃん？　みんなさして他人に興味がないんだよ。他人に関《かか》わってく度胸も」

最後まで一息に喋ると、孝子は音を立ててコップをトレイに置いた。最後のほうは苦々しげな口調で、私は孝子にそんな顔があったことを意外に思う。でも確かに、この高校は中学よりも他人との距離が遠い感じがする。みんな、必要以上に近しくない。

「あ、ごめん、今のなんか感じ悪かったね。上から目線だったし」

そう言うと、孝子はすぐいつもの顔に戻った。「沙織、隣の席誰になったんだっけ」と別の話を振ってくる。

「えーと……名前なんて言ったかな、身体《からだ》も名前もでっかい感じの人」

そのヒントだけで、孝子は「大海《おおみ》くん？」と正解と思《おぼ》しき名を口にした。

「大海くんはねー、ちょっと調子いいとこあるけどいい人だよ。隣の男子としてはかなりいいよー」

孝子が楽しげに語るのを聞いてハンバーガーをかじりながら、私も孝子の言う「さして他人に興味がない」人のひとりかもなあ、と思った。

「おおう！　教科書がないぜ！」

朝のホームルームが終わり、一時間目の地理の先生が教室に入ってくるまでのわずかな時間、隣の男子がだしぬけに大声を上げた。

——あ、「隣の男子」じゃなくて、「大海くん」……。

昨日孝子から教えてもらったのを思い出しつつ隣を見たところで、がっちり目が合った。そのまま、一、二、三、と数えるまで目を離せなかった。いや私としてはぜひ早々に目を逸《そ》らしたかったのだけれど、糸のような目を垂らした温和な顔つきの大海くんが、意外な眼力でもって私の視線を押さえ付けていたので。

「小峰さん」

名前を呼ばれてびくっとした。隣の席になってから自己紹介したわけじゃないのに、この人はちゃんと私の名前を知っていたのか。

「僕と教科書を分け合ってくれないか……」

「はい？」

「そして悲しみも喜びも分け合おうじゃないか！」

——なにこの人……。

ノリについていけず硬直していると、大海くんは「あ、すんません」とテンションを戻して言った。

「今のはちょっとしたジョークのつもりでした……教科書見せてくれますか？」

若干ぎこちない敬語でお願いされる。と同時に、開け放した教室後方のドアから、地理の先生が通り過ぎていくのが見えた。断ることもできず、私は「はい」と返事をして大海くんのほうへ机を寄せる。

授業はすぐに始まった。中学と違い、高校の授業はとても静かだ。さすが県内トップクラスの進学校、入学したばかりの時は気を引き締めつつも少し引いたくらい。私語ひとつ聞こえず、机をくっつけたからといって隣の人が話しかけてこられるような雰囲気ではない。

私はひとまず安心して、ノートをとり始めた。だいたいは集中してとっていたけれど、一度、居眠りを始めた大海くんがガタッと机を鳴らしてしまった時は、思わずそっちを見てしまい、寝ぼけまなこと目を合わせてしまった。大海くんはシャアと威嚇《いかく》する猫のように表情を変え、また居眠りを始めた。

——なんなのよ～、ほんとに。

席替えは、定期テストの成績が返る時期を基準に行うという。ということは、夏休み前までこの変な人の隣にいなければならないのだ。私は一度時計を見て、授業が終わったら話しかけられる間を置かず孝子のところに逃げよう、と決めた。

いつになく長い五十五分だった。チャイムが鳴り、先生が授業終了を告げると、私は急いでノートをしまった。くっつけた机をまたぐように置いていた教科書も手に取り、「もういい？」と大海くんに確認する。

「ありがとうございました」

と丁寧にお礼を言われたけれど、私は教科書を机の中に放り込んですぐ孝子のほうへ走った。孝子はまだノートをとっていた。

「くそっ……見づらい。最前列端って完全にハズレくじだ」

とぼやく。会話できる状態ではないようだった。けれども私は席に戻りたくなくて、その場でやきもきと足踏みをした。「おはよう」と油屋さんが入ってきてくれて、ようやく落ちついた。

「油屋さん、席どこだっけ？」

「あっち、窓際。今はいいけど、夏は暑いだろうねえ」

結局その休み時間は、ノートをとる孝子の横で油屋さんと話して終わった。二時間目のチャイムを聞いて、孝子が「あー、もうやだこんな席～」とわめいたけれど、まったくもって同感。私はチャイムが鳴り終えて余韻が消えるギリギリまでねばってから、最後列の自分の席へ走った。

ぎぎぎ、と乱暴に椅子を引いて座る。大海くんが座っている右側が視界に入らないように顔を傾けていたのだけれど、再びあのでかい声がした。

「おおう！　教科書がないぜ！」

もう言葉が出ない。

「小峰さん」

と呼ばれたけれど、本当は返事をしたくなかった。


二時間目終了後、私は、やはりノートをとるのに苦戦していた孝子を「あとでコピーあげるから」と教室の外に引っぱり出した。次が体育なので、廊下にぶらさがった体操着袋を抱えてから、更衣室のほうへ足早に歩いていく。「なになになに、ちょっと」と慌てる孝子を無視し、途中で道を逸れ、人気のない渡り廊下の入り口までやってきた。

周りにクラスの人がいないのを確かめてから、孝子の肩を壁に押し付けて言った。

「どこが『いい人』なのよ！」

孝子は「へ？」と間抜けな声を出したあと、「ああ、大海くんのこと」と言った。

「なんかされたの」

腹が立つやらどうしていいかわからないやらで、私は汗が出っぱなしなのに、孝子は平然としていた。まさかあの人が問題を起こすはずがない、とでも言いたげな様子だった。

「なんかもなにも……」

説明するのも嫌だったけれど、私は自分の顔が真っ赤になるのを感じながら、二時間目までの成り行きを喋った。孝子は「ふんふん」と相槌《あいづち》を打って最後まで聞いてくれたけれど、私がすべて話し終えると、大爆笑した。

「あっははは！　そっかそっか、席が替わるとこういうことも変わるのか！」

「は？　ちょっと、なにがおかしいの！」

孝子に笑われて、正直むかっときたのだけれど、私の苛立《いらだ》ちなど目に入らないかのようにお腹を抱えて笑った孝子は、ひいひい言いながら付け加えた。

「沙織、大海くんにひと目惚《ぼ》れされちゃったんだよ。恋だよ恋」

——恋って！　あれが？　あの嫌がらせみたいなのが？

にわかには信じられなかった。でも孝子は確信している様子で、笑いがおさまると私の肩を叩いて言った。

「だから、ちょっと調子いいとこあるって言ったじゃん？　隣の子を好きになったら、教科書忘れたフリして見せてもらうとか、いかにもあの人しそうだもん」

まったくもって理解できない。が、孝子は頬を歪めて笑い、「これは、『クラス初のカップル誕生』なるかもね～」とのたまった。「やだ！　絶ッ対、やだ！」と返した自分の声が、思いのほか大きく廊下に響く。私は慌てて声をひそめた。

「孝子、未来の知恵でなんとかしてよ～」

もちろん半分以上が冗談の泣き言だったのだけれど、孝子はチラと腕時計を確認したあと、「そろそろ着替え始めないと」と私の袖を引いた。そして数歩歩いたところで、おもむろに振り返って言った。

「っつーかさっ、未来の知恵なんか要らないじゃん。嫌なら嫌って言えばいいんだよ」

孝子の言うことは正しかった。

でも正直、ちょっとだけむかついた。孝子の口から初めて「未来から来た大人」のような言葉を聞き、それが図星であったことに腹が立ってしまったのかもしれない。

そのあと私たちは着替えて体育館に入るまで無言だった。図星を指されて怒っている自分を恥ずかしく思う気持ちと、でもやっぱり孝子に苛立ちを向けたくなる衝動との間で、私は揺れていた。孝子のほうは無言の私を気にしてはいないようで、黙って並んで体育館までついてきた。

チャイムに少し遅れて体育館に入ると、既に先生が中にいて「そこのふたり、遅い！」と軽く叱られた。「すいませ〜ん」とへらへら笑いながら謝った孝子の背中に続いて、列に入っていく。

気が重くて、運動なんてしたくなかった。でも、体育館には女子の姿しかないのが救い。体育は週に一度、他のクラスと合同になり、女子と男子に分かれる。「女子体育」「男子体育」と呼ばれるその時間がどこの学校にもあるのか、どういう理由があってもうけられているのかはよくわからないが、大海くんにからまれずに済むので今はありがたかった。

「えー、今日は球技大会の出場種目を決めてもらいます」

授業開始の礼をしてみんなを座らせると、先生が言った。場が一気にざわつく。「聞いてない」「だいたい球技大会っていつよ」などという声が耳に入った。そういえば年間行事予定には記されていた気がするけれど、私も今日まで意識したことはなかった。隣では孝子が「やっぱあるよな、そうだよな……」とため息をついている。

「女子の競技は、バレー、バスケ、バドミントン、卓球。人数は、バレー六、バスケ五、バド四、卓球五な。あ、バレーとバスケは補欠一名ずつも決めて。女子は少ないから二種目出る人が結構いることになるけど、頑張れ」

若い体育教師は簡潔すぎる説明のあと、「はい、クラス別に分かれて話し合って」と言った。

「十五分で決めろよー。あとはさっそく練習に入ってもらうし」

えー、と二クラスぶんの女子のブーイングが響き渡ったけれど、先生は傍にいる人に登録名簿を渡すと、ひとりステージの上にのぼって高みの見物を決め込んでしまった。

みんながお互いの顔を覗き込みながら、なんとなく輪をつくる。五組の女子十六人、今日は欠席ナシ。欠席がいないのはわかるけれど、こういう場で仕切る人間が誰か、入学して二ヶ月ではまだ微妙すぎて流れが読めない。

「いつなんでしょう、球技大会って」

いつの間にか孝子の横にいた油屋さんが言った。孝子が「今月の末だよ。最終日曜が学祭でしょ？　その前三日間をぶち抜きで球技大会、その間は授業ナシ」と即座に答える。こういうところを見ると、未来から来たかどうかはともかく、高校の学事暦が完璧に孝子の頭に入っているのがわかる。

「なんで女子体育で決めさせるんだろ。これじゃ、男子で同じ種目に出るのが誰だかわかんないじゃん」

たまたま右隣にいた小島さんがそう言って、「ねえ?」と私の顔を覗き込んできた。まずい、その通りだ、と思ったけれど、輪の向かいから「いいじゃん、一緒に練習するわけじゃないし。試合だって完全別スケジュールらしいよ」と野口さんが口を挟んだ。

ほっとしたのもつかの間、野口さんが「じゃあ早いもん勝ちっ、あたしバドバドバド!」と手を挙げて叫び、それに続いて彼女と仲の良い原田さんが「あたしもあたしも~」と飛び跳ねた。

「いやいやいや、アンタらはバスケとか出てもらわないと困るし。どう考えてもうちのクラスの主力でしょ」

小島さんが笑いながら否定する。瞬時にみんなの目線が彼女のもとに集中し、司会は小島さん、という暗黙の了解が成り立っていた。先生から名簿を預かっていた小野さんが「小島ちゃん」とそれを渡し、小島さんも「はいはい」と受け取ってしまう。

「やっぱボロ負けすんのはダサいっしょ。バスケとバレーは他薦で決めちゃおう。それで、残った人をバドと卓球に割り振ろう」

小島さん的には、バスケとバレーが花形であるらしい。そしてそれに特に文句を言う人はなかった。

あとは嵐のように他薦合戦がなされた。野口さん&原田さんのコンビを中心に、「じゃあアンタもバスケ来い」「ありえない」とかぎゃあぎゃあ騒ぎながらバスケとバレーの出場者が決まっていき、バレーに入ることになった小島さんが、最後に余った枠を「じゃあ、小峰さん。かわいい顔してなかなかやるもんね」と私によこして全出場者が決まった。

「じゃあ、うちらはバドか卓球なわけね」

今名前が挙がらなかった人たちの中から、孝子が言った。小島さんが「そう」と答えるやいなや、孝子は隣を向いて「油屋さん、一緒にバドミントン出ようよ」と言った。それからこちらを振り返って、私にも声をかけてくる。

「沙織も出ない？」

「えっ」

「沙織、春にテニスやった時超スマッシュ決まってたし。バドもうまいでしょ」

自分が二種目出場者になるとは思っていなかったのだけれど、野口さん周辺の人たちが、もはや残りの種目そっちのけでキャーキャーはしゃいでいたので、「まあやってもいっか」と決めた。

「うまいかどうかはわかんないけど、人足りないなら出るよ」

私が言うと、「余り組」のさらに余りの人たちが顔を見合わせた。佐藤さんとか田家さんとか、吹奏楽部の子たちが主に残っているのだった。

「じゃあ、私たち卓球ね。あ、柳《やなぎ》、アンタこっちにも出てよー」

仲良しグループに分かれてすんなり決まる——かと思いきや、みんなの視線が輪の外れに集まっていくのがわかった。それを追いかけると、人の陰に隠れるようにして、車谷さんがそっぽを向いて立っているのに気付いた。

この間まで席が近くで、調理実習では一緒の班だった車谷さん。教室で著しく浮いているということは決してないけれど、こうしてグループに分かれてみると、彼女がどこにも属していないのがわかった。天然パーマの髪をベリーショートにして長い手足をぶらさげた彼女は、休み時間もひとりで雑誌や文庫本をめくっていることが多く、確かにとっつきにくい感じがなくもない。実際、私も調理実習で事務的に口をきいたくらいだ。

じわっと、車谷さんを見るみんなの視線に、見えない感情の波が立つのがわかった。私もその波を立たせるまでの風のひとつ、だったかもしれない。

「……出たくないんだけど」

彼女が憮然《ぶぜん》として言った。小島さんが「なに言ってんのそんなんありえないから」と一息に告げてスマイルをつくったけれど、車谷さんは返事をしなかった。

途端に場の空気が重くなる。私たちそっちのけで盛り上がっている野口さんたちの笑い声が、耳を通り過ぎる。

「卓球……にする?」

「じゃあ車谷さんはバドミントン」

田家さんがおずおずと申し出るのと、孝子がきっぱりと言いきるのがかぶった。完全に同時だったが、車谷さんが「は?」としかめた顔を向けたのは孝子のほうだった。

「いいじゃん、どっちか出なきゃいけないんだから。うちまだ三人なんだから入ってよ」

ゆるい笑いをつくって孝子は押しきった。田家さんのほうは口をつぐんでいた。

「車谷さん、バドね」

小島さんが名簿に向かって手を動かし、それは決定事項となる。

種目別の練習に入ると、車谷さんは参加こそすれ「面白くない」という態度丸出しで、だらだらと羽根を打っていた。あきらかに返せるショットでも、コートの真ん中に突っ立ったまま見送ったりした。

「なにあれっ」

コートを孝子と車谷さんに使わせて休んでいると、隣のバレーのほうから小島さんが歩いてきて言った。ボールを弄《もてあそ》びながら、「中学の頃からあの調子なんだよね、無気力がかっこいいと思ってんだよ今どき」と何故か私に向かって愚痴をこぼす。でも私は、「まあそういう人なんだろうなあ」と思うだけだし、今相手してる孝子もまったく腹を立てているようには見えなかった。こちらは孝子の背の側だけど、時々とりそこねた羽根を拾いにくる時見せる顔は、へらへらしている。

私では愚痴の垂れ甲斐《がい》がなかったのか、小島さんは「まー気の毒だけど相手してやって」と言い残してすぐ戻っていった。私は再びコートの見学に戻ったけれど、車谷さんにも増して、孝子のプレイがひどいのが目につく。一生懸命ではあるけれど、こっちは運動神経がまるでない。隣の油屋さんが「まあ……初戦敗退かな」とつぶやいた。「うん、多分」と即答しておく。

「やー、超汗かいたあ、シャワー浴びたい」

授業が終わると、孝子はTシャツの裾《すそ》をばたばたさせながら歩いた。「次は……古典か、絶対寝ちゃうよ」というぼやきを聞いて、私はすっかり忘れていた問題を思い出す。

——また「教科書がないぜ！」をやられる……。

更衣室への階段をのぼりながらげんなりした。孝子にはもう愚痴れない。しかし、時間を置いたからか、孝子への苛立ちは消えて、自分でなんとかしなきゃ、という気持ちがちょっとだけ湧《わ》いている。

孝子も、大海くんのことは気にしていないのか忘れているのか、教室に移動する間、球技大会のことばかり話していた。

「あ〜、運動神経の問題にぶち当たると凹《へこ》むわ、やり直してもどうにもなんないのかなって思うわ……でもここで頑張らないと、みんなの足引っぱることになっちゃうし」

とかなんとかぶつぶつ言ったあと、私に向かって「ねえ！」と叫んだ。

「放課後練習するって言ったら、付き合ってくれる？」

たかだか球技大会に対して、すごい熱さだなあ……とは思ったけれど、さっきの気の毒なさまを思い出すと、断るのも悪くなった。テストもしばらくないわけだし、「いいよ、別に」と返事をする。

「ほんと？　沙織やさしい、素敵、最高」

孝子はぶりっこポーズをしておおげさに喜んだ。そうして教室に入る手前で「あっ、そうだ、油屋さんと車谷さんも誘ってみよう……っていうか、もうバドの有志で集まっちゃえばいいんじゃない？」と言い出した。油屋さんはともかく、車谷さんが付き合ってくれるとは思えない、と言いそうになったけれど、既に自分の席についた車谷さんが見えたので口をつぐんだ。代わりに

「場所、どうするかだけは問題だよね」と言うと、孝子は「うーん、考える！」と言い残して自分の席に走っていった。

——さて。

私は私の問題と向き合わねばならない。

自分の席まで歩いていって椅子を引くと、案の定隣で声がした。

「おおう！　教科書がないぜ！」

席についた大海くんが、楽しげにこちらを見ている。私はひとつため息をついて胸を落ちつけてから言った。

「本当にないんですか」

私の言葉に、彼は細い目を少し大きくした。驚いたのかもしれない。

「机の中、見せて」

思いきって告げると、大海くんは肩をすくめるアメリカ人のポーズをしたあと、椅子ごと後ろに退いた。何故私がこんなことを、と悔しくなりつつも、彼の机の中を覗き込む。近くの席の子が何人か、不思議そうにこっちを見ているのがわかった。

スチール製の机には、ぐちゃぐちゃのプリントしか入っていなかった。予想外のことに慌てて手を入れてみたけれど、冊子状のものはルーズリーフの束以外探り出せなかった。

顔を上げる。大海くんがこっちを見てにやりと笑う。でっかい唇が横に長くのびた。

「信じてハニー」

無視して、机の横にぶらさがったカバンに手をかけた。「これも見ていい？」と確認してから、ジッパーを引く。

中に入っていたのはお弁当箱と財布だけだった。

――ほんとに持ってきてないなんて……。

もし孝子の言う通り、大海くんが私と接点をつくろうとしているにしても、実際教科書を全部家に置いてくるなんていうのは、愚行の極みだ。私ならしないし、理解できもしない。

気が遠くなりそうな身体を椅子に投げるようにして、席についた。

「教科書見せてくれますか？」

今にも歌い出しそうなほど楽しげな声で、大海くんが言う。

「球技大会で、バドミントンに参加する人にお知らせです。今日の放課後から、月・水・金と、有志で練習をしようと思います。先生に交渉して、駐車場裏のスペースを借りられることになりました。男子も女子も、練習したいなーって人はホームルーム終了後、駐車場に集まって下さい。都合のつく日だけっていうのもオッケーです」

帰りのホームルームで、孝子がみんなに告げた。教卓についた先生は、満足げにうなずきながらそれを聞いていた。男子がざわつき、「なんでバドだけ？」「運痴が多いからじゃね？」「だったら卓球もすれよ」という声が耳に入った。

――まさか、この人もバドミントン出場者とか言わないよね、運動できそうだし……。

私は隣の大海くんにすばやく視線を走らせたけれど、特に孝子の言葉に反応した様子はなかった。ほっとする。

ホームルームが終わると、孝子が早足で私の席まで来て言った。

「来て！」

有無を言わさず私の手を取って走り出す。わけがわからないまま引っぱられて教室を出ると、少し先を歩いていく人影が目に入った。ピンクの花柄がレトロに描き込まれた、ド派手なリュックを背負っている――あれは車谷さんしか使わないし、彼女以外の人には似合わない。

「車谷さんっ」

孝子が呼びかけた。廊下を歩く他のクラスの人が振り返るほどの大声だった。

車谷さんも振り返る。が、孝子を見た途端、小さく「げっ」と言って走り出した。

「逃げないで！　練習付き合ってよー！」

孝子の叫びが廊下にこだまする。車谷さんはいよいよ本気ダッシュになり、遠ざかり始めた。

「沙織、追って！」

「ええ？」

「私の足じゃ追いつかない」

言われるまま駆け出し、階段を下ると、昇降口のところで彼女に追いついた。スニーカーにかかとを突っ込んでいるところだった。

「車谷さん」

私が呼びかけると、彼女は振り向いてため息をついた。無理にねじっていた足を止める。私からは逃げる気がないらしい。私が彼女に参加を強制しないことはわかっているんだな、と思った。が、そういう思考をする間に、彼女はこちらに背を向けてつぶやいていた。

「……あたしじゃなくて、おせっかいな友だちのほうを止めてよ。ちょっとうざいよ」

強い口調ではなかった。が、私は胸に針で刺されたような小さな痛みをおぼえる。

車谷さんは足をスニーカーに入れてしまうと、振り返って「あ、あたしには必要ないから練習なんて絶対参加しないって、あの人に伝えといて」と残し、歩いて玄関を出ていった。

「うっはー、速い速い。すごいわ沙織」

孝子が息を切らして走ってきたのは、車谷さんの姿が見えなくなったあとだった。孝子は自分のぶんと私のぶん、ふたつの体操着袋を抱えていた。

——車谷さん、孝子の名前呼ばなかった。

なにに胸が痛んだって、そこかもしれない。

熱さは正義じゃない。みんなを強制的に仲良くさせるのがいいことだとも思わない。孝子のしてることが全面的に正しいわけない。でも、額の汗をぬぐった孝子の、上気した顔を見たら、「おせっかいな友だちのほうを止め」ようとはとても思えなかった。

私がぼうっと立ち尽くしていたからか、孝子は私の肩を強く叩いて「ま、気にしないで、今度は教室でつかまえるから」と見当違いなフォローをくれた。

昼前に着たばかりの体操着は、どこか湿気が残り、かろやかでなかった。孝子と一緒に体育用具室にラケットを借りにいき、駐車場に向かって歩く間も、私はばくぜんとした胸苦しさを抱えていた。空を覆った雲の色は濃くはなかったけれど、吹く風にはじっとりとした重みがあり、梅雨が近いことを感じさせた。

「梅雨に入ったら、練習できない日も多いんじゃない？」

なんとなく口にしてみると、孝子は「だねえ、体育館は運動部が使ってるし」と答えた。

「頑張るっていっても、実際やろうとすると簡単じゃないのかもしんないな」

孝子は両手に持ったラケットをぶらぶらさせていて、そのつぶやきもまったく思いつめた雰囲気ではなかったのだけれど、私はまた胸を重くした。

校門を出て道路を渡ったところにある駐車場に入ると、クラスの人は誰も待っていない——そんな光景を思い描く。いや、先に油屋さんに行ってもらったと孝子が言っていたから、少なくとも彼女だけは待っていると思うけれど、隅に雑草の茂るぐらぐらしたコンクリートの空間に三人で立つ絵が頭から消えず、またその絵についた淋しさも消えなかった。

バス停に並んだ人たちの横をかすめ、道路を渡る。先生たちの車がびっしりと並ぶ駐車場が目に入ってきて、私は思わず、羽根の筒と数本のラケットを抱えた腕に力を入れてしまった。

が、車の列の向こうに待っていたのは、予想を大きく裏切る光景だった。

「遅いぜハニー」

駐車場の柵《さく》にもたれて、ジャージ姿の大海くんが座っていた。その脇に、村山くん、油屋さん。並んだ三人は、何故かクローバーの花冠（ミニ）をかぶっている。

——う、うーん……。

人がいることにほっとしたはずなのに正直嬉しくもなくて、私はなんの反応もできなかった。

3

「贈呈～」

大海くんが立ち上がり、自分の頭から花冠を取って差し出してきた。

要らない。さっきまで男子がかぶっていたクローバーの花冠なんて絶対に要らない、と思ったのだけれど、隣を見ると村山くんが「じゃあ……」と自分の花冠を孝子に渡していた。孝子はきゃーきゃー騒ぎながらそれを受け取り、頭にのせた。同じように花冠をのっけて座っている油屋さんと顔を見合わせ、「おそろい～」などと言っている。

——なんでこんなことに。

そもそも私は孝子に付き合ってバドミントンの練習をしにきただけなのに。どうしてここまで来て、隣の席の変人・大海くんにからまれなくちゃならないのか。だいたい、なんの接点もなさそうなこの三人が、どうしていきなり仲良く花冠なんて編んじゃっているのだろうか？

納得いかなかったけれど、とりあえず両腕で抱えていた用具類を地面に置き、大海くんの花冠を受け取った。そのまま、ラケットの横に置く。

「俺の冠、かぶってくれないんすか……」

大海くんが恨みがましい視線を向けてくる。「だって、これから運動するし」と言ったけれど、孝子は村山くんから受け取った花冠を左手に通したところだった。ごく小さくつくられた冠は、手首にちょうどいい具合におさまる。ブレスレットみたいだ。

「男子はふたりね。さっそくだけど、始めようか」

孝子がラケットをみんなに渡し、練習する流れになる。油屋さんは頭の花冠を取って、私の花冠の横にそっと置いた。「なんでこれつくることになったの？」と訊くと、「んー、ヒマしてたら、大海くんがつくろうって」という返事だった。油屋さんは大海くんを横目に、「なんか、いい人だね。初めて喋るのに気さくに声かけてくれてさ」と付け加えたけれど、私は苦笑だけ返して、花冠に目を落とした。よく見ると、油屋さんのものと大海くん作のものでは、出来が大きく違っていた。大海くんのは、端っこが茶色くなった花が交じって、編み方も雑だけれど、油屋さんのは丁寧に編み込んであった。

結局、男子は男子、女子は女子で打ち合いをすることになる。私たちは三人なので、トライアングル状に羽根を回していた。車のない隅のほうとはいえ、駐車場ではやはり狭い。舗装がところどころ行き届いておらず、段差でこけそうになったりした。孝子は相変わらず下手すぎるし、三人でゆるく打っていても若干のストレスを感じる。

「貫井さん。もっと羽根見ないと！」

孝子が何回目かに羽根を落としたところで、横から村山くんの声が飛んだ。見ると、彼は大海くんと打ち合いを続けながら、器用にこちらを見て喋っていた。

「引きつけて打てばちゃんと当たると思うよ」

声をかけられた孝子は「あ、うん！」と返事をしたけれど、羽根を拾った手をそのまま止めてしまった。

「うまい……」

と、つぶやきを漏らす。確かに、村山くんと大海くんはまったく羽根を落とすことなく打ち合いを続けていた。たまに、スマッシュめいたものを打ったりするけれど、取りこぼさない。緩急ありつつスムーズに続く。

「練習するまでもないんじゃ？」

油屋さんが首を傾げたところで、村山くんがポンと真上に羽根を打ち、自分の手元に落とした。

「少し休もう」と大海くんに告げて、こちらへ歩いてくる。

「貫井さん。ちょっと」

と孝子を呼びつけて、なにやら指導を始めた。「実際に打ってみてくれる？　あ、油屋さん、相手お願い」と言い、ふたりを適当な場所に配置してしまう。私は駐車場端のフェンスの傍に、大海くんとふたりで取り残されることになった。

「モトカズ、コーチ体質だな～」

大海くんがこちらを見て笑う。話しかけられると無視するわけにはいかない。「モトカズ、って村山くんのこと？」と訊いてみた。「うん」とうなずきが返る。私は知らなかったのだけれど、ふたりはそこそこ親しいようだ。大海くんは、私との間に微妙な距離を保ったまま、フェンスにもたれた。

「ちなみに俺の下の名前は『ちひろ』だから。おぼえてね！」

この件については、返事しないことにする。孝子が村山くんに指導されるのを、しばらく黙って見ていた。手取り足取り、とまではいかないけれど、村山くんは孝子と肩を並べて、「この辺まで羽根が来るのをしっかり見ないと、ほら」とか熱心にコーチングを続けている。真剣な男の子って素敵だな、と思った。孝子も孝子で、彼を「きれいな顔してる」と評価したわりに見とれたりせず、練習に必死になっているようだった。

「俺らもふたりで練習しよっか？」

大海くんが言ったけれど、二組が打ち合うには場所が狭い気がしたし、私にも大海くんにも練習が必要とは思えなかったので、「いいよ、ここで見てよう」と答えた。

「それは、僕とじっくりトークしてくれるっていうことですかね」

ニカッと口の中を見せて大海くんが笑う。私はあきらめることにして、その場に腰を下ろした。ため息が出てしまう。大海くんは、座る時さりげなく距離を詰めた。それでもまだ、間にふたり人が入れるくらいの距離があったけれど。

「あなたも村山くんもうまいのに、どうして練習に来たの？」

とりあえず素朴な疑問を持ち出す。この「有志練習」に付き合ってくれる男子がいたということからして意外だったけれど、ふたりの打ち合いを見たらなおさら不可解に思えた。大海くんはラケットを掌《てのひら》にぺんぺんと打ちつけながら「え、ヒマだし」と即答する。

「ヒマって……」

勉強とか色々やることあるでしょうに、と言いかけたけれど、大海くんがでっかい掌をこちらに突き出して先をさえぎった。

「や、それは俺の話！　モトカズは吹奏楽部だから、全然ヒマじゃないんだよね！　今日しか出られないけど出ようって言って」

「え？」

大海くんは村山くんのほうに目をやって言った。

「なんかあいつにしては珍しく積極的でさー。行かなくてもいいけど行ったほうがいいだろ、とか言い出すんだよねー。一回でも顔出すべき、とか。なんだろ？」

ということは、かなり無理をして参加してくれたことになる。それに今の言い方だと、大海くんでなく村山くんのほうが参加を提案したみたいだ。どっちかがどっちかに声をかけたのだとすれば、細身で少し神経質そうな村山くんより、おおざっぱな大海くんのほうだろうとどこかで考えていたので、素直に驚く。

のんびりと、なんでもないような口調で大海くんは喋ったけれど、私はどきっとした。ひと月前の、調理実習での出来事を思い出す。小声でだけど、あの状況で「ブラボー」と言えた村山くんは、見た目より熱い人なのかもしれない。

風は相変わらずぬるく湿り、忘れた頃にゆっくりと吹きつけた。油屋さんが打ち上げた羽根を、孝子がじっと目で追う。「……今っ」と村山くんが声をかけるのと、孝子のラケットが振るわれるのが同時だった。ぱんっ、とラケットの真ん中に羽根の当たる音が、駐車場に響く。

「ちょー手ごたえがー！」

孝子がはしゃいでいる間に、油屋さんが打ち返してきて、羽根はあっさり地面に落ちた。三人がいっせいに笑う。

——あ、なんかまぶしい。

こんな曇り空の下で、駐車場の隅なのに、私は一瞬顔をしかめていた。隣で大海くんがふっと息を漏らして笑う。

「今の美しかった」

と言われ、私は普通に「うん」とうなずいていた。

「ま、俺はこうして小峰さんと話せたから、無論次回も来る気になったけど！」

「そうですか……」

私はできればあなたとご一緒したくなかったな、と内心うんざりしたけれど、もう喋ってしまったついでだ、思いきって口にした。

「明日も、教科書忘れてくるの？」

大海くんは少しびっくりしたように黙った。でも私の顔を見て、「許可されるならば！」と言った。

「許可しない。ちゃんと持ってきて下さい」

——あ、言えた。

言ってしまえばどうということもなかった。大海くんは「……きついっすね」と肩を落とし、私はそれに「人並みには」と答える。

電車の時間があるので、練習できたのは一時間に満たなかった。

解散際、大海くんが言っていた通り、村山くんが告げた。

「俺、吹奏楽部だからもうこの練習には参加できないと思う。今日は特別に時間もらってきたけど……」

孝子は「うそっ」と素でショックな顔を見せたけれど、すぐに「わざわざ教えにきてくれたんだね。ありがとう」と言った。村山くんは、端整な目を照れくさそうに少しだけ歪めた。

すると、それに続いて油屋さんが「実は私も……」と手を挙げた。

「学祭に向けて追い込みするの。今日は問題なかったけど、明後日《あさって》はもう、来られるかどうか微妙だな」

油屋さんは美術部員だ。私と孝子と三人でお弁当を食べていた時期もあったのだけれど、最近は部活のほうが居心地がいいらしく、美術室で先輩たちと一緒にお昼を食べているという話。

「何部だっけ」と大海くんが尋ね、村山くんが横から「美術でしょ、放課後は廊下でよく会うよね」と答えていた。本当にこの人は他人のことよく見てるなあ、と内心で感心する。私は、油屋さんと話すようになってしばらく経《た》つまで、彼女が部活に入っていることすら知らなかったのに。

「じゃ、次からは三人か。だいぶ淋しいなあ」

孝子が言った。「なあに僕にまかせて下さい！　盛り上げますから！」と大海くんが胸を張る。それを見て私は、ぜひ他の参加者も探したい、と思った。孝子と大海くんと三人じゃ、どうしても大海くんと喋る機会が多くなってしまう。

「男子のもうふたりは？」

と訊いてみると、大海くんが「そんな奴はいない！」と叫んだ。村山くんがそれを無視して答える。

「誘ったんだけど、『俺はいいよ』とかって感じで逃げられちゃった」

「でも実際、その人たちのほうが運痴でしょ？　違う？」

孝子が口を挟む。「まあそうだけど……」と村山くんは肩をすくめた。

「やる気のない人に教えるのって難しいし、そこまで無理しなくってもいいんじゃない」

——確かに。

車谷さんの様子を思い出す。彼女みたいな人を無理やり引っぱってきてもしょうがないんじゃないだろうか。

「じゃあ次回からは俺と小峰さんで君のスパルタ教育に専念する！」

大海くんがラケットで孝子を指す。孝子は「げー！」と頭を抱えた。私が大海くんに「ちょっと、勝手にコンビにしないでくれる」と言うと、みんなが笑った。

辺りは暗くなり始め、道を挟んで見える校舎の灯りが浮き上がって見えた。

油屋さんがやっぱり部活に出ていくと言い、大海くんは自転車通学の人だったので、帰りのバスは孝子とふたりだった。学祭準備で遅くまで残る人が多いせいか、いつもより車内が空《す》いている。ふたりがけの席に座れた。

並んで座った時、孝子の左手にクローバーの花冠が通されたままになっていることに気付いた。ブラウスの長袖から、緑の茎が飛び出ている。

「ちょっと、そのまま電車乗って帰るの？」

私が手首を指して言うと、孝子は「うん」とうなずいた。満足気に、袖をめくって花冠を見つめる。

「かわいいじゃん。っていうか、沙織はどうしたの、大海くんからもらったやつ」

「置いてきた」

と答えると、孝子は「ひでー、つれなすぎる」と言って笑ったけれど、犬のおしっこがかかっているかもわからない花冠なんて、持って帰るほうが変だと思う。

「疲れたね」

「うん」

「でも、楽しかった」

孝子はそう言うと、うつむいて窓にもたれた。ガラスに、少し笑った孝子の顔が映る。

ひっそりとしたその笑顔を、なんとなく見てはいけなかったような気がして、私は視線を逸らした。孝子の手首にある、クローバーのブレスレットが目に入る。村山くん作のそれは、油屋さんのほど密度が濃くなかったけれど、きれいに編み込まれていた。

村山くんのこと好きになった？　と訊いてみようか考えたけれど、タイミングがつかめないままバスは駅前のターミナルに着いてしまう。


翌日から、大海くんは「教科書がないぜ！」をやらなくなった。代わりに、授業が始まる直前なんかの短い時間に、声をかけてくる。

「お弁当の具ではなにが好きだい、ハニー」

「『ハニー』はやめて」

「お弁当の具ではなにが好きですか、小峰さん」

「『具』じゃなくて『おかず』だと思う」

などというあまりキャッチボールの成立しない会話にしかならなかったけれど、私は返事をするのが苦痛ではなくなっていた。この変な人にも慣れるのか……と人間の順応力を偉大に思う。

バドミントンの練習も、三人になって続けられた。男子の残りふたりの参加者が加藤くんと内田くんという人だとは聞いたけれど、実際大海くんが声をかけても、ふたりは引いてしまって参加してくれなかった。

「僕たちと一緒に青春の汗を流そうじゃないか！」

と、例の芝居がかった口調で眼鏡の男子にからんでいるのを、昼休みの教室で見かけた。

「なんと美女小峰さんと練習できるんだぜ！」

と大声で付け加えている。孝子がジュースをすすりながら「あたしは美女じゃねーのかよ」と悪態をつくと、大海くんは遠くにいながらも「今ならキューティー貫井さんもついてくるぜ」とフォローした。が、眼鏡男子は作り笑いをして逃げた。

車谷さんはというと、相変わらずつれない態度だった。孝子は練習日には必ず「今日は来てよ～」と声をかけていたけれど、「嫌」と一言で断られていたし、一度大海くんを差し向けてみたけれど無駄だった。「僕たちと青春の汗を……」のパフォーマンスに、車谷さんは目元を引きつらせて返事もしなかった（この件については、私はちょっと車谷さんのほうに同情する）。

やがて雨の日が目立ち始め、練習日は数度潰《つぶ》れた。けれども孝子はあきらかに上達し、私と大海くんが手加減すれば、九割以上の確率で羽根を打ち返せるようになっていた。

男女一緒の体育では、近づいた球技大会と関係なく、一律にバスケットの試合が行われていたけれど、孝子はわざわざ先生に頼んで、バドミントンの道具を借り出してきた。そしてコートの脇で、私との打ち合いを村山くんに披露した。

「すごいなー。前と全然違う」

村山くんは目を細めて笑い、孝子は「コーチのおかげっす！」とふざけながらも、ちょっと照れた顔になって頬を掻《か》いていた。「あんな人とお付き合いしたらそれこそ〝青春〟って感じだよね、いいよねー」という、前に聞いた孝子の言葉を思い出した。

案外ほんとにお似合いかも、と思いながらも私は、置いていかれたような淋しさをわずかに感じてしまう。

天井の高い図書室は、雨の音で満ちていた。

前に来てみた時は自習する三年生だけでしんとしていた空間に、いくらか人の囁《ささや》きが混じっている。一年生らしき姿が、本棚の間にまばらに見えた。

「……郷土資料は独立して置いてあるんだよね、確か」

私の少し先を、孝子がぺたぺたとスリッパを鳴らして歩いていく。

球技大会まであと一週間、学祭まではあと十日。クラス展示の資料収集係になった私たちは、ふたりで図書室に来ていた。

一年生が学祭でやれるのは、教室にパネルを並べる展示だけだ。代々、中学生の自由研究レベルの理科・社会科系研究の結果を貼《は》り出すことになっているらしく、クラスに「高校の学祭」らしい盛り上がりはまるでない。展示内容を決めるホームルームでも意見が出ず、先生の提案で「鶴賀《つるが》城の歴史」をやることになってしまった（鶴賀城というのは、高校から歩いて三十分くらいのところにある砦跡《とりであと》）。

別に私たちが積極的にやりたがったわけではないのだけれど、文化部は学祭前の追い込み期、運動部は元から練習が厳しいので、どうしても帰宅部に仕事が回ってくる。十五人いた帰宅部員の中、手間のかかる資料収集に立候補する人がいなかったので、孝子が「じゃあ、あたしが」と言ったのだった。孝子がやるんなら、私もやるしかない。続いて手を挙げた。大海くんが「じゃあ俺も！」と勢い込んで言い出したけれど、孝子のほうが「ふたりでじゅうぶんです」とさっくり阻止してくれた。

「はああ、めんどクサ」

郷土資料の棚の前まで来ると、孝子は露骨なため息をついた。

「球技大会と同時期にこれっていうのもさ、ちょっと考えたほうがいいよね。うちの学校、行事のバランス悪くない？　だから二年の演劇だって参加者が少ないんだよ」

昨日の放課後はバドミントン練習、明日も晴れたら練習だ。確かに、こう放課後の潰れる日があるとストレスを感じる。授業の予復習もギリギリだ。でも——。

「孝子がやるって言ったんじゃん」

思わず口出ししてしまう。私だって歴史調べなんてやりたいわけじゃないのに、孝子が立候補するから一緒にやるはめになっちゃったんじゃん……という恨みがましい気持ちが口調に滲《にじ》んでしまって、自分で慌てた。それは責任転嫁ってものだよね、と考え直して、フォローの言葉を探す。

「……でも孝子なら、こんなの余裕でしょ。前にも一回やってるんじゃないの」

ひさびさの「未来ネタ」。孝子は図書室に親しんでいる様子がないのに、今まっすぐ郷土資料の棚に歩いてきた。ということは、「やり直す」前の高校生活でも、学祭の展示で郷土史を担当した（ことになっている）のだろう、という推理がたまたまひらめいたのだ。

しかし孝子は、腕組みをして「……ないっ」と言い放った。

「この棚を知ってたのは、あたしが『前』は図書室の常連だったから。以上」

素でがっくりきてしまう。いや、孝子がほんとに一年の学祭展示を経験済みで、必要な資料をぱぱっと選び出してくれるなんて期待していたわけじゃないけど、ちょっとでも楽したいという気持ちがあったのかもしれない。

ふたりでそれらしき資料をピックアップし、空いているテーブルに運んだ。人が多く、もう隅の席しか空いていなかった。

古めかしく字間の詰まった本や、逆にぺらぺらのいかにも私家本めいた冊子なんかを見ると、先行きが不安になってくる。顔に出ていたのか、向かいの席に座った孝子が、私の目を見てにっと笑った。

「大丈夫、あたし大学出てるんだから。中学レベルの歴史研究なんてすぐ終わるって」

——だといいけど。

それっぽい情報が書かれているページを探して、ふたりでそれぞれ本を確認していく。「資料収集係」とはいえ、この展示に関して他の係は「デザイン係」「当日見張る係」しかいないので、「デザイン係」が書き写せば済むレベルのものを、私たちが持っていかねばならないことになる。

孝子は図書室に来る前にメモをつくり、「城の興り」「滅亡」「その間を埋めるエピソードで面白ゲなもの」の三つがあれば研究はそれっぽく見える、と断言していた。けれど、私はあんまり歴史が好きじゃない。数学や化学みたいな、計算式を解く快感がないからだ。何年何月誰ソレがどこに於《お》いてなにを起こし、などという文章を目で追っていると、頭がぼんやりしてしまう。だいたい係割りからしておかしい、これじゃあ私たちがふたりで研究を担当するようなもんじゃない、また貧乏くじ引いてる……とかいう不満にまず意識が行き、次いで雨の音が耳に入ってくる。

途切れなく続く雨音を聞きながら、私はふと、そういえば孝子は「未来ネタ」を喋らなくなったな、と思った。さっき私から話を振るまで、長いことタイムトリップに関する話を聞いていなかった気がする。いつからだろう。ちょうど、バドミントンの練習を始めた頃からじゃないだろうか。

——やっぱり、作り話だったんだ。

雨の音をバックに思った。フィクションであることは当然にしても、新しい友だち——私の気を引くための些細《ささい》な仕掛けだったのだと思うと、急に鼻白《はなじろ》んでくる。よくできてたけど、つまんない嘘。他に仲の良い人ができた途端やめちゃうなんて。

もしかしたら孝子は、これから村山くんともっと仲良くなったら、ふたりきりの時を狙《ねら》って言い出すんじゃないだろうか？「あたし、未来から来たの」って。「村山くんにだけは言っておきたかったんだ」って。

そこまで考えた時、「沙織」と呼ばれた。テーブル越しの孝子と、ばっちり目が合う。いつの間にか孝子を見てぼーっとしていたんだ、と焦ったけれど、彼女は私のことを叱るために声をかけてきたのではなかった。

「これさ、いまいちだよ。ここにある本、全部。もっとてっとり早い本があるはず」

孝子は早くも五冊以上の本を脇に積み上げていた。そういえば、かなりの速度でページをめくっていたような気がする。目次を見て狙った場所を流し読む、などの方法を取っていたのかもしれない。

「てっとり早い本って？」

「市制何十周年の記念誌とか。城はここの市のシンボルだから、そういう本には要点絞って歴史くらいまとめてあるはず。それこそ丸写しで研究終わるくらいにね」

孝子も、このクラス展示に関してはできる限り手抜きしたいらしい。そしてその策は確かにイケる気がした。

ただ、問題はある。郷土資料の棚は、本棚ひとつにも満たない小さなコーナーだったから、もしそんな本があるなら、私たちが目に留めないはずはなかったのだ。多分、なかったんだろう。孝子もやっぱり「さっきはなかった気がしたけど……」と言いながら例の棚に向かった。ついでに持ってきた資料を戻すことにする。

「ここの市は、四十周年くらいかな？　キリのいい数字で探してみよう。なるべく厚いやつ」

資料を戻してから、孝子の指示で背表紙をチェックしていったけれど、市史の本自体が見つからない。下まで調べても、ない。

「……ないわけないよね？」

「普通あるでしょ」

ふたりで顔を見合わせたところで、孝子が小さく叫んだ。

「あそこか」

視線を追って振り向くと、窓際のテーブルに、けらけらと笑っている一年生らしき集団がいた。ひとりが立てた本の背に、「鶴賀市三十年史」という金文字が刻まれているのが、目を凝らすとやっと見分けられる。

——よく見つけたなあ〜。

感心を通り越してびっくりしたのだけれど、孝子はさっそく、私の手を引いてそちらへ歩き出していた。

「どうするの」

「貸してって言うよ。なんかいっぱいあるっぽいもん」

近づくにつれ、確かに、似たようなつくりの本を他の子も開いていることが見てとれた。背や表紙が見えないので確信はできないけれど、他の「何十年史」のような気も、する。

そのテーブルの子たちは、図書室の中でひときわ騒がしくしてた。司書さんに注意されないレベルの声で話してはいるけれども、絶えず何かを指しては笑い、話を止めるということがない。近くまで寄ると、「っつか昭和は女子のファッションレベル低すぎ!」「あ、でもこの人とかかわいくね?」と、巻頭の「懐かしフォトページ」を指してくだらない話をしているのが聞き取れた。

——けど、またこんな波風立てそうなこと……。

私がげんなりするのと、孝子が「ちょっとすいません」とそのテーブルに手をつくのが同時だった。

「五組の者だけど、うちも郷土史やるから、ちょっとだけその資料貸してくれないかな」

テーブルの視線が、いっせいに孝子に集まる。男子三人、女子ひとりの集団だった。彼らは値踏みするような目つきで孝子を眺め、それから私にも視線を浴びせてきた。さっきとは打って変わって無言。居心地悪いことこの上ない。

長い間を置いて、紅一点の女の子が口を開いた。

「貸してあげたいのはやまやまだけどさあ、うちらも郷土史ってことは決まってるし」

その一言で答えが決まったのか、他の男子も口々に続ける。

「みんなで手分けして見てるとこだし」

「俺ら本日一番乗りだったんだよ、図書室に。借りて帰ったりしないから、明日また来たら」

最後に、一番手前に座っていた坊主の男子が、「ほら、テーマまでは決まってないから、少しでも多くの資料を見たいわけさ」と肩をすくめると、孝子がとげのある声で言った。

「決まってないのにこんなに本独占してんの？　うちはテーマ決まってんだから、先に見せてよ」

——地雷踏んだ確実に地雷踏んだよ。

私はもう見ていたくなかったのだけれど、布川くんの時みたいに先方が無視することはなかった。代わりに女の子が椅子にのけぞり、「やー正論だけどさあ」と顔をしかめる。

「うちら、こうしてなごやかに楽しんでるわけじゃない、展示の準備を。そこに割り込んできて『私が正しい』みたいな顔されてもねー」

後ろ頭を見るだけでも、孝子が返答に詰まったのがわかった。その間にテーブルの人たちはお喋りに戻ってしまい、「ちょ、この犬かわいいんですけど！」「柴犬の愛らしさは時代を超える」とか言い出した。

「……い、言いすぎました」

孝子が謝る。しかし誰も反応しない。「おねがいしゃっすー」と冗談めかして付け加えたけれど、テーブルの面々はもう無視を決め込んだみたいだった。

私のすぐ前にある孝子の肩が、すとんと落ちる。あきらめて振り返る——その顔を、あんまり見たくないなと思いながらも声を出すこともできない自分を意識していた、一秒にも満たない間。

「じゃんけんタームー！」

場の空気を無視しまくった声が軽く響いた。孝子とテーブルの間に、見憶《みおぼ》えのある背中が割り込む。

「じゃんけんで勝ったほうに一冊資料が渡ります！」

大海くんが、坊主男子の手を強引につかみ上げていた。

「はあ？」

もちろんテーブルの人たちは驚き呆れていたけれど、女の子が「あんたも五組の奴？」と言い出す前に大海くんは孝子の手も引っぱっていた。

「はーい、じゃーんけーん……」

ぽん、で何故か坊主の男子はグーを出していた。そして孝子が出したのは、パーだった。孝子が負けたらどうなっていたのかはわからないけれど。

「じゃんけんで公平を期したことだし、一冊頂戴しようか！」

大海くんは一息に言って坊主男子の手元から本を抜き取ると、そのままもう一方で孝子の手を取って、ずんずん歩いていってしまった。私も慌てて後を追う。

「やっぱりあいつ五組なんじゃん」

「お前もじゃんけんするなっつーの」

「いや、つい……呑まれたっていうかあ」

声と一緒に、遠巻きにこちらをうかがうテーブルの人たちの視線がしばらく背中に届いていたけれど、本棚が並ぶ奥まで行くと断ち切られた。大海くんは人のいない壁際まで来てやっと孝子の手を離し、振り返った。

「『ふたりでじゅうぶん』じゃなかっただろ？」

上背のある彼の姿が、初めて頼もしく見えた瞬間だった。すかさず自分で「今の俺、決まりすぎー！　キャー！」と絶叫するまでの短い間だったけれど。

「え、もしかして尾《つ》けてたの？　教室から？」

もはやストーカーじゃん。気持ち悪いよりおかしくなってきて、私は隣の孝子の顔を覗き込んだ。多分、笑っていると思って。

けれども、頬にかかる短い髪の奥にあった孝子の顔は、真っ赤になっていたのだった。

――あら？

「……すてきっ」

孝子が鼻の詰まった声で言う。

「超素敵だったよ大海くん！」

目が一瞬、妙に光って見えた。でも私の見間違いかもしれない、まさか「じゃんけんタイム」で目をうるませることはない、と思う。孝子でも。大海くんは視線が高すぎて孝子の顔が見えないのか、いつもの鷹揚《おうよう》な顔でうんうんとうなずいているだけだった。

「ヒーローみたいだよね俺。っていうかヒーローそのもの！……小峰さんも見直してくれたかなっ？」

大海くんが、分厚い市史を差し出してくる。私はそれを受け取りながら、自然とクローバーの花冠のことを思い出していた。孝子は村山くんからもらったからあれを持って帰ったのではなく、大海くんからもらっても、手首につけたまま家に持ち帰ったんだろうなと、今になって思った。

4

今日も雨だ。

窓の外の景色が、白いフィルムを一枚重ねたように遠くに追いやられ、教室はしんと静まり返っている。晴れていたら、下の階の窓やグラウンドのほうから、学祭準備にいそしむ上級生や文化部員の人たちの声が聞こえてきそうなところだけれど、窓がぴっちりと閉められた今、感じることができるのは教室内の空気と、隣の教室の音くらいだ。

クラス展示の準備は先週のうちに終わっている。いつも学年通信やテストの成績が貼り出されている教室の壁に、「鶴」「賀」「城」「の」「歴」「史」と丸に入った文字が、色紙できれいに飾り付けられていた。他の一年生も然《しか》り、つまらない展示の準備はさっさと終わらせていて、学祭直前だというのに残っている人の気配はまるでない。

　放課後の教室に残っているのは、例によって私たちふたりだけだ。

　隣で孝子が机に伏している。今は主《ぬし》のいない、大海くんの席だ。

「恋はみずいろ……」

「私のときめきメモリアル……」

　ひとりでぶつぶつ言っているので、若干自習の邪魔である。「孝子、数学の問題当たってたじゃん。できたの?」と口を挟むと、孝子は突如頭を振り上げて、こっちを睨んだ。

「数学なんてどうでもいい！　今あたしは、大海くんの机を味わってるんだよ！」

　孝子は、先週の図書室での出来事以来、終始この調子だ。バドミントンの練習では大海くんにラブ目線が行きっぱなしだし、休み時間には、油屋さんを引っぱって、大海くんの隣である私の席まで来るようになってしまった。「昨日の笑点、見たあ?」なんて大声で言いながら、ちらちらと大海くんに目線を投げている。大海くんは大海くんで、だいたいは他の男子と喋っているんだけれども、時に孝子の言葉に答えて「やっぱり歌丸《うたまる》さんだよな！」とか言ったりするから、また事態がやっかいになる。

　いや、孝子がどれだけ大海くんに夢中になっていようが、休み時間に通ってこようが、それはいい。問題は、その大海くんが、相変わらず私にアプローチをよこしまくりなことだ。笑点の話の時も、即座「小峰さんは誰が好きですか！」とこっちに接近してきたし、バドミントンにいたっては、私に向かって羽根を打つたびに「愛のサンダースマッシュ！」とか変な技名を叫ぶ。孝子がいるのに、だ。

今日は練習が雨で潰れてほっとした。球技大会と学祭が一緒になったスペシャルな四日間は、明後日から幕を上げる。バドミントンは球技大会の初日なので、今日が最後の練習チャンスだった。

「あーあ、なんで雨なんだろ。大海くんと『本番は頑張ろう！』って熱い握手を交わす予定だったのに……」

大海くんの机にがっついたまま、孝子がぼやいた。私は胸の奥に、豆腐をじかに置かれたような微妙すぎる違和感をおぼえる。

――孝子の中で「大海くんの好きな人」はどうなってるのよー……。

中学時代のある出来事を思い出す。新しいクラスで仲良くなった女の子が、私の幼なじみの男子のことを好きだと言い出した。「協力してよ」と無邪気に請われ、ウンと言ったら、私はその男子と口をきくことも許されなくなってしまった。

そりゃあ中学生だから、もう異性の幼なじみとなんて仲良くしてなかったけど、委員会で一緒になったりする時に、軽く話をしたりしていた、その小さな交流すら「ねえ、今栗田《くりた》くんとふたりで話してなかった？」「あたしに協力してくれるって言ったじゃん」と咎《とが》められると、泡のような苛立ちがぷつぷつと胸に湧いたのだった。

孝子は、そういうふうに私につっかかってこない。それは素晴らしいことかもしれないけれど、でも、ここまでなにもないと、私のほうが不安になってくる。あの図書室の出来事より前、孝子ははっきりと私に言ったのだ。「沙織、大海くんにひと目惚れされちゃったんだよ」と。だからわかってないわけはない。なのに……。

——言えない。「大海くんは私のこと好きなのにどうするの」なんて。

窓の外を見て軽くため息をついた時、横から「沙織」と声がした。孝子が、机の上を指して笑いをこらえている。

「ちょ、これっ……見た？」

「え？」

注意して見たことがなかったのだけれど、大海くんの机には落書きがあったらしい。孝子の指先を見ると、下手っぴながら丁寧な筆跡で、こう書いてあった。

〝エンジェル×上原多香子＝小峰さん
小峰さん×俺の愛＝ワンダフル＆グレートワールド♡〟

——うわあ……。

私の横で、こんな落書きをしているとは。ショックや怒りより、「理解できません感」で気が遠くなる。相変わらずだ。

「数式なのにポエムだよ！」

孝子がお腹を押さえてげらげらと笑う。そのあとで、ぴたっと目が合った。

私たちの間に、沈黙が生まれる。重くないけど落ちつきもない、非常に扱いづらい沈黙だった。

「沙織、なにか言いたいのでは？」

孝子がぎこちなく口を開いた。私は黙って目を泳がせる。あの変人に好かれているのは私じゃないかと主張することなんてどうしてもしたくない。

しかし幸いなことに孝子は、無言の意図を汲《く》んでくれた。

「……大海くんが沙織を好きってことは、認識内よ？　大丈夫」

「大丈夫って……？」

うまく理解できず、聞き返してしまう。変な汗が出そうだ。でも孝子は、私の目を覗き込んでにやりと笑った。

「あたし大人だから。実りある恋の強さを知ってるもん」

「は？」

みのりあるこいのつよさ、という音が頭の中にとっちらかった。「大人だから」が未来ネタであるらしいことには、なんとか気付けたけれど。

「なにそれ？」

私が問うと、孝子は腕組みをして答えた。

「沙織みたいな高嶺《たかね》の花に憧《あこが》れる男子でも、手に入る女子には弱いってことよ」

高嶺の花、と決めつけられたことにはむっとしないでもなかったけれど（だって私が理想の高い人みたいじゃないか)、孝子の言わんとすることへの興味が先立ったので、訊いてみた。

「孝子は男子の手に入れられたことがあるの?」

孝子は少し間を置いたあと、顔を赤くして「……一応」と答える。

「いつ? 高校生のうちに?」

「や、もっとあとだよ! 大学とかそういう……」

すごい。聞きたい。私は、友だちの経験でも、実際的に男の子と付き合った人の話を聞いたことがない。高校に入ってからまる三ヶ月が経とうとしているけれど、このクラスにはカップル誕生の気配はないし(前に孝子が言った通りだ)、中学の仲良しグループの間でも、二ヶ月くらい一緒に帰って別れるみたいなお付き合いバナしか出たことがなかった。

もし孝子の頭に、もっと進んだ男女交際の話が、フィクションとしてでも存在するのならば、かなり興味がある。

「ねえ、詳しく聞かせてよ。その話」

ちょっと前のめりになってしまう自分を感じながら、孝子の肩をシャーペンでつついた。けれども孝子は「あははっ」と笑ったあと、うつむいてしまった。

「ごめん、たいした話ではなかったかも」

横に流した前髪が垂れて、孝子の目元を隠す。急に暗くなった顔にどきっとした。

「なんか……ちゃんと好きだったのかな? って思うし。大学に入ると、手近な人とくっつこうって気になるから、付き合っただけかもしれない。彼氏と彼女の役を押し付けあってる感じが

――」

孝子はかすれるほど小さな声でそこまで喋ると、「あ、なにこのトーク。暗いねっ」と慌てて笑い顔をつくった。

いいのに。と思ったけれど、孝子があとを続けたくないようだったので、話を変えた。

「でもさ、大海くんはそういうんじゃなくて、好きなんでしょ？」

「うん……うん！　手近だとか思ってない、全然」

「じゃあいいね」

と私が言うと、孝子は今度はつくったんじゃない笑顔になって、頭を掻いた。

「なんか恥ずかしい話しちゃった」

「いいじゃん」

窓の外で、雨がさっと勢いを増した感じがした。私と孝子は、同時に窓のほうへ目をやっていた。雨が、裏山の緑を、濡《ぬ》らして光らせていく。

孝子がつぶやいた。

「……バドミントン、勝ったら告《こく》ろうかな」

「条件づけする必要はあるの？」

私が茶々を入れると、孝子は遠くを眺めた目のままで言った。

「勝ったら、運命をすっごい変えた気がするから。そしたら、好きな人と付き合える気がする」

ということは、孝子は「元の世界」でもバドミントンに出て、結局負けたことになっているんだろうか。それ以上の説明はなかった。

降る雨を眺めながら、私はひとつ考え事をしていた。

私に好きな人はできるんだろうか。それを「未来から来た」孝子は知っているんだろうか。


あとはふたりでおとなしく自習をし、バスに乗った。

そもそも、四時の電車にも五時の電車にも間の悪い不人気便に乗るために居残り勉強していたので、雨のわりに車内は空いていた。

ひとりがけの席に、ばらばらに座る。孝子はすぐに窓に頭をもたせかけ、ゆらゆらしていた。居眠りしたのかもしれない。離れた後ろの席からは、顔が見えなかった。私は濡れた傘が床につくるシミを見ながら、ぼんやりと空想を続けていた。

——孝子に訊いたら、わかっちゃうのかな、「私の好きな人」。

孝子は、クラスにカップルなんてできないと言ったし、あの時の口ぶりからすると、孝子と高校生活をともにした私にも、彼氏はできなかったように思える。でも、二年や三年になってから、新しいクラスの人に恋することもあるかもしれない。それが片思いに終わったのだとしても、先にその人のことを知って、今から行動していれば、なにかが変わるかもしれない。

——なんて、全部夢みたいな話だけど。

空想したことすら恥ずかしくなって、私はバスの中でひとり顔を赤くした。

「次は、鶴賀バスターミナル、鶴賀バスターミナル……」

終点のアナウンスが響く。バスが停まっても、孝子は首を傾けて座ったまんまだった。前に回り込むと、やっぱり眠たげな目をこすっていた。

「孝子。着いたよ」

声をかけると、孝子は寝ぼけ顔で私の顔を見て言った。

「沙織は」

誰を好きだったの……。

むにゃむにゃと不明瞭《ふめいりよう》に続いた言葉が、私の耳にはそう聞こえた。

「えっ？」

聞き返すと、孝子ははっと顔を上げて「ああっ、着いてんじゃん！」と叫んだ。椅子に引っかけていた傘をつかんで席を立つ。勢いよくつかまれた傘から、しずくが散って私の靴を濡らした。

「あ、なんか変なこと言ったかもしんないけど、なんでもないから！」

ステップから飛び降りる時、孝子はそう言ったけれど、胸に引っかかった言葉は消えなかった。

沙織は誰を好きだったの。

その一言で、さっきまでの空想はひとたまりもなくぱちんと弾け、消える。

孝子の脳内にある「未来」の記憶の中で、私は彼女に恋の打ち明け話をしないのだ。ただの一度も。

恋愛なんかしない、とかは、別に思ってない。勉強も大事だけど、それに百パーセントの労力を注ぐ必要があると考えているわけじゃない。いい人が現れたら、その人のことを懸命に考えたり、一緒に寄り道して帰ったりなんだりしてもいいと思う。

でも私には、「いい人」が現れないのだ。子どもの頃からずっと。

「小峰さん。とうとう、僕に興味を持ってくれたんですね……」

大海くんの横顔をまじまじと見ていたら、小さな声で話しかけられた。

「ちがっ――」

思わず平常ボリュームで言い返しそうになって、口に蓋《ふた》をする。今はまだ授業中だ。

大海くんは首を横に振ると、勝手にフッとニヒルな笑みをつくり、ノートテイクに戻った。ああ、ちょっと腹立つ。

やっぱり私には、この人の魅力がわからない。どちらかというと大陸顔で、顔は弁当箱みたいな四角だし、目は線だし。顔に似つかわしく身体は丈夫そうだけど、私はあんまり大きい体格の人に惹《ひ》かれない。孝子は小さいから、大きい人に憧れるんだろうか？

先生の視線が黒板に行っている間に、そっと教室を見渡してみた。最後列中央のこの席からは、教室全体がよく見える。夏服の白い背中は、制服のくせにしまりがなくて、みんなの姿をどことなく散漫に感じさせた。これで、ノートにかじりつく丸い背中や、机の片側にお行儀悪く肘をついている背中なんか見ると、嫌だな、と思ってしまう。女の子たちはともかく、男子だと本当に嫌だ。ああいう人と結婚したら、きっと嫌な目に遭う、そういう運命の女の子がこの世界のどこかにいるのかな、なんて考えてしまう。

──私、性格悪いかな……。

そう思ってふと窓の外を見た時、ある背中が目に留まった。むやみに背筋《せすじ》を伸ばしているんじゃなく、自然な弧を描いているのにどこかぱりっとした、きれいな背中。窓辺に座ったその人は、村山くんだった。

たまたま口をきく関係にある人だったから、反射的に赤面してしまったけれど、それもすぐにおさまってしまう。

孝子の頭につくられた「未来」の通り、私は誰も好きにならない。そう考えても全然無理がなく思えるのが、つまらなかった。

たくさんの白い背中の群れに、つくしんぼうみたいにひょろっとした背中があって、それは車谷さんのだった。黒板に向かっているような顔をしながら、彼女はどこか別のところを見て、唇を結んでいる。結局バドミントン練習に一度も参加しなかった彼女を見つめながら、私はふっと、うちのチームが負けるところを思い浮かべてしまった。


球技大会当日、体育館入り口に貼り出されたトーナメント表の前で、孝子はうなだれた。

「いきなり三年だもんな～」

私たちが初戦で当たるのは、三年八組だった。昨日配布された学校便りを見ればわかることだったけれど、改めて確認すると、結構なクジ運の悪さ。同じブロックに一年生が一クラスしかない。クジを引いたのがチームの誰でもなく、クラスの体育委員なので、理不尽さは倍だ。

「まあ気楽にやろうよ、レクレーションだし」

油屋さんが珍しく励まし役に回っている。でも、勝って大海くんに告りたい孝子に対しては、多分フォローになっていない。孝子は、「めっちゃ弱い人集まってればいいのに……」とぶつぶつ言っていた。

「あ、そうだ、試合開始の時間、車谷さんに伝えとかないと」

話を別方向に逸らそうと私が言った時、トーナメント表を見に集まった人混《ひとご》みの中で、にょきっと飛び出している天然パーマの頭を見つけた。

「車谷さん！」

油屋さんが先に声をかけた。ちょっと驚いたような声だった。

私もびっくりした。あれだけ参加意欲がなかった彼女が、自ら試合の時間を見にくるとは思えなかったのだ。

しかし車谷さんは器用に人混みを抜けてくると、私たちの横に立った。模造紙に書かれたトーナメント表を見上げて、「十時からか」とつぶやく。

「あっ……頑張ろうねっ」

孝子がガッツポーズをつくって言った。不自然極まりないな〜、と思ったけれど、車谷さんは鼻で笑うような笑みを浮かべただけで、そのまま去っていった。

「女子、作戦どうした〜？」

教室に入るなり、珍しく先に席についた大海くんが話しかけてくる。入学式以来初めての授業のない日とあって、教室内は浮《うわ》ついていた。一部の人たちはもう着替えを済ませて、お喋りを繰り広げている。私もその空気に呑まれて、「作戦なんて特にないよねー」といつもより高い声で返事をしてしまう。

時間差で恥ずかしくなって、隣の孝子になんでもいいから言葉つないで、とテレパシーを送ったけれど無駄だった。孝子はぼーっとしている。

「男子はどこと当たったんでしたっけ」

油屋さんが訊いた。「隣。一の六」と答えたのは、大海くんの机に片手をついて立った村山くん。

「モトカズがさ、隣に行ってバドのメンバー聞いてこいとか言うんだけど、やりすぎだよな？」

大海くんが私に言う。すかさず村山くんが口を挟んだ。

「やりすぎじゃないよ、誰がダブルス組んでどれくらいのレベルの奴に当たるかによって作戦違うだろ。それにちひろは同中の奴いっぱいいるんだから、偵察簡単じゃん」

バドミントンは、四人で三試合を行うことになっている。中ふたりがダブルスで、どの順番・組み合わせで出るかは、試合によって変更可能、なおかつ直前まで申請しなくていいことになっていた（結構ルーズな球技大会だ）。

私たち女子は、まず私が確実に一勝し、油屋さんが孝子をフォローしてダブルスの一勝をもぎとり、あとは車谷さんが負けてもオーケー……という感じに勝ちパターンを考えていたのだけれど、確かに向こうの出方によってはキツくなる。ダブルスに強い人を放り込まれていたら、勝てないかもしれない。

「せっかく一年相手なんだから、作戦勝ちしないと」

村山くんが、クールながらもきっぱりとした口調で言いきる。大海くんはそれを聞くと、でかい図体《ずうたい》で机の上にのびた。

「その勝利への執着が怖いわ。別に勝ち負けなんてどうでもよくね？　今まで楽しく練習してきたわけだし～」

「ど、どうでもよくないよ！」

慌てて叫んだのは孝子だ。大海くんを見下ろして、早口にまくし立てる。

「やっぱり結果があってこそ過程が輝くんじゃん！　勝ったほうがもっといい思い出になるよ！　練習のことも」

大海くんはきょとんとして、孝子を見た。途端に孝子の顔が赤く染まる。

横で見ていて、うわあ、と思ったのだけれど、大海くんは「なるほど」とうなずいた。

「貫井さん、いいこと言うなあ。俺今ちょっと素で納得しちゃった」

大海くんが立ち上がる。「よし、探りを入れてきてやろう！」と村山くんに告げた。

それから私の顔を見て、余計な一言を付け加えた。

「小峰さん！　僕の勝利を君に捧《ささ》ぐ！」

女子の試合は予定通り十時に始まった。

ぬるい空気の第二体育館。バスケットの試合が行われている第一体育館の歓声が遠く聞こえ、さんさんと陽《ひ》の降り注ぐ室内にギャラリーの姿は少ない。対戦相手、三年八組の応援も、女子生徒が数人いるだけだった。

私たちの側には、男子バドの四人と、それに卓球の女子、プラス小島さんがついている。

「小峰さん、がんば〜」

先鋒《せんぽう》で出た私の背に、小島さんが声をかけてくれた。試合中は、一点取るたびに大海くんの野太い歓声が響くのが恥ずかしかったけれど、相手が結構動きの鈍い人だったので、難なく一勝できた。

コートの外に出た私に代わって、孝子と油屋さんのコンビが入る。「これ取ればウチの勝ちじゃん。楽勝楽勝」と大海くんがコメントしたものの、試合が始まってすぐ、空気が変わるのがわかった。

向こうが強いのだ。サーブひとつで、容赦なく点を取る。

最初は苦笑しながら落ちた羽根を拾いにいっていた孝子が、どんどん顔色を曇らせていった。油屋さんが「大丈夫！」とか声をかけているけれど、力が及ばないのはあきらかだ。練習量の差じゃない。運動神経の差。

「貫井さ〜ん！　どんまいっ！」

大海くんの声が体育館に響くと、孝子は余計動揺したみたいだった。拾えそうなショットで、思いっきりスカしてしまう。

「あ～……」

大海くんがぐんにゃりした声を出すと、横で村山くんが「『あ～』言うな」とたしなめた。

「あ、だよな。……ノー問題っすよ貫井さん！」

孝子はこっちを見ない。大海くんの声にも、振り向かない。

どきどきしてきた。この感じ、前にもあった。練習に出ない車谷さんを、私が引きとめようとしてダメだった時。

個人的には負けてもいいやくらいに思っていたのに、いざこの絵面《えづら》を目の前にしてみると、何故だか胸に詰まるものがある。人の、思いがかなわないところって、あまり見たくない。

――勝ったら、運命をすっごい変えた気がするから。

孝子の言葉が頭に浮かぶ。また相手側のスマッシュが打ち込まれる。孝子の左足首の辺りを、かすめるようにして羽根が床を叩く。私から少し離れたところでは、車谷さんが壁にもたれ、醒《さ》めた視線をコートに投げかけていた。

試合終了のホイッスルが鳴る。

「十五対四、三年八組！」

孝子はコートから戻ってきて「ごめ～ん」とみんなに言うと、私の隣で膝《ひざ》を抱えた。かけるべき言葉を、私はなかなか選べなかったけれど、車谷さんがコートの真ん中に突っ立って、雑な礼をした時に、やっと言った。

「……勝たなくても、告ればいいじゃん。孝子頑張ったんだし」

「それはそうだけど」

孝子は頭を膝につけた。しばらくその姿勢のまま黙り込む。

じわじわと、なにかが伝わってくる気がした。私は孝子のつむじを見つめながら、固まってしまう。

「悔しいもん……」

孝子の声が少し詰まったようにして聞こえた。と同時に、コートの周りがどよめいた。

顔を上げると、得点板の点数がひらりとめくられたところだった。うちのクラスに、一点が入っている。

「え、なに？」

事態を把握できない。反対隣に座った大海くんが、ぽかんと口を開けてコートを見ている。

「光の速さ」

なにが光の速さなのか、私は次の瞬間コートに目をやって知った。相手チームのサーブを車谷さんがものすごい剛力で向こうのコートに打ち返したのだ。

相手の三年生は立ち尽くしている。さっき孝子の横をかすめたみたいにして、猛スピードの羽根が床に叩きつけられた。

「孝子っ」

私は頭を膝にくっつけたままの、孝子の背中を揺さぶった。大海くんが思い出したように声援を送る。

「く、車谷さあーん！」

孝子は顔を上げた。そうして車谷さんが見事に三点目を入れるのを、目を点にして眺めた。

「こういうとこが、いけすかねーって」

小島さんが他の女子に話す声が聞こえる。

「親が剣道の師範でさ。小さい頃から天才少女？　みたいな扱いで～。でも体育の授業とか、めんどくさがってまともにやんないの、あいつ。ほんとはデキるくせに」

私と孝子は顔を見合わせた。どちらからともなく、笑いをこぼす。

くるまたにさああーん、と呼んだ声がきれいにかぶった。彼女は振り向かない。ひょろりとした背中を伸ばして、大きなサーブを打っただけだった。


結局私たちは三回戦まで進み、敗れた。後で、「無理やり練習に引っぱり込もうとしてごめん」と孝子が謝ると、車谷さんは、「だから必要ないって言ったじゃん」とすました顔で言った。

「孝子、色々知ってるのに、車谷さんが体育できることは知らなかったの？」

私が訊くと、孝子は「いやあ～……知らなかった。彼女、別の競技に出てたし」と素で認めた。

男子チームのほうは、応援に行ったけれどあっさりと初戦敗退した。大海くんがつかまされた情報がガセだったらしい。「だから作戦なんか練るなって言ったじゃん！」と大海くんはわめき、

「お前なんか最初負けてもいいって言ったじゃん！」と村山くんも引き下がらなかった。

授業のない三日間はあっという間に過ぎる。梅雨時の球技大会としては晴天に恵まれた、と校長先生が閉会式で言ったように、ずっとぽかぽか陽気で、男子のサッカーやソフトボールをだらだらと観戦するのも楽しかった。

「いつ大海くんに告るの一」

「もうちょっとあとー！」

クラスの試合を適当に覗きながら、孝子とお喋りをしていた。理想の告白について孝子が語るのをいくら聞いても、私は恋をしないのかもしれない、という不安はもう生まれなかった。

三日目の午後、体育館で行われた前日祭の、バンド演奏が全部終わったあと、だらだらと教室に戻る人混みの中で、孝子はいきなり大海くんをつかまえて言った。

「明日の学祭、あたしと回んない？」

そこで告ったことにも驚いたけど、孝子が、入り乱れた全校生徒の中から一発で大海くんを見つけ、すかさずそこに駆け寄っていったことにはもっと驚いた。

慌てて追いかけていくと、孝子は大海くんの半袖の端を、ぎゅっとつかんでいた。

流れていく人の合間に、大海くんが柱のように立ち尽くしている。目を丸くして孝子を見下ろしていたけれど、間を置いてちょっと赤くなってから言った。

「それは告白ですか……」

「そう！」

彼が、少し離れたところで様子をうかがう私の姿を見つけて「うわっ、小峰さん！」と反応したのは、孝子に「いいよ」と言ったあとだったので、私は本当に「この人たち付き合っちゃうんだな」と、思った。

5

学祭はくす玉みたいに盛大に弾けて終わった。

うちの高校の学祭というのが、そんなに楽しい行事であったとは思わない。展示をやっている一年生の教室は、どこを回っても、行き場のないらしい生徒がつまらなそうな顔をしてたむろっていたし、教室によってはそんな生徒が二十人もいるところもあった（他クラスや学外の客は入りづらいったらない）。

でも私たちはずっと笑っていた。私たち――孝子と、大海くんと、私。

付き合い始めのカップルについて回るなんてとんでもない、と思われるかもしれないけど、孝子があっさり「え、最初は沙織も一緒にいてよ」と言い、なおかつ村山くんが、吹奏楽部の演奏が終わり次第合流すると約束してくれたので、素直に従ったのだった。

「消化のはたらき」とか「選挙の歴史」とかしょぼい展示を冷やかして、合間に屋台のたこやきやわたあめを食べる。

「この『胃』の絵、まじやばくない？　どんだけ絵心ないんだよ！　胃薬のパッケージ見て描けよ！」

孝子が展示に大声で難癖つけるたび、大海くんがでっかい身体を縮めて「しーっ、貫井さん、しーっ!!」とたしなめる。大海くんのほうがやらかしそうだと思っていたのに、ふたりでいると孝子のほうが問題児だった。

「やばっ、三の五の屋台まだチェックしてないよ！　鶴高の王子・渡部《わたべ》先輩がいるのに！」

「早々に浮気はやめて下さーい」

「そうだよ孝子。渡部先輩は私が代わりに見てきてあげるから」

カップルになったばかりの照れくささや浮つきが、変なテンションに変わってふたりを覆い、それが私にもいくらか伝わってくる。面白いこと言わなきゃ、笑ってなきゃ、っていう空気。それは焦りでもあるかもしれないけれど、背中を押されるようにして私も頬を浮かせてしまう。笑おうと思って笑うのであっても、笑っているうちに楽しくなる気がした。

吹奏楽部の演奏を三人で聴いたあと、村山くんを部室まで迎えにいったら、もう二時近くになっていた。村山くんは、片付けを終えて抜けてくるなり、「……別行動、しよう、もう」とぎこちなく言った。

「あと一時間しかないじゃん。勇気出せ、ちひろ」

村山くんは大海くんを見ていたのに、その台詞で孝子も真っ赤になった。おかしいし、かわいかった。

最後の一時間を、私は村山くんとふたりで歩いた。油屋さんがいる美術部の展示を見にいったり、人のひけた食堂でうどんを食べたり、静かな過ごし方だったけど、男女ふたりで歩くだけで、カップルの少ないうちの学校ではすごく目立ち、いろんな人に見られた。そのどきどきは悪くなかった。

三年の食堂の、ビニールの安くさいテーブルクロスの上に肘をついて、村山くんは言った。

「小峰さんと歩いてると、他の男子から嫉妬《しっと》で殺される気がする」

その顔が大真面目だったものだから、私は軽く噴き出してしまう。

「いや、冗談じゃないよ。さっき氷のような視線感じたもん、誰かとすれ違いざまに」

「またまた〜」

そういう村山くんだって、さっき部室に迎えにいった時は何人かの女子の視線を背中に集めてたけど、ということを言おうと思ったけど、お互い言葉に詰まることになりそうで言えなかった。

「孝子たち、うまくやってるかな」と話を逸らす。村山くんが「いや、うまくやってないだろ」と即答したのでまた噴いた。

「だいたいちひろは、ああ見えて小心者なんだよ。すっごい他人の目気にしてるし。今頃、同中の奴らに冷やかされて『この人はイトコで』とか弁解してそう。そして貫井さんの怒りを買ってそう」

「あはは。それあるかも」

くどくどと続く村山くんの「大海ちひろ分析」を聞きながら、私は彼の顔を観察していた。楽しがるのを隠すような表情のほころびが、村山くんの顔には珍しかった。目元と頬の間が、ぷちっと盛り上がったかと思うと、すぐに元に戻る。この人がもっと長く笑ってる顔を見てみたいなあ、と不思議なくらい深く思った。

その思いに、スピーカーから流れる「蛍の光」がかぶっていく。

「第七十八回鶴賀高校学園祭は、三時をもちまして終了いたします。ご来場ありがとうございました……」

アナウンスを聞きながら見ていたテーブルの上の赤いカーネーションの色が、目の裏に長く残った。向かいに座った村山くんも、花を見ているみたいだった。

学祭が終わり、余韻は期末試験対策期間で飛び散る。七月に入ると、少しグズグズした天気が続き、それが明ける頃には試験が始まっていた。

最近すごく時間が過ぎるのが速い。中学の頃なんて、少し持て余していたくらいの時間が、授業中も休み時間も放課後も問わず飛ぶように過ぎる。孝子にそれを話すと、「ほんと。なんか元の高一の時間より速いよ」と言われた。「もしかして、あたしがタイムトリップしたことで時空のひずみが生じて、あたしたちの周りだけほんとに時間の流れが速いんじゃ」とのたまわれたけど、さすがにそれは流しておいた。

期末試験が明けて数日経ったある日、帰りのホームルームで担任から一枚の紙が配られた。

〝文理選択アンケート〟

「えー、一年のこんな時期でって思うかもしれないけど、この機会にめいっぱい悩んで学ぶことー。まだ『アンケート』だけど、進路相談は常時受け付け中だからなー」

教室は一気にざわついた。隣で大海くんが「小峰さん、同じ学部に……」と言いかけてあっと口を押さえる。

「相手間違ってる」

私が指摘するのと同時に、大海くんは教室の最後列から最前列まで通る声で孝子に叫んだ。

「貫井さーん！　僕と素敵なキャンパスライフを送りましょおお」

教室がどっと沸く。担任が「大海、プロポーズは公衆の面前でしないこと」と注意してますます笑い声は大きくなった。

この数週間で、孝子と大海くんはすっかりクラスの名物カップルとなった。ふたりが付き合っていることは誰もが知っているし、休み時間はいつもふたり楽しそうに話している。テレビについて、テストについて、他愛ない話題でもふたりは昔からの友だち同士みたいに盛り上がって喋くった。

けれども、「素敵なキャンパスライフ」に誘われた孝子は一瞬、あきらかにためらった。振り返って曖昧《あいまい》な作り笑いをしたあと、すぐ前に向き直り、プリントを見る。大海くんを含め、他のクラスメイトが気付いた様子はなかったけれど、私は違和感を持った。

それは気のせいではなかったらしく、ホームルームが終わってから、孝子は私のところに歩いてきて、「今日残れる？」と言った。

「もちろん」

孝子が大海くんと交際を始めてからも、私は基本的に孝子と放課後自習をして、一緒に帰っている。デートで孝子がいなくなったこともあるけど、それはまだ数えるほどしかない「特例」だ。

私の横で、大海くんが「じゃ俺も残ろうかなー」と言い出したのを、孝子は「帰って」と制した。

「沙織とふたりで話したいことがあるの」

傍で見ていてちょっとぎょっとするくらい、はっきりした言い方だった。大海くんもびっくりしたようではあったけれど、間を置いて「ごめん」と引き下がった。ちひろはああ見えて小心者で……という村山くんの評を思い出す。

孝子ははっとしたように肩をこわばらせて、「あっ、ごめん、あとで電話するから!」とつくろった。

「何時くらいがいい?」

「八時台なら、だいたい大丈夫だと思う。姉貴帰ってないし」

「あ、じゃあその時間に電話するねっ。ごめんね!」

——うまくいってない、わけじゃないみたい。

ふたりの様子はすぐに元に戻った。大海くんは柔和な顔になり、手を振る。でも、だとしたら、孝子が私に話したいことというのはなんだろう。

数分後、教室から人がひけるのを見計らって、孝子は大海くんの机の上に潰れた。

「文理選択うう~……」

と情けない声を上げる。「沙織、何学部志望なの」と机に伏したままこっちに訊いてきた。

「薬《やく》」

と答えるやいなや、孝子が「やっぱり！」と叫ぶ。私はそこで、孝子の「話」の内容を悟った。大海くんに言えなくて私だけに話せること。それは「未来ネタ」以外にない。

孝子が黙りこくってしまったので、私は自分から話を振ってみた。

「私は『未来』で薬学部に入れるのかな？」

答えはすぐに返る。

「某有名国立大学にばりばり一発合格だよっ！」

と言った孝子の声は、しかし、情けないまんまだ。薬学部に受かるという自分のことも気になったけど、それはさておき、もうひとつ質問をしてみる。

「大人の孝子はどこを選べばいいのかわかってるんじゃないの」

私の声を聞くと、孝子はようやく顔を上げて言った。

「自分が間違ったことはわかるよ！　でも、これ以上正解を選ぶ自信なんて……」

そこまでまくしたてると、孝子はふうっと息を吐いて首を振った。

「……ごめん。なんか、これ見たら急に怖くなって」

机の上に広げていた、「文理選択アンケート」の用紙に視線を落とす。私は「そう」と言って話の続きを待った。孝子がうつむいて、話し出す。

「あたし、文理間違ったの。成績はあきらかに文系なのに、理系クラス選んで、授業すらわけわかんなくなって結局私立文系の二流大学に入った」

「そしたら今度は、文系選べばいいじゃない」

思ったことをそのまま口にすると、孝子は黙った。何故か、顔がだんだん赤くなっていく。

――あ、そうか。

大海くんとのやりとりでおぼえた違和感を思い出して、私は納得した。「僕と素敵なキャンパスライフを」と言われて答えられなかったその理由が、これか。

「大海くんが理系なんでしょう」

理系と文系は、無論クラスが分かれる。二年から分かれて、その後は絶対一緒になることはない。仮に同じ大学に進むとしたって、その二年はきつい……のかもしれない、カップルの立場で考えてみれば。

そう考えたのだけれど、孝子はあっさりと私の言葉を否定した。

「違う。彼は文系。大学までは知らないけど、期末の成績見る限りでも絶対文系だった」

「え？」

じゃあなにも問題はないじゃない。不可解さに眉をしかめた私に、孝子が畳みかけてくる。

「でも沙織は、理系なんだよ？」

その言葉を呑み込むまで、数秒の時間がかかった。いや、結局はいまいち、呑み込めなかったけれど。

――それは、大海くんより私と同じクラスになりたいということ？

「あっ。ちょっ、夕日でかっ」

車両の先頭のほうで誰かが言って、その後に女の子たちの黄色い声が響いた。

「キレー」

「すごー」

チェックのスカートをはいた女子高の子たちが、運転席の後ろの窓にべったりと張り付いている。中にはマミちゃんの姿も見えた。

足元が傾き、電車が急カーブを通過する。床に落ちた赤い色の光が近づいてきて、やがて私の靴の先を照らした。目の前の窓枠に、太陽が入ってくる。

段々畑と田んぼが続く窓の外の景色を、私は眺めた。山の陰にずぶずぶと沈んでいく太陽は、確かに滅多に見ないほど大きい。見つめていると、目の裏が鈍く痛むほど、強烈な光を放っている。

痛い。でも見る。

こうして見つめていると、太陽はたいして動いていないようだ。でも実際にはかなりのスピードで沈んでいて、ふっと気付くと、さっきよりだいぶ山に隠れてしまっていることがわかる。私たちの時間みたいだ。

自分じゃわからないけれど、今この瞬間にも時間はすごい勢いで流れていて、遠いと思っている未来だってあっという間にやってくる。大学どころか、受験や、理系クラスで勉強することだって、ずいぶん先の話みたいだけれど、きっと気付いたらすぐ傍まで来てしまっているのだ。もし薬学部に入るなら、私はそれなりに大きな都市でひとり暮らしをすることになる。その時にはもう、こんな山あいを走る電車で夕日を眺めていたことなんて、自分が本当に経験したものなのかどうかもわからなくなっているんじゃないだろうか。

不安が、ゆっくりと胸の中でせりあがっていく。でもそれは、冷たい不安じゃなくて、あの夕日の色みたいな、変にあったかい不安なのだ。

未来って、途方もなさすぎる。

私と同じクラスになりたい理由を、孝子はこう説明した。

「だって、あたし沙織と卒業まで一緒のクラスだったんだもん！　それが変わっちゃうなんて無理だよ。教室ン中で、全然違う友だちつくんなきゃいけないんだよ？」

未来を変えに来たのに、友だちを変えたくないなんて、むちゃくちゃだ。私はそう思ったし、実際口にしたけれど、孝子は結局「いや、あたしが真面目に数学を勉強すればよかったんだよ。これから勉学に励む！　絶対」と言い張り、その場でアンケートの「理系」にマルをしてしまった。

筋が通っていなかったけれど、今考えてみると、孝子の言うことはわからないでもない。私たちの未来は、どこにでもつながっていそうで、すごいけど怖い。本当は想像を超えたことも起こってしまうだろうから、少しでも、不確定要素は減らしたい……かもしれない。

電車の、前のほうで騒いでいる女の子たちの声と、後ろで野太い声で笑っている男の子たちの声が遠ざかる。私は沈んでいく夕日とふたりきりで向かい合う。

こういう大きな夕日を、お父さんと見たことを思い返した。あれはどこだったんだろう。私がもう行かない、車でしか行けないような大きな公園だったんだと思う。芝生の丘の上を、お父さんは夕日に向かって歩いていた。私は肩車されて、お父さんの頭にしがみついていた。

他の子たちの声が遠かった。お父さんが踏む芝生の、くしゃくしゃという音のほうが大きく聞こえて、ぬるく弱い風が、私の髪の毛をさらっていた。少しポマードのにおいがした。

幼稚園にも入らない頃の話だ。自分がなにを思っていたかもよく憶えていない。でも私は、静かな気持ちで夕日を見ていた。お父さんも同じ気持ちなのがわかった。お互いなにも言わなかった。

――あの時の私には、お父さんがいなくなるなんてわからない。

そこまで考えた時、電車がスピードを落とし始めた。と同時に目の前に杉林が現れ、太陽を隠してしまう。

「次は～、谷倉《たにくら》～、谷倉～」

アナウンスが聞こえ、私は窓から目を逸らした。車内のざわめきが、耳に飛び込んでくる。カバンを持ち直して、席を立った。

いつも通り、あまり人のいないドアから降りて、一番に改札を抜ける。駅舎を出て家に駆け込むと、おばあちゃんが夕ご飯の準備をしていた。

「ただいまあ」

「おかえり」

居間の隅にカバンを下ろして、私はファイルに入れたプリントを取り出す。「文理選択アンケート」だ。

「おばあちゃん、今日こういうの渡ったんだけど」

プリントを差し出すと、おばあちゃんは鍋の火を止め、見てもわからないだろうに、「ほうほう」と眺めてくれた。

「お母さんに相談……したほうがいいかな」

私が言うと、おばあちゃんは「麻由子《まゆこ》になんて、訊ぐだけ無駄だべ」としかめっつらで即答した。私だってそんなことはわかっているのだけれど、改めて口にされると、目の前が暗くなる。あの母親だ。本当は進路どころか着る服ひとつだって、相談したくない。

私が顔をこわばらせたのを見てか、おばあちゃんはころっと笑顔になって言った。

「沙織は頭えんだがら、自分で決めだらえがべ。なんでも沙織が一番えぐわがってら」

私は二階に上がって、部屋の電気を点《つ》けないまま、適当にカバンを放り投げた。手にしたプリントも、手探りで机の上に置いてしまう。

ふすまを閉める時、廊下から振り返ったら、薄闇《うすやみ》の中でプリントの白い色がぼんやりと浮かんでいた。

——私は「未来」で薬学部に入れるのかな？

——某有名国立大学にばりばり一発合格だよっ！

さっきの孝子とのやりとりが、胸によみがえる。

孝子がどんな意図であれを言ったか知らないけど、私は自分の意思で薬学部を志望しているわけじゃない。そういうものだと思って、生きてきただけだ。

——でも本当は、違うものだって選べる……。


次の日の昼休み、大海くんが両手を挙げて宣言した。

「僕から素晴らしい提案があります！」

孝子が私の机に先日の期末テスト（数Ⅰ）を広げ、私は復習のヒントを出しているところだった。大海くんは、前の席を借りた村山くんと一緒に昼ご飯を食べていたようで、まだ机にでっかいお弁当箱を出しっぱなしにしている。

「夏休みに、四人で海に行くというのはどうですか」

大海くんの提案に、すぐ返事をする人はいなかった。私も孝子も村山くんも、ぼけっと大海くんの顔を眺めただけだ。

「四人って、こう～、四人？」

ようやく口を開いたのは孝子。指で、村山くん、大海くん、私、そして自分を指し示す。「イエス！」と元気な答えが返ったけれど、孝子は別段嬉しそうな顔をしない。

「……びみょ～」

とつぶやいて、私の顔を見る。まったく同じ感想だったので、私もうなずいた。村山くんも

「うーん……」と言っただけだった。

「ちょっと待って！　みなさんなんでそんなレスポンスなの!?　俺素敵なこと言ってるよね？　ね！」

大海くんが腕をじたばたさせたけれど、あまりうったえてくるものはない。私は孝子の三十三点の答案に目を落とした。

「だからここでね、公式使わないと――」

「ちょっと小峰さん！　話終わってないっすよ！」

脱出しようとしたのに、大海くんに無理やり連れ戻された。前で孝子がため息をつく。

「海とか、青春ドラマでは定番かもしんないけど、実際には無理じゃん？　遠いし、電車で行くの大変だし。あと、水着買わなきゃいけないし」

「な、なにツレないこと言ってんの！　貫井さん俺の彼女でしょ？」

「っつーかねー、エロい！　高校生なのに休みの日にわざわざ水着で会うなんて、不純異性交遊の始まりだ」

「なななななに言ってるんですか！　キング・オブ・ピュアネスの俺に対して！　俺はただみんなで青春のよき一日を夏休みに持とうと……」

孝子と大海くんの会話は、だんだん際どいほうへ向かう。「不純異性交遊」って死語だな、とは思うけれど、私も実は水着になるなんて嫌だ。この高校はプールがないので水泳の授業も存在しない。中学もそうだったから、久しく水着は着ていないことになる。

「青春のよき一日なら、キャンプに行けばいいじゃないのっ！」

「キャンプのほうが泊まりだからエロいですー！　海のほうが健全ですー！」

「当然日帰りキャンプじゃぼけっ」

ふたりが大声で言い争うので、だんだん教室の視線がこっちに集まってきた。私は居心地の悪さに肩を縮めつつ、ちらりと村山くんのほうに目をやる。彼は私の視線に気付いて、目配せをくれた。うなずいてから、カップルの間に手を割り込ませる。

「まあまあ。キャンプか海か、どっちかにみんなで行きましょうって話でしょ？　ここは公平に――」

さすが村山くん。多数決を採ってくれるのか。

「じゃんけんで決めたらいいじゃないか」

――えええ！

予想外の展開に私が口を挟む暇もなく、大海くんが例のアレを発動させた。

「じゃんけんターイム！」

「沙織ごめん……」

音楽室に移動する私たちの足取りは、重い。私は「いいって」と言いながらも、ため息をついてしまった。

――水着かあ……。

小学校時代のものなんて着れないから、買いにいかないといけない。どういうデザインだと胸が目立たずに済むだろう？　私は背丈と肩幅がそれなりにあるので、当然バストもサイズが大きいのだ。こんなのあからさまに見せて歩きたくない。悩む。

「あ、海に行くんだって？　なんか近くの席の子たちが噂《うわさ》してたけど」

ひとり、けろりとした顔の油屋さんが言った。孝子が「油屋さんも行く？」と声をかける。油屋さんは例によって美術室でお弁当を食べていたので、昼休みはいなかったのだ。最近では、休み時間も他のクラスの友だちといることが多い。廊下でマンガやアートの専門的な話をしているのを、何度か見かけた。

「ん、私は美術部で結構長い合宿に出るから。今年は気合入ってるんだ～、うちの部」

このたびのお誘いも、楽しげな顔で断られた。「美術部で合宿って？　走り込むの？」「いやいや、デッサンの特訓とかだよ。みんなでばりばり講評し合うの！」……孝子と油屋さんが話すのを聞きながら私は、部活があればこういう時逃げられそうなのに、と不毛な思いを抱く。

――ん？　部活？

そこで、あることに気付いた。

「吹奏楽部も、合宿ってあるよね？」

油屋さんに尋ねると、あっさりとした答えが返ってくる。

「そりゃあるでしょう。うちの吹奏楽って強豪じゃないけど、普段からあれだけ練習してるわけだし」

私は孝子と顔を見合わせた。廊下の真ん中で足を止め、数秒黙り込む。

「……村山くん、やっぱ行けないとか言い出すんじゃないの、ギリギリで」

私が言うと、孝子が目を泳がせた。「そうかも」とつぶやく。

「やだ！　そんなことになるんだったら私、水着買わない！　あの人、最初っから孝子とふたりで海に行くつもりなんじゃない！」

私はいつの間にか両手でグーをつくっていた。全力で拒否を示す。

「そ、そんなこと言わないでよー。ふたりで海なんてまじ不純すぎる！　沙織も来てよ、学祭は三人で回って楽しかったじゃない」

すがってくる孝子を、「いやーっ！」と振り払う。その時、油屋さんがぽつりと言った。

「……貫井さんと大海くんは、そのう、あんまり進んでないんですね」

孝子が一瞬、固まるのがわかった。

「な、なにを言っているのかしら、油屋さん。アテクシよくわかんないわ！」

赤い顔をしてすっとぼけようとする孝子に、油屋さんは生真面目な顔で「え、だから、恋人の階段とかそういうのの話ですよ」とダメ押しの一撃を食らわせた。「恋人の階段」という表現に笑い出しそうになりながらも、私は興味本位に孝子の顔を覗き込んでしまう。

「あ、あたしはっ――」

孝子は少し溜《た》めたあと、渡り廊下に響くほどの声で宣言した。

「デザートは最後までとっておく主義なのよ！」

その時ちょうどチャイムが鳴り、教科書と筆記具を抱えた大海くんと村山くんが、走って私たちを追い越していった。ふたりとも追い抜きざまにちらりとこちらを見ていく。

「貫井さーん！　ダッシュダッシュ！」

階段のほうへ折れる手前で、大海くんが振り返った。そのタイミングで油屋さんが「デザートですか……」とつぶやいたので、私は盛大に笑ってしまった。

「ちょっと沙織笑わないでよ！　今の絶対聞かれたし！」

孝子は鼻の頭まで赤くなっている。その向こうで廊下の窓が、むくむくの入道雲を映していた。昨日の、不安をあおる夕日とは全然違う顔の太陽も。

職員室のほうから現れた音楽の先生の背中を追い越すべく駆け出しながら、私はどこかで、今小さいことに夢中になっている私、を意識する。


結局私たちは、いつもより早いバスに乗って、駅前のショッピングビルに寄ることになった。孝子が村山くんに「合宿ないの？」と確かめたところ、「あっても一日くらい抜けるよ。俺、あんまりみっちり根詰めるの好きじゃないし」とあっさり言われたそうなので。

田舎らしい、外壁のくすんだしょぼいショッピングビルにも一応水着売り場はあり、二階の隅に、カラフルなジャングルを成していた。私たちはその中におそるおそる分け入って、自分が着られそうなものを探す。

「ぐわっ……蛍光みどり！　こんなん着る人いんのかな」

「孝子、それ後ろが『T』だよ！」

「きゃあああ」

派手な水着を茶化して遊ぶのは楽しいけれど、実際この中から自分が着るものを選ぶとなると困る。それは孝子も同じらしく、ポールにぶらさがった水着を右から左へ流しながら「難しいな〜」とぼやいた。

「おっ、これかわいい！」

孝子がハンガーをひとつとって、私に見せる。腰回りにフリルがついているだけの、シンプルなワンピースの水着。サーモンピンクで、胸元に赤いボタンがコロンとふたつ並んでいる。

「ほんとだ、かわい〜……」

と言い終える前に、私は脳内に自分の着用済み図を思い浮かべて脱力した。ダメだ。でかい胸をこのワンピース水着に詰め込むと、いもくさいし変ないやらしさが出る。

孝子もなにか考えたらしく、急に顔を引きつらせて水着を元に戻した。「うちら、体型2で割ったらちょうどいいよね……」とつぶやく。

「っていうかさ。胸がでっかいにしても小さいにしても、ビキニのほうがいいのでは？　露出度を気にしている場合じゃないような」

孝子が言う通り、実際着たところを考えると、無理に腹だの谷間だのを隠さないほうがマシに思えた。最初引いていた派手な色も、引き締め効果を考えれば使ったほうがいいような気がしてくる。

「こ、こんなんとかでも、海で着れば意外と……」

孝子が取り出したのは真っ赤なビキニだ。うわっ、と思うけれども、着用図はさっきよりマシ。私が着ても、胸がぺたんこな孝子が着ても。

私たちはしばし、ビキニを見つめて黙った。

「……ま、今日買わなくてもね！　財布にあんまお金入ってないし。休みに入ってから各自買うということでも」

孝子がぎこちなく笑い、私も「だよねだよね！」と賛同する。

ふたりして長いため息をつき、売り場を後にした。五時の電車まではまだ時間があるので、一階のハンバーガーショップに入る。

窓際の席につくと、孝子が頰杖《ほおづえ》をついて、「夏休みだねえ」と言った。「そうだねえ」と適当に返事をする。終業式は明後日だ。

「沙織、『文理選択アンケート』出した？」

「あ、忘れてた」

私が言うと、孝子は「もう、余裕なんだからなあ」とぶうたれた。

――「余裕」ねえ……。

その言葉を聞いて、ちょっとだけ意地悪な気分になった私は、孝子に訊いてみることにした。

「ねえ孝子。孝子は、私がどうして薬学部志望なのか知ってるの？」

私が目を覗き込むと、孝子はぼんやりした顔で、「ああ～、なんだっけ」と言った。

「お金が……そう、安定して高収入の仕事に就くのがいいに決まってるでしょ、ってさらっと言われたんだよね。あたしも、まあ研究職志望だったから、そんなもんだよなーって思ったけど」

――合ってる。

もちろん、「私」は孝子にそんな話をしていない。孝子の頭の中のフィクションと、私の現実が、たまたま一致しているということだ。

けれども私は、そういう前提条件を一瞬頭から消して、質問を重ねていた。

「じゃあ、どうして私がお金にこだわるかは、聞いた？」

孝子は少し難しい顔になった。私が珍しく「未来ネタ」に突っ込むから、変に思っているのかもしれない。

「聞いてない。……なんでなの？」

別に、と、私は言った。言うか言うまいか考えるより先に、口が動いていた。

「別に理由なんてないけど」

「ああ、ひっかけ問題か。意地悪～」

孝子がそう言って、どこかほっとしたような顔になったことから、私は「未来の私」を少し恨んだ。

卒業まで一緒のクラスだったのに、孝子になにも話さなかったその私のことを、憎らしくさえ思った。

乱暴に引き戸の開く音がしたあと、どたどたと玄関のほうで足音がした。私が、ちゃぶ台の上に広げていたノートと教科書を閉じて待ち構えると、間もなく障子にのっそりとした影が映った。

「……ああ、ちょっと呑みすぎたわ。水ぅ～」

障子が開く。どろんとした目のお母さんが、廊下の暗がりに立っていた。

天井に近いところにかかった壁時計は、もう十二時を指している。「おかえり」と私が言うと、お母さんは「沙織か」と赤ら顔をばつが悪そうに歪めた。バッグを畳の上に放り、台所から水を汲んできて、その辺に座る。ちゃぶ台の向こう側にいるのに、お母さんからは甘く強いお酒のにおいがぷんぷんと漂ってきていた。

「なに、こんな時間までテスト勉強？　たまにはテレビ見て夜更かしでもしなさいよ」

お母さんは水を呑み干すと、空になったコップをちゃぶ台の上に叩きつけるように置いた。酔っ払ったお母さんのこの動作が、小さい頃はすごく怖かったのだけれど、今は酔いで力加減がわからなくなっているだけだと知っている。

「期末テスト、とっくに終わってるから。あと、普通の母親と言うこと逆だから」

私が冷静に突っ込みを入れると、お母さんは大きすぎる声で「ぎゃははははっ」と笑った。脚を組み替えて、あぐらをかく。膝丈《ひざたけ》のスカートから、真っ白くて太いふくらはぎがはみ出ている。大根というより、巨大なホイップクリームの塊みたいだ。甘ったるいクリームが私は大嫌いだけど。

「学校からこういうの来てるの」

私はちゃぶ台の隅に置いていた「文理選択アンケート」を、お母さんの目の前に突き出した。

お母さんはそれに手を出さず目を落とし、「はあはあはあ」と言ってから、「とかって、全然わかんないけどねっ」とひとりで笑った。

「沙織が自分で決めればいいじゃん？　あたしわかんないしさ、こういうの。あとは先生にでも友だちにでも相談しな」

想像通りの、親とは思えない返事。この人はいつだって、なにも考えてはいないのだ。

私はプリントをしまって、お母さんに本題を切り出す。

「あとさ、今度友だちと海行くから、水着買うお金ちょうだい」

今までへらへらと笑っていたお母さんは、それを聞くと突然真顔になった。苦々しげに「海ィ？」と言う。

「ちょっと、それって男とじゃないでしょうねー」

一瞬答えに詰まる。その間で、もうバレたと思ったので、正直に言った。

「男の子も、いるけど……」

お母さんはほれ見たことかとばかりにせせら笑いを浮かべた。自分の母親が、こんな醜い表情を浮かべるところなんて、誰でも見たくないだろう。

「ダメよ、流されちゃ。親の欲目とか抜きで、あんたほんっとにかわいいんだから。沙織は真面目だから助かってるのよ。変な男にとって食われちゃ、人生九十度の下り坂だし、離婚なんかした日には、あたしのような淋しい人生を――」

べらべらとあふれ出した母親の弁に、私は強い口調で割り込んでいた。

「うるさいなっ！」

あ、言いすぎた、と思った。それによってお母さんが傷つくかどうかより、自分がこの人と同じ醜い顔をしたんじゃないか、それが後悔だった。こっそりと深呼吸をして、落ちついてから口を開く。

「……社交だよ。ただの。だから経費出して」

私の言葉に、お母さんはつまらなそうな顔をして、ショルダーバッグを引っぱった。財布からお札を一枚抜いて、ちゃぶ台の上に置く。五千円札だった。

「おつりは戻してよね」

お母さんはそう言い残すと、立ち上がって障子を開けた。コップを持って、台所に消えていく。私もお金をパジャマのポケットに入れ、さっさと机の上のものをまとめて居間を出た。二階に上がって、自分の部屋のふすまを開ける。

学習机のスタンドを点けて、「文理選択アンケート」を出した。その辺にあるペンで、立ったまま書き入れる。

志望コース、理系。志望学部、薬学部。目標大学、千葉大。

だらしない母親と正反対のこれが、私の唯一の目標だ。そして孝子が言うには、私の、まごうことなき未来の姿だ。

時計を見て、早く寝なくちゃ朝の電車に遅れる、と思う。スタンドを消し、敷いておいた布団にもぐると、今日見たものが頭を駆けめぐった。Tバックの変な水着。「余裕なんだからなあ」って言った孝子の顔。廊下で見た入道雲、私たちを追い抜いて駆けてった男の子ふたりの背中。

何故だか一粒涙がこぼれる。

でも大丈夫、こんな苦しさは奥歯を噛んで我慢していればすぐに過ぎる。

「クラゲが出るから、海は七月のうちに行こうね」と、孝子が言っていた。

6

発車ベルが鳴り終わる寸前、村山くんがドアを開けて飛び込んできた。

「ごめん、待合室で寝ちゃってて……」

私が胸をなでおろすのと同時に、孝子も大海くんもほーっとため息をつくのがわかった。まさか村山くんが約束をすっぽかしたりするまい、とは思っていたけれど、不測の事態で来れなくなったとしたら、三人で海に行かなければならなくなるところだった。

「村山くんでも、うっかりすることあるんだ」

孝子が声をかけると、村山くんは立ったまま「まあね」と答えた。それから、こちらを見下ろして私たちの並び方を確かめた。座席はロングシート。進行方向から、大海くん、孝子、私という順で一列に並んでいる。村山くんは私の隣に腰を下ろした。

「あと一分遅かったら、ちひろの『両手に花』だったな。おそろしい」

「うん、おそろしかった」

私が同意すると、大海くんが「なんかそこら辺で俺の悪口言ってない!?」とわめいた。村山くんが「いや、まったく」と涼しい顔で受け流す。

「しっかし、長いな。まだ半分も来てないのかあ」

孝子が、掌に新書判の時刻表を打ちつけてつぶやいた。電車は既に動き出し、見慣れない駅を後にしようとしている。村山くんが乗ってきたここは、「北田線」が合流する場所だ。その奥に家のある村山くんは、学期中は高校の傍に下宿しているらしい。

「まだ三駅じゃないすか」

鶴賀駅から乗った大海くんが肩をすくめると、孝子がキレた。

「あんたはそうでも、ここにいる全員、もっと遠くから来てんだよっ!」

孝子はもう八駅くらいこの電車に乗っているはずだし、私は「ほかほか線」から乗り換えてきている。三駅しか乗っていないのは大海くんだけなのだ。

「鶴賀市内の奴らは、自分らが中心だと思ってるから困る!」

「ぬぬぬ、彼氏の俺様を『市内』でひとくくりにしたな!」

くだらない言い争いを始めたカップルふたりを、村山くんは横目に見て「はしゃいでるんだな、あれは」と言った。クールで適切な分析に思えた。カップルのことは放っておいて、私は村山くんと話を始める。

「合宿所じゃなくて、家から来たんだ?」

「うん。よく考えてみたら、歯医者に行くって口実で抜けて、合宿所に海パン干すわけにいかないしね。昨日はウチに帰った」

「あはは、確かに」

外は、快晴とまではいかないものの、一応雲の間から太陽が覗いている。北国の海水浴にしては、天候に恵まれたほうだ。

いつも通学する電車から一本遅いだけなのに、夏休みなので制服姿はどこにもなく、他の人影もまばらだった。向かいのシートには、長旅の登山者らしい若者がひとり、眠りこけているだけだ。

私たちの海水浴も、ちょっとした旅だろう。この電車にあと四十分くらい乗って、終点の県庁所在地に出たら、そこで乗り換えて、海沿いの線路を南下していく。私の家からだと、片道二時間半の旅だ。

話に出た時はあまり乗り気になれなかった海水浴なのに、こうして電車に乗ってみると、案外嫌じゃないのが不思議だった。上履きと制服でしか会わない友だちと、サンダル履きで会っているのが、なんだかくすぐったくも心地いい。孝子も大海くんも村山くんも、着替えること前提のラフな格好をしていて、「デート」とかいう気張った感じには程遠かった。私も、着心地で選んだ無印《むじるし》のワンピに、冷房避《よ》けのカーディガンを羽織っているだけ。なんかこれって「遠足」みたい、と思った瞬間に、孝子が「梅食べる人ー！」と叫んだので、笑ってしまった。

「梅って！　もっと他になんかないの？」

孝子がバッグから取り出したのは、うちの店頭でも見慣れたビニール袋詰めの小梅だった。

「いっや～、遠足といえば梅でしょ」

うなずく孝子に、「そっすよね、遠足のおやつって張り切って甘いもんばっか買っちゃうから、あとでしょっぱさが恋しくなるんすよ」と大海くんが賛同する。「や、俺はそういう時ハッカ飴《あめ》などを投入する派」と村山くんが対抗し、場が盛り上がった。

「モトカズ、お前あれだろっ、子どもの多くがドロップの缶の底に残すハッカ味の飴を、むしろ先に食うタイプの変人だったろ、幼稚園の時からっ！」

「ちひろに変人呼ばわりされるとは屈辱だな……」

孝子と一緒に笑うと、私たちの声ががらんとした車両に響いた。ふたりでハンバーガーショップではしゃぐ時より、半オクターブくらい高い声だったかもしれない。


目指す駅に辿《たど》り着くと、すっかりお尻が痛くなっていた。でもさっきより雲が晴れてきていて、駅から海水浴場までの道すがら、松林の向こうに見える海面のきらめきに、「やばーい」「まばゆーい」とみんなで声を上げることになる。

平日とはいえ、夏休み中だけあって浜はそれなりに混《こ》んでいた。日本海側のしょぼい海水浴場なんて、全国的に見れば人口密度が低いんだろうけれど、山から出てきた私たちには、ちょっとショッキングなくらい人が多く見える。

「いいとこ取られてない？　もう隅のほうしかないじゃん」

「まあまあ。花見じゃないんだからいいじゃないか」

大海くんが、持参の巨大レジャーシートを孝子とふたりがかりで敷き、私と村山くんでその上にそそくさと荷物をのせた。お財布と水着を持ち、男女に分かれて更衣室に向かう。

「……どんな水着買った？」

混んだロッカールームの中に空きを見つけてから、孝子が切り出した。私は「う」と言って黙りこくってしまう。女子大生らしき集団がすぐ横で堂々と着替えをしていて、きゃあきゃあと黄色い声を飛ばしていた。

「せ、説明するのが嫌」

その声に気圧《けお》されつつ私が答えると、孝子は早口に「そそそそうだよね、着替えちゃったほうが早いよねっ」と言って顔を赤くした。狭い空間で、お互い背を向けるようにして、まぬけなてるてる坊主姿（タオルの）になって着替える。

――うー、なんか孝子に見られるのも恥ずかしいなあ。

こんな状態で同じクラスの男子の前に水着で出られるのか、と戸惑う反面、孝子もこういうところは高校生じゃん、と思った。

着替えを終えてタオルを取り、最後に髪をまとめて振り返る。ちょうど、孝子もおずおずとこっちを向いたところだった。

孝子は私を見るなり、声にならない声を発して口元を押さえた。即座目を泳がせる。そしてものすごく間を置いたあとで、

「沙織は……グラビアアイドルになったら一年半で天下取れると思うよ」

というコメントをよこした。

「だからやだったのよ～！」

思わず孝子の肩をつかんで揺さぶってしまう。そう言う孝子は、黒いビキニで小さく細い身体をますますスマートに見せ、モデルさながらの姿になっていた。日焼け止めのポスターになっても目の毒でない、という意味で。

私はその逆、日焼け止めのポスターじゃなくて、どうしたってグラビア水着という有様。最初は胸を隠す方向で考えていたのだけれど、思いきってホルターネックを選んだら裏目に出た。面積的にそんなに際どくはないと思うけど、はっきり言って、やらしい。

孝子はうなだれて「ううううん」とうなり、

「浮気されっかも」

とつぶやいた。「そういう事態には私が絶対しないよ！」と叫んだけれども、大海くんがどう思うかまではちょっと保証できない。

「まあ、腹くくって行きますか、お互い」

孝子があきらめたような声で言ったのを機に、ふたりで外へ出た。

「あ、日焼け止め。あたしは家で塗ってきたけど、沙織大丈夫？」

「うん。塗ってある」

「あ、そう。塗り直したい時とか言ってね、あたし持ってるし」

レジャーシートの場所まで戻ると、大海くんと村山くんが、ふたりでパラソルを立てているところだった。村山くんのほうが、先に私たちに気付く。

「これ借りちゃった、五百円だったし。お金は俺とちひろで出……」

にこやかに話し始めた彼は、途中で言葉を切り、目を泳がせた。パラソルを支えていた手が離れ、赤と黄色の傘がひゅーと倒れる。上のほうを持っていた大海くんが「ぎゃっ」と声を上げ、ようやくこっちを見た。

「めっちゃ見てる、めっちゃ」

孝子が横でぼそりと言う。彼の視線が注がれているのは、孝子ではなく私（の、主に胸）だったが。

「ダーリ〜ン、アテクシの水着姿はいかがかしら？」

孝子が、大海くんに笑顔を向けつつ、怒りをあらわにした声色で言う。回答は「そそるっす！最高っす！」だったけれど、結局孝子の蹴《け》りが炸裂《さくれつ》していた。

「目が沙織に行ってるんだよおお」

「ぎゃー！」

もうちょっとお仕置きがあるかと思いきや、孝子はすぐさま私の腕をつかみ、今来たほうへ引いた。

「沙織、浮き輪借りに行こ」

更衣室に戻るほうへ、海の家がある。「うきわ　三百円」と看板が立っているのをさっき見た。

「え、私は要らな……」

「行くの！　そういうものなの！」

よくわからないが、強引に引っぱられて、その場を離れた。孝子のぶんの浮き輪だけ借りて戻ってくると、男子ふたりは消えていた。

「海でしょ」

と孝子に言われて、波打ち際のほうへ目をやると、村山くんがこちらに手を振っていた。浅いところで座っているのか、首まで水に浸《つ》かっている。

孝子に手を引かれて海に入ったけれど、大海くんの姿は見えなかった。

「ちひろは？」

孝子が尋ねると、村山くんは首を横に振った。

「わかんない……海と戦いにいった」

「あ、そう」

――今「ちひろ」って言った？

私は、孝子が大海くんのことを下の名前で呼ぶのを初めて聞いてどきりとした。私の知らないところでしっかりとふたりの仲が変化しているんだな、と思って。けれども孝子は平然とした顔で、波の彼方を見やっただけだった。

「海水浴場って、リアル『ウォーリーをさがせ！』だよね」

孝子のつぶやきに、私が「そうだね」と返すと、村山くんがおもむろに「では俺も戦ってきますので」と言って動いた。

「はいはい」

孝子がぞんざいな返事をする。村山くんの背中が見る間に遠ざかるのを見送ってから、「もう少し深いところに行こう」と私に言った。

「え、大海くんは？　捜《さが》さなくていいの？」

せっかく、カップル含む四人で海に来たのに。私はびっくりしたのだけれど、孝子は「海なんて、実際は男女別行動と決まってるもんよ」とニヒルな笑みでコメントした。浮き輪を海に浮かべて、波が来るほうへ足を向ける。

孝子について歩きながら、一応大海くんを捜そうとしてみたけれど（それこそウォーリーをさがすくらいの軽い気持ちで）、浅瀬に浮かんだたくさんの人の頭の中に、私は彼の顔を見つけられなかった。


孝子とふたりで、海の底を踏んで歩いた。

足に当たる砂は頼りなく、身体に押し寄せてくる波の向きはいつも微妙に違う。時間はちょうど正午くらいで、頭に注ぐ日差しは熱かったけれど、水はまだ温まりきっていないように思われた。冷たさが、背中に腕に、絶えず押し寄せてくる。それがまた気持ちよくて、私は、海に来てよかった、と思った。孝子も、なにも言わないでもにやにや笑っていた。

「沙織、海っていつぶり？」

「えーと……小六以来かなあ」

「町内行事でしょ！　旅館の無料マイクロバス借りてさ！」

「そうそう。そうだっけ。運転手がいるから、お父さんたちがお酒呑み出すんだよね～」

大きな波にきゃあきゃあ言う、その合間に他愛のない会話をする。たまに波しぶきが唇にはねてきて、しおからい味を残した。波が首にかかる深さの場所まで来ると、孝子は浮き輪にしっかりとしがみついた。本気で泳げないらしい。浮き輪を揺すると、ぎゃあああ、と悲鳴を上げるのがおかしくて、私は浮き輪の片側をぎゅうぎゅうと押してからかってやった。

「結構怖いんじゃん。なんで海に来たのよ～？」

笑って尋ねてから、あ、そういえばこの人は強硬に山行きを主張していたっけ、と思い出したのだけれど、孝子は真顔で「青春だからさっ」と言った。

そのあと、波に身をゆだねるようにして目を閉じると、ぽつりとつぶやいた。

「すごいね。目、閉じても、まぶしい」

私も、孝子の浮き輪に頭をのっけて水に浮かび、目を閉じてみた。空を仰げば、まぶたを通り抜けて強い日差しが入ってくる。網膜じゃなくて、頭の奥を刺激されるような強い光。

「学校で見るのと同じ太陽なのにね」

私が言うと、孝子の「そうだね」という声が、ちゃぷちゃぷする波の音に混じって聞こえた。

「帰りたくないな……」

なにげなくそうこぼしてしまった。自分にとってはたいした言葉じゃなかったのに、孝子があからさまに黙り込んだので、それが重い台詞として受け取られた可能性に気付いた。

「や、日常を否定してるわけじゃなくて！」

と、不自然なフォローをしてしまう。孝子は閉じていた目を開けて「わかってるよ」と言った。

「でも、こうしてると夢の中の世界みたいだね」

孝子が静かにつぶやくと、ちょうど空がかげった。太陽が薄い雲に隠れ、世界がすっと彩度を落とす。私は海の底に足をつけて、頭を上げた。孝子はまた目を閉じて、くったりと浮き輪のへりにもたれていた。

——これが夢だったらどうしよう、って考えてるのかも。

孝子の黒いつむじを見てそう思ったけれど、口にしなかった。「未来から来た」孝子にとっては、これは覚めそうな夢そのものだね、と確かめたら、本当に空が閉じて、世界が終わってしまいそうな気がした。


それからも私たちは、波と戯れてはしゃいでいたのだけれど、時間がわからなくなった頃、孝子が唐突に「寒い」と言い出した。

「えっ？」

空は少し曇ってきているけれど、急に水温が下がったということはない。なのに孝子は、「寒い。やばい。歯ぁ鳴るわ」と、自分の両腕で肩を包んだ。

「忘れてた。あたし、プールで唇が紫になる人だった」

よく見ると、孝子はいつもより白い顔をしている気がした。「わっ、上がろう」と言って手を引くと、孝子は大人しくついてきた。

浜に上がり、レジャーシートの場所まで戻る。どこも似たようなパラソルに似たようなシートなので、捜すのに手間取った。

一緒に座ると、孝子がかちかち歯を鳴らす音が聞こえた。

「大丈夫？　水気拭《ふ》いちゃいなよ」

「うん」

孝子はバッグからタオルを出し、てるてる坊主姿になった。せっかくの水着姿もかたなし、だけどしょうがない。

「ごめんね、気付かなくて。私、長い間水に入っててもわりと平気だから……」

私が謝ると、孝子は震えながらも首を横に振った。

「ううん、調子に乗ったあたしがいけないんだよ。ちゃんと時計見とけばよかった」

バッグのポケットに入った腕時計を出して、孝子が「一時間経ってる」とつぶやいた。もう十三時を過ぎている。そんなに長い間海にいたとは思えないのに。

「あったかいもの、買ってこようか？　おでんとか……」

孝子が痛々しいまでに震えているので、おろおろしてしまう。「いい、いい、日なたで寝てれば大丈夫だから」と言われたけれど、今や日なたというほどの日なたはない。空は薄い雲で覆われ、パラソルの意味がなくなっている。

どうしよう、と思ったところで、急に後ろから人の気配が寄ってきた。

「あれっ、上がってたの」

振り返ると、カキ氷を手にした大海くんが立っていた。寝ている孝子の横に腰を下ろし、「貫井さん、ブルーハワイ食べる？　ブルーハワイ！」と話しかける。

「うええ」

孝子が顔を逸らしてうめいた。「大海くん。孝子、身体が冷えちゃったみたいなの」と横から説明すると、大海くんは「なんと！」と叫んでカキ氷をその辺に置いた。

「では僕が温めてあげようじゃないか！」

タオル越しに肩に触れられるや否や、孝子は「ぎゃあああ触るなああ」とわめいて転がった。

「冷たいんだよ！　手が！」

「あ、そうだった」

大海くんは手を自分の腿《もも》の上でこすり始めた。摩擦熱で温めようとしているらしい。でもあっためた手で触られるのも私はやだな、とこっそり思っているところに、村山くんが現れた。カップ入りのおでんを持っている。

「あれっ、どうしたの？」

彼は孝子の様子がおかしいのに気付いたらしい。「プールで唇が紫になるほうの人だったんだって、孝子は」と教えてあげると、「そりゃ大変だ」と言ってカップのおでんを差し出した。

「貫井さん、これ食べて。俺また買ってくるから」

「うそ。いいの？」

私が買ってくると言った時には遠慮したのに、孝子は起き上がってカップを受け取った。やっぱりあったかいものが欲しかったんだろう。

「あ、羽織るもん貸そうか。タオルじゃ足りないでしょ」

村山くんはてきぱきと荷物から薄手のパーカを取り出し、孝子の肩にかけた。またすぐ立ち上がって、海の家のほうへ戻っていく。

孝子はおでんをふうふうしながら、恨めしげに彼氏のほうを見た。

「男子レベルが違うね……」

「うっ！」

大海くんはとっくに腿をこするのをやめ、ブルーハワイをむさぼっていた。

「しかし貫井さんが選んだのは僕なわけです」

言い訳めいた言《げん》に、孝子は「まったくもってその通りだわね」と答えて、こちらを向いた。

「沙織。おでん少し食べない？」

孝子の持ったカップからは、だしのいいにおいが漂ってくる。お腹が結構空いていることに気付いた。

「私も、なにか買ってこようかな」

「あ、そうしなよ。考えてみたら、朝からなにも食べてないもんね、あたしら」

私は、海の家の前に村山くんの背中を見つけてそれに追いつき、ふたりで焼きそばを買って戻ってきた。三分もかからなかっただろうに、孝子はもうおでんをたいらげて横になり、大海くんはプラスチックのスプーンをくわえてぶらぶらさせていた。大海くんの目は、正面の海に向いている。

「ちひろ、もうちょっと彼女をいたわれよ」

村山くんがシートに腰を下ろして言うと、大海くんは孝子のほうに少し詰めて、「いたわってますよ！　ただ俺はお前より人間が不器用なだけじゃないか」とぶうたれた。

——不器用、ではないと思うなあ。

私もシートに腰を下ろしつつ思ったところで、孝子が口を挟んだ。

「ちひろ、海行ってきたら」

孝子が、首を回して大海くんを見る。大海くんは少し黙ったあと、「しかしそうすると俺が薄情みたいじゃないかあ！」と主張したものの、目が泳いでいた。孝子は声を立てて短く笑い、「でも、あんたさっきから海ばっか見てるよ」と言った。

「もう大丈夫だよ、おでんでだいぶあったまったし。薄情とか思わないから、行ってきな」

結局大海くんは、少しもじもじしたあと、こちらに背を向けた。

「ありがとう貫井さーん！」

と言って波打ち際へ駆け出す。

うわっ、ほんとに薄情、と私は思ったし、横で村山くんも呆れた顔をしていたけれど、孝子は静かに目を閉じただけだった。

「貫井さん。あいつ、ほっとくとつけあがるよ」

村山くんが苦笑交じりに意見する。孝子は「そうかな」と受け流すと、「寝ていい？　ちょっと眠くなっちゃった」と言った。


結局、焼きそばを食べ終えると村山くんは海に出、私は孝子の横に残った。孝子は「沙織も行ったら。帰りの電車四時だから、着替えの時間とか抜いたらそんなに時間ないよ」と言ったのだけれど、一度水から上がると身体がだるかったし、お腹が膨らんで眠くなってきてもいたので、タオルをかけて孝子の隣に寝た。

眠くなった、と言ったわりに孝子は時々目を開け、空を見たり海を見たり、砂山をつくる子どもを見たりしていた。私も薄目を開けて孝子を見ていた。

「楽しいけど、ままならないもんだね」

独り言のように孝子が言った。私はそれに、ぼんやりとした頭で受け答えする。

「恋が？」

「いや全部」

孝子が即答した。

「もうわかんないよ、どれくらい『未来を変えた』のか。こうして同級生と海に来るなんて、元の世界じゃありえないことだし……だからあっさり失敗するんだ」

失敗、というのがなにを指しているのかすぐにはわからなかったけれど、どうやら海に浸かりすぎたことを言っているらしい。そんなのたいした失敗じゃないじゃん、と私は思う。

「孝子は失敗が怖いの?」

そういえば、何度かそういうニュアンスの言葉を聞いたかもしれない。球技大会の失敗、調理実習での失敗、文理選択での失敗……。そもそも最初も、二十七歳で無職の人生をやり直したくて高校まで戻ったとか、そんなことを言っていたはずだ。

「怖いよ。超怖い」

孝子はまたも即答した。私は不安定な砂の上のシートに頬を押し付けたまま、言う。

「でもさ、先が読めたら面白くなくない?」

なにげなく口にしたことだったけれど、あとから恥ずかしくなった。孝子にではなく、進路を限定している自分に言ってしまったような気がして。

私は、お母さんのような失敗をしない。男と別れて、家業があるのにそれを手伝いもせず夜の仕事をして暮らすなんて人生にしたくない。だから金銭的に自立できる薬剤師になる。

そう考えてきたけれど、私は本当にそれでいいんだろうか。失敗の要素を排除するためだけの人生で、いいんだろうか。

海にいることを忘れるほど強く、そのひらめきに気持ちを持っていかれた時、孝子が強い口調で言い返してきた。

「沙織にはわかんないよ」

はっとして、覚醒度《かくせい》が上がる。目をぱっちりと開くと、孝子がこちらを向いて頬を歪めていた。

「沙織は……沙織はなんだかんだ言って失敗しない人だもん。頭いいしかわいいし、絶対無職になんかならないんだ」

「なに言ってんの」

ちょっとむっとしたけれど、同時に胸が痛んでもいた。

——孝子、こんなに隣にいるのに私のこと全然わかってない。

「頭いいしかわいいし」くらいにしか私のことを認識してないんだ、と思うと悔しさが少し湧いて、私は孝子を睨みつけてしまった。寝転がったまま、至近距離で睨まれて、孝子は少しひるんだようだったけれど、すぐにそっぽを向いて言った。

「沙織は薬学部出て無事就職してまともな男と結婚する人生なんだよ、それが事実なんだよっ」

かっと顔が熱くなるのがわかった。今一番言われたくないことを、孝子は面と向かって私に言ったのだ。

気付いたら私は手で握りこぶしをつくっていた。

「なに人の人生決めちゃってんの？」

思ったより大きな声が出て、そばで砂山をつくっていた子どもが振り返った。

「劣等感で勝手な妄想つくらないでよ！」

孝子は呆然《ぼうぜん》として私を見た。顔がみるみる赤くなり、唇が強く結ばれる。孝子の口がまた開いた時には、震えた声が出ていた。

「妄想って……」

あ、と思ったけれど遅かった。私は孝子の「未来」の話を否定しないように気をつけていたのに。

怒り出すかと思ったのに、孝子は寝返りを打って背を向け、「もういい」と言っただけだった。

——なによ。

苛立ちと胸の痛みが、行き場をなくして自分の中でこぼれる。私も孝子に背を向けた。言ってはいけないことを言ったかもしれないけれど、謝るのは絶対に嫌だった。

黙り込むと、周囲のざわめきの陰に隠れていた波の音が、耳につき始めた。波打ち際からは結構距離があるはずなのに、目を閉じていると頭のすぐ傍で砕けているように、波が近く思える。本能が少し怯《おび》えるくらいに。

私はしばらく眉間《みけん》に力を入れて波の音を聞いていたのだけれど、じっとしているうちに、一度遠ざかった眠気がやってきて、意識が薄れ出した。

——なんでこんなことになっちゃったんだろ。

私たち、さっきまですごく楽しくやっていたのに。そう考えると、やっぱり未来なんて誰にも読めないじゃない、と思う。

眠りの合間に、大海くんと村山くんの声を聞いた。

「寝ーてーるー！　かーわーいー！」

と言ったのは大海くんだったけれど、そのあとで、「なんか、泣いたまま寝たような顔じゃね？　ふたりとも」と言ったのもまた彼のほうだった。

「言われてみれば、そうかな」

村山くんが言い、そっと足元の荷物が探られる気配がした。

「ていうか、眠くない？　俺らも」

「だなー。昼寝も海には欠かせない娯楽」

とかなんとか、呑気《のんき》な会話が続いたあと、少し離れた場所に、ふたりが横になる気配がした。

「しっかし、やばいよな小峰さん。俺さっき、遺伝子レベルで呼ばれるのを感じたもん」

「性欲をきれいに言い換えたな。でもお前、そんなことばっか言ってると、貫井さんに振られるよ」

全部聞こえてるんだから、と思ったけれど、身体は動かないし目も開かなかった。泳いだせいか、まだすごく眠い。

やがて寝息が聞こえ出して、私も再び眠りに落ちた。四時まであとどれくらいなんだろう、というのは多少気になったけれど、まあ誰かが起こしてくれることだろう。こんな人数なんだし。


「ちょっ……やばいぞこれ！」

村山くんの声で目が覚めた。起きてすぐ、さっきより周りの人気が少なくなっているのを感じた。続いて、私のお腹の横辺りに、孝子が座っていることに気付く。

起き上がると、村山くんが腕時計を突き出して言った。

「電車の時間まで、あと十五分しかない」

「うそっ」

悲鳴を上げたのは孝子だ。大海くんは今やっと目をこすりながら起き、村山くんも寝起きっぽい声だったけれど、孝子は少し前から起きていたようなのだ。

「ご、ごめん、あたしが時計見てれば……」

孝子の言い訳を、村山くんが「いい、いい、それより」とさえぎる。

「駅からここまで何分くらいかかったっけ？」

「五分……」

「五分以上は歩いた」

私と孝子の返答がかぶる。さっきの喧嘩《けんか》を思い出して気まずくなったけれど、それどころではなかった。

「十分で着替えと片付け……無理だろな、更衣室も混んでるだろうし」

村山くんが砂浜を見渡し、顔をしかめた。太陽は再び雲間に姿を現しているけれど、かなり西に傾いている。海風が心なしか冷たく、少なくなった海水浴客たちも、ほとんどが帰り仕度に入っていた。

「次の電車乗ればいいじゃ〜ん。一時間待ちでも二時間待ちでもなんでもいいっしょ」

大海くんが身体を起こして、へらへらと笑った。

「だから、お前にはそうでも俺たちには終電かもしれないの！　俺、今朝、乗り換えで二時間待ちだったんだよ、鬼のような接続の悪さなんだよ」

村山くんの言葉ではっとする。乗り換えが必要な私と村山くんは、とんでもない時間で終電になったりするのだ。孝子も、本線とはいえ奥のほうの住人だから、途中で止まる電車にしか乗れないかもしれない。

「貫井さん、時刻表持ってたよね。一応調べてくれる？」

村山くんの指示で、孝子が時刻表を開いた。そうしている間にも時間は流れていくわけだけれど、村山くんとしてはもう、今の電車に乗るのはあきらめているのだろう。

少しして孝子が口を開いた。

「む、村山くんと沙織は終電でした〜」

「ええっ⁉」

驚いて、孝子の手元を覗き込んでしまう。時刻表の上で目が合って、お互いに視線を逸らした。村山くんは私たちの様子に目を留めたけれど、それについては特にコメントしなかった。

「どうするかな。俺は最悪、高校の合宿所に帰ればいいけど……できれば避けたいしなあ」

村山くんが腕組みをすると、孝子が手を軽く挙げて言った。

「親の車呼んで帰ったらどうかな。うちなんかは、車使って山越えたほうが近いし。それに、有料特急除けば、次の電車って六時だよ。それで帰れるとしても、あんま待ちたくないわ」

大海くんが「そうねー、それもアリかもね」と相変わらず危機感のない声で賛同する。私はひとりでどきりとした。

――親の車、って。

うちは母親が十七時出勤なので、今から呼ぶことはできない。もちろん、おばあちゃんは車なんて運転できないから、他に呼べる人もいない。

それを言っていいものかためらった少しの間に、村山くんが口を開いた。

「それナシ。うち父親しかいないし。医者だし」

「ええっ」

すかさず大声を上げて反応したのは、大海くんだった。

「そうなの？　そんなん聞いたことないよマジで！」

もちろん私も初めて聞いて驚いたのだけれど、それを大海くんが知らなかった、ということにもびっくりした。「だって言う必要なかったもん」と村山くんは涼しい顔で口をとがらす。言うなら今しかない、と思って私も言った。

「うちも無理なの。お母さんだけだから。ホステスだしっ……」

口にしたあとで、少し顔が火照《ほて》るのがわかった。ホステスだし、まで言わなくてよかったかな、と思った。けれども村山くんがすかさず、「大変なのだよ、片親はっ」とやけにきっぱりした口調で言いきってくれたことで、その恥ずかしさもぬぐわれた。

隣で孝子がぽかんとしていた。ほんとに、心底、ぽかんとしているような気配だったので顔を見たら、口が開いていた。

「あー。俺んちワゴンだからさ、みんなまとめて乗っけれますよ」

大海くんが言い出してから、孝子は我に返ったように顔を上げた。

「いやいや、一台でこの距離回ったら夜中になるって！　うちの車も呼ぶからさ、沙織はこっちに乗りな？　それで村山くんだけ、ちひろんちの車に乗ればいいよ」

孝子の目が、おずおずとこちらに向く。今度は、視線がかち合っても離れなかった。私は孝子の目を見返しつつ、みんなに向かって言う。

「……そうさせてもらおうかな」

「まあ、それしかないか」

村山くんも首をひねってから言った。

「あのマシンガントーカー・ちひろ母と再会かあ……」

彼のぼやきに、孝子が食いつく。

「あっ、お母さんと会ったんだね！　あたしはどっちかっていうとお姉さんのほうに電話でからまれて……ちょー怖いわ」

あそこんちはほんとすさまじい、さすがちひろの家族だ、と孝子と村山くんがうなずき合うと、大海くんが「君たち、人の家族になんてこと言うんだ～」とわめいた。実際すごい家族なんだろうな、と想像すると笑える。

「あっ、なに笑ってんすか小峰さん！　俺のファミリーを知らないのに！」

結局みんな笑って、私たちの声は海風に持っていかれた。

ゆっくりと着替えて駅まで戻り、公衆電話からみんなそれぞれ家に連絡をした。

あとは待合室でお喋りしながら、車を待った。使い古されてテカテカな木のベンチがあるだけの海辺の駅には、私たち以外に長く居座る人はおらず、反対方向の電車が着いた時に、部活帰りらしい中高生が数人改札を通っただけだった。

先に大海くんちのワゴンが来て、すさまじく濃い化粧の（うちのお母さんよりすごい）おばさんが降りてきた。大海くんより先に村山くんのほうに駆け寄り、「やーだー、モトカズくんまたいい男になってな〜い？」とのたまう。

「せ、先週会ったばっかりじゃないですか！」

村山くんが本気の困り顔で言うので、私たちはげらげら笑ってしまった。おばさんは村山くんをひとしきり肘でつついたりしたあと、孝子を見て、「あら、孝子ちゃん」と言った。孝子が「どうもこんちは〜」と頭を下げると、おばさんは何故か孝子でなく、私のほうへ目の焦点を移し、まじまじと顔を見つめてきた。

「なんか……あなたのほうが、ちひろの好みなような気がするんだけど」

と余計なことを言う。「かーちゃん、それは地雷！　っていうかもう行こう！」と大海くんが慌てておばさんの肩を押した。

三人が去ると、孝子は脚を組み直して、「けっ、お母さんにまでバレバレだよ」とぼやいた。私はちょっと喉《のど》で笑ったけれど、それからやっぱり、沈黙をつくってしまった。

ひぐらしが鳴いてる。窓の向こうに松林が見える。知らない駅にいる。

「ごめんね」

孝子が言った。

「ごめん……あたし、沙織のことなにも知らなかった」

謝られるとむずむずして、あっさり「いいよ」と言ってしまった。

「だって言わなかったんだし、知らなくて当たり前だもん」

私が言うと、孝子は「ごーめーんー」と繰り返して鼻の頭を赤くした。今にも泣き出しそうだった。

「泣かないでよね！　別に不幸話したわけじゃないんだから！」

と釘《くぎ》を刺すと、孝子は左目からちょっと涙をちょちょぎらせて「う、うん」とうなずいた。


孝子んちの車が着くまで、私は今まで話さなかったことを孝子に話した。

「私、安定した仕事っていうのにほんとに憧れてるわけじゃないの。母親みたいになりたくないだけなの。ホステスが悪い仕事だとか言うわけじゃないけど……『自分みたいになるな』って言っちゃってるあの人みたいにはなりたくない」

頭の中では整理できていなかったことも、口に出して組み立ててみると形になって見えた。

私は「なりたいもの」があるわけじゃない。「なりたくないもの」を避けているだけだ。

「先生は、好きなものとか興味のあることとかで進路を決めろって言うけど、そんなのよくわかんないよ……」

孝子はただ「うん」とか「ふうん」とか言って、その話を聞いてくれた。

日が沈む頃、白い乗用車が駅の前で停まり、背広姿の男の人が降りてきた。孝子のお父さんだった。

「なんで時間を調べないんだよ。旅には時刻表を持てと言ってるだろう」

「持ったよ〜、時計のほうを見てなかっただけで」

「んなアホな」

言葉はそっけなかったけれど、かえって家族という感じがした。孝子のお父さんは、大海くんのお母さんと正反対で、私のことはちらと見て「孝子が世話になってます」と言っただけだったけれど、そのぎこちない様子に何故か、自分のお父さんのことが思い出された。小さい頃から見てきたたくさんの人の父親の中で、孝子のお父さんは私のお父さんに一番似ている気がした。

暗い山道を長いこと走り、鶴賀市内を抜けてまた山あいに入る。線路を辿るより近いとはいえ、ドライブは一時間半を超えた。

「孝子は電車に乗ったほうが早かったんじゃゃ……」

「それは言いっこなしよ」

途中から道案内をし、家の前で車を停めてもらった。

「じゃあ、『また新学期に』、かな？」

そう言って手を振ろうとした孝子に、私は「待って！」と声をかけた。

「ここでちょっと待ってて」

と告げて、一度車を降りる。もうカーテンの閉まった店先から入り、バッグをその辺に置いて灯りを点けた。

古くさい駄菓子が並ぶ、店の一角。私はそこから、プラスチックのケースに入った小梅をひとつかみ取り出して、外に出る。

「孝子、これ」

窓を開けて待っていた孝子に、小梅を山ごと渡す。孝子は慌てて掌を出し、「わっ、こんなに？　なに、どっから」と言った。

「うち雑貨屋なの。おばあちゃんがやってるの」

自分からそれを口にしたのは生まれて初めてだった。

孝子は「へー、そうなんだ！」と言うと、満足げに小梅の山を膝の上に移した。

「じゃあ、またね」

「うん、また」

車が角を曲がるまで、手を振った。テールランプが見えなくなったあとも、私は暗い駅前の道端に立ち尽くしていた。

今日はいろんなことがあった。ありすぎて、朝が遠く思えるくらい。

きっとこの一日で、未来はまた変わってる。確実にいいほうに変わってると、私は思う。

7

「どっか、部活に入ろうと思うんだけど」

と言ったら、その場にいる全員が「えっ」と声を揃《そろ》えてこっちを見た。孝子、大海くん、村山くん。三人が三人、想像通りに驚いてくれたので、私はちょっと得意になる。

「えええええ〜！」

孝子がもう一発叫ぶと、さすがに周りの子たちがちらちらとこっちを見た。休み明けテストが終わり、通常授業が始まって二日目。昨日、席替えが行われたので、私たちは一学期と違う場所に集合してお弁当を食べている。窓際最後列、村山くんの席の周りだ。

「無理無理無理。沙織ってなにげに、集団競技向いてないもん。大人しそうに見えて頑固だし……」

孝子は箸《はし》で私を指して、真っ向から否定しにかかってくる。ひどい言いよう、と思ったけれど、身に憶えがないわけじゃない。ひとりで思いついた時点でも、バスケとかバレーとかはまあ、ないかなという感じがしたのだ。

「部活が全部、集団競技なわけじゃないじゃない」

という方向に流しておく。早くもお弁当箱を空にし、購買のパンをほおばっていた大海くんが、

「あ、いいんじゃないすか、個人競技」と口を挟んできた。

「新体操とか！　やっぱヒロインといえば南ちゃん、レオタードっすよ」

無視。だいたいうちの高校には、女子の体操部なんてない。孝子も「存在しないから、それ」と隣に座った大海くんの肩を軽く叩いて突っ込みを入れた。

「うちの学校で個人競技っていったら、弓道かな。あっ、やばい、沙織あの格好似合うかも〜」

「陸上もあるっすよ！　あー、いい。トラックを走る君の姿が目に焼きつく放課後……」

「あんた、露出が多い格好が好きだよね。わかりやす。次は『水泳部』って言うんでしょ」

カップルふたりがきゃんきゃん盛り上がってくれる横で、村山くんはひとり、驚いた顔のまま固まっていた。私はそれに気付いて、どうかした？　と首を傾げてみせる。

「いやっ……なんか。なんで急にそんなこと言い出したのかなって」

彼は顔の前で手を振り、ぎこちなく言った。孝子と大海くんが、顔を見合わせてから、無言でこちらに視線をよこす。三人から凝視され、私は少し恥ずかしくなった。

「別に。そうしたほうが楽しいかなって、思いついて」

口にしてみるとばかみたいな理由だったけれど、本当のことだった。

四人で海に行ってから一ヶ月近くあった夏休みが明け、学校に来てみると、孝子と大海くんはいっそう近しくなっていた。べたべたした感じはまったくないのに、さらにひとつ、お互いの領域を明け渡しているのがわかる。さっきも、お弁当を開けて「げ。つくだ煮」と言った大海くんが、断りなくつくだ煮をぽいぽいと孝子のお弁当箱のフタに載せ、孝子も孝子でなにも言わずそれを食べる、という場面を見てしまった。今やカップルというよりは、二卵性の双子みたいだった。

ふたりを邪魔したくない、と思った。私なんか邪魔者だ、という卑屈な気持ちじゃなく、ただ、できれば放課後もふたりでいさせてあげたいと思った。

——そしたら、たとえば、私が部活に入るというのはどうだろう？

それは、昨日帰りの電車でふっと浮かんだただの思いつきだったのだけれど、考えているうちに楽しくなってきた。あれ、どうして今までこのことを考えなかったんだろう、とすら思った。

もちろん、勉強を一番に優先したいという気持ちがあったからこそ、部活については考えないできたんだろう。でも、実際家に帰ってからの時間をまんべんなく勉強に使っているかといえば、そういうわけでもない。予復習が全部終わって、小説を読んだり、音楽を聴いたりする時間がある。もちろん、その気持ちのいい時間を持つためにも帰宅部でいたのだと思うけれど、その代わりに部活があるのもまたいいんじゃないかな、と思えた。

思いついた時の高揚感をよみがえらせて、うっとりと目を閉じてしまったところで、孝子の声が割り込んできた。

「えー、楽しいかなあ、部活って」

突然、話の腰を折るようなことを言う。

「あたし、中学で部活はコリゴリと思ったから帰宅部やってんだけど」

「俺も」

大海くんがさっくりと賛同した。このふたりは盛り上げたり盛り下げたり、なんなんだろう。

私はちょっと呆れながらも反論する。

「油屋さんとか、すごく楽しそうじゃん」

ちょうど、廊下のほうで油屋さんの声がしたところだった。彼女はドアの脇に立って、上履きの色が違う女の先輩となにやら話している。「これ明日まで見てこないと殺す！」とビデオテープで頭を叩かれていたけれど、先輩が笑顔でいるので、冗談なのがわかった。多分、好きな映画でも押し付けているのだと思う。私はこの学校にああして話せる先輩がひとりもいないので、すごくうらやましい光景だ。部活に入ったらあんなことがあるかもしれないんだなあ、と想像するだけでむずむずする。

孝子も油屋さんの居所に気付いたのだろう、廊下のほうへ目をやり、肩をすくめた。

「美術部は、そりゃねえ。趣味人の集まりっぽいし、楽しいしょ。でも吹奏楽とかは……」

そこまで言って、はっと口を押さえる。さっきから再び黙りっぱなしの村山くんが、苦笑を浮かべた。「ごめん、ウチの学校の部がどうだかは知らないけどさ！　あたし、中学ン時吹奏楽で、結構ハードだったから……」と弁解する孝子に、「いいよ」と答えながら口元を引きつらせた。

四人でつくった輪の真ん中に、微妙な間が生じてしまう。大海くんが、いかにも場をとりなしますよというふうに両手を広げて「まあ」と言ったところで、彼と村山くんの声がかぶった。

「俺も小峰さんは個人競技っぽいと思うし、そっちで探せば——」

「ウチの部、今、人足りないんだけど」

ぎょっとして村山くんのほうを見ると、彼は借金のお願いでもするように縮こまり、気まずそうに顔を赤くしていた。村山くんのこんな様子は、今まで見たことがない。

「見学だけでも、来ない?」

孝子と大海くんも、きょとんとして村山くんを見ているのがわかった。私はふたりの姿を見てから、うつむいた村山くんのつむじに目をやって、「うん」と返事をしてしまう。


吹奏楽部の部室は、特別教室棟の三階にある音楽準備室だった。

「どうぞ」

と村山くんに連れられて、「部員以外立ち入り禁止!」と貼り紙のあるドアをくぐると、いっせいに何人かの視線が突き刺さってきた。学祭の時を思い出す。あの時は孝子たちと三人で村山くんを迎えにきて注目を浴びたのだったけれど、今はその時のきっかり三倍、人の視線のぴりぴりした感じが染みた。

「あれっ、なになに、小峰さんじゃん」

窓際に固まっていた女の子たちの中から、同じクラスの高木さんが出てきて、声をかけてくれる。あまり話したことはないけれど、グループの中では笑いをとっている役で、いつも誰に対してもくだけた感じだ。彼女のりんご色のほっぺたを見て、なんだかほっとする。

「見学?」

と問われて「うん」と答えると、「まじぃ~?」と言いながら彼女はにこにこした。

「小峰さんって帰宅部だったんだ。なんか入ってるのかと思ってた。あー、うちに入ってくれたら超嬉しぃよ」

高木さんがぎゅっと私の手を握ってきた。わわわ、と戸惑ったけれど、そこから水が流れ込むようにして、周りの子たちも身を乗り出してくる。「高木、同クラ?」「じゃ五組?」「えーかわいー」「ホルンに来てホルンに～」いっせいに声をかけられて、焦ってはにかみ笑いをしたら、村山くんがぴしゃりと諌《いさ》めてくれた。

「プレッシャーになるからやめて下さい。あくまで見学ですから!」

よく見たら二年の先輩も交じっているのに、女子の集団はその一言で大人しくなった。

「部長は? 隣にいる?」

村山くんは、高木さんにそう尋ねて「うん」という返事をもらうと、奥にあるドアに向かって颯爽《さっそう》と歩き出した。私も小走りにそれについていく。

ドアは、準備室と音楽室本体を直接つなぐものだった。ガラスのついたドアの前で、靴を脱ぐ一瞬、いつもと違う村山くんの顔が映る。ぴしりと締まった、でも少し冷たそうな顔だった。教室、というか、大海くんの横では絶対に見られない顔で、意外だというよりも、こうしてもうひとつの顔を持てることに対する憧れが勝《まさ》った。

――私も、部活に入ったら教室と全然違う顔になったりするのかも。

音楽室に入ると、ドア越しに聞こえていた無秩序な音が急に大きくなった。じゅうたん敷きの部屋の四隅に、別々の楽器が集まり、思い思いにメロディーを奏でたり、またあるところは一緒に基礎練習をしたりしている。耳が迷路に入ったようにくらくらした。「部長」と言ってまた足早に歩き出した村山くんの背中を、なんとか追っていく。

「見学者、連れてきたんですけど」

彼が向かったのは、黒板の前で練習しているクラリネットパートのところだった。背の低い、ふっくらとした女の先輩が、こちらを振り返る。高木さんと同じで、私を見るとにこにこしてくれた。

「ああ、ほんとぉ。村山と同じクラス？」

「はい」

目が合ったので、礼をして「小峰です」と名乗った。「小峰さん」と繰り返した部長さんは、目がとろけそうなほどの笑顔だけれど、しかし、横にいる女の子たちは、さっきの子たちほどこちらに注目しなかった。譜面台に向かって一心にクラリネットを吹き続ける人あり、横目でこちらを見ながら、適当に譜面をめくったりしている人あり。

「珍しいね、途中入部。吹奏楽経験者とか？」

部長さんが言うと、私が答えるより先に村山くんが「いえ。僕が無理に連れてきたんです、だから入部のプレッシャーかけないで下さいね」とまた断りを入れた。自分で誘ったのに、なんでそんなことを言うのだろう。誘ったからこそ、負い目を感じているんだろうか。まあ、まだこの部に入ると決めたわけじゃないから、助かるといえば助かるけれど。

部長さんは「はいはい」とうなずいてから、「じゃ、どうする」と言った。

「パートごとに見て回る？　気になる楽器とかある？　空きがないとこもあるけど……」

「いや、まず合奏を見てもらったほうがいいと思います。そうしたほうが、各パートの役割もわかると思うし」

また、私より先に村山くんが答える。まあもっともだな、と思ってうなずいたけれど、部長さんは首を振った。

「今日、野淵《のぶち》とか鹿嶋《かしま》とかいないもん。全体合奏は無理だな～」

「またですか！」

村山くんが呆れた声を上げる。察するに、重要なパートにサボり癖のある人がいるんだろう。

村山くんは腕組みをして、音楽室を見渡した。

「じゃあここにいる木管だけでいいですよ。簡単にアンサンブルとか、お願いできませんか」

「そうねえ」

と部長さんは言ったけれど、私はちょっとびくついた。学年がわかる上履きがないので、確証はないけれど、部長さんは二年生だろう。周りも二年生が多いようなのに、どうして村山くんがこんなにずけずけとものを言えるのだろう。

「みんなー、ちょっといいー?」

部長さんが手を叩いてみんなの注意を引く。アンサンブルを始めることが言い渡され、みんなが譜面台を持って集まってくる間、私は隣の村山くんに話しかけた。

「なんか、村山くん、えらそうだね」

「えっ」

彼が顔色を変えたので、あっ、間違えた、と思った。

「ごめん、そういう意味じゃなくて。一年生なのに上のポジションにいるのかな？　って思って」

慌てて弁解をすると、彼はほうと息をついて、「や、そんなことないけど」と言った。

「うちの部って女子が多いでしょ。なんかよくわかんないけど、女子同士だと言いづらいことも色々あるみたいだから。俺がパイプ役になることが多くって、結局こんな感じになってるのかも」

「ふうん」

言われてみると、今この教室の中にいる男子は、村山くんたったひとりだった。学祭の時には、もう少し男子部員がいたはずなので、木管楽器にはいないというだけなのだろう。

村山くんも一度準備室に戻り、サックスを持ってきて輪の中に入った。私はひとり、ピアノの椅子に座らされ、人数多めのアンサンブルを目の前にする。それぞれ練習に熱中しているように見えた部員たちも、集まってみるとやかましく、「なにやるの？」「練習曲でよくない？」「逆にダルい！」と曲目決めに騒ぎ、最後には「見学の彼女にリクエストしてもらおう」などと言い出す人まで出てきた。

「やめて下さいっ！　彼女は曲とか知りませんから！」

村山くんが眉《まゆ》をしかめて叫ぶと、特徴のある甲高い声がした。

「村山、さっきから、マネージャーみたいだよ。アイドルのマネージャー」

「ほんとだ」

と部長さんがきょとんとした顔で言うと、いっせいに笑い声が弾けた。言えてる言えてる、マズい質問になると記者会見切り上げさせる事務所の人っぽい、とかみんながはやしたて、村山くんが顔を赤くして怒る。

「もういいです！　曲は『愛のあいさつ』で！」

「勝手に決めんな」「ちゃっかり自分の見せ場のある曲とってる」とまたみんな騒いだけれど、今度はほどなく静まり、部長の合図で、すっと全員の息が吸い込まれるのがわかった。音こそしないけれど、空気が薄くなる気がしたのだ。

――あ。

息が、楽器を通って音になる。当たり前のことなのに、至近距離で見て初めて、それが実感できた。見てわかった、というより、皮膚でわかった感じだった。木管のやわらかな音が、前のほうからふぁーっと伝わってくる。風みたいだ。

――ああ、演奏するってすごいことなんだ。

学祭の時は思わなかったことを思えたのは、自分がその輪の中に入る可能性を得たからこそ、かもしれなかった。

演奏が終わった時、私は迷わず拍手をした。

バスを降りてから電車の時間まで少し間があったので、駅の待合室に入ると、いきなり孝子の姿が目に入った。私にとってはいつもより電車一本分遅い時間だし、孝子にとってもそうであるはずなのに、彼女はテレビのすぐ下の席に脚を組んで座り、あくびをしていた。

「なにしてんの」

と後ろから声をかけると「おおおううう！」と過剰反応された。

「なんだ、沙織か」

と孝子は胸をなでおろしたふうだったけれど、誰と間違えてそんなにびくついたのかよくわからない。

「遅いじゃない」

と言って隣の椅子に座ると、孝子は「デートっすよ、でえと」と何故か投げやりに答え、すぐ私に話を振った。

「沙織こそ。楽しかった？　吹奏楽」

「うん」

アンサンブルを数曲聴かせてもらったあと、木管楽器をパートごとに見学させてもらい、「うちに来てうちに」の勧誘っぷりに辟易《へきえき》はしたものの、やっぱり最初に感じた、演奏のすごさみたいなものが胸に残っていたので、私は一気にそれを話した。楽器ってすごい、私もやってみたいと純粋に思った、というようなことを。

孝子はふんふん、とうなずきながら聞いてくれたけれど、話が全部終わると、プラスチックの椅子が鳴るほどのけぞって不満げな声を上げた。

「ええ～？　なんか変、変だよ、沙織と吹奏楽！」

「変じゃないよ」

私が否定してもなお、孝子は口をとがらせていた。

「沙織、小さい頃ピアノやってたって言ったよね。そういうの……楽器好きっていうのはわかるんだけどさ、集団競技はおかしい！　なーんか、無理感じる」

ここまで決めつけられると、多少むっとしてしまう。私はそっぽを向いて、「そんなことないってば」と言った。

「孝子が知ってる私だけじゃないんだもん、私は」

と口走ってから、海でのことを思い出して気まずくなる。孝子も黙った。

ケンカしたわだかまりが残っているというわけじゃないのだけれど、あの時から、孝子が「未来ネタ」を口にしなくなったことには気付いている。そして私は、それにどう対応したらいいのか、決めかねているのだった。

どちらからともなく、ふふ、うふふふふ、と作り笑いをし、目を覗き込み合った。

「まあ、ね。やってみなきゃわかんないよね」

孝子が言い、「そうだね、ホントに向いてないかもしれないしね」と私も譲る。

そこでちょうどよく、アナウンスが割り込んできた。

「ただいまより、十八時四十二分発、竹沢《たけさわ》線上り普通列車の改札を始めます。お乗りになるお客様は――」

「あ、行かなきゃ」と孝子が腰を浮かせた。それからこちらを振り返って、尋ねる。

「で、決めたの？　入部」

私は「まだ。今日は木管しか見てないから、全部見て決める」と早口に答えた。孝子は「あ、そうなの」と言うと、定期入れを持った手を振って立ち去った。

改札に向かう背中を見送ってから、椅子にもたれる。あまり人のいない待合室で、急にテレビの音が耳につき始め、私は初めて、いつもより身体が疲れていることを意識した。


次の日は金管楽器と打楽器のほうを、パートごとに案内してもらった。

木管は木管でやわらかい音が好きだったけれど、金管のパキッとした音もかっこいい。こちらでは、トロンボーンの人たちがアンサンブルを披露してくれた。金色の管がふちをちかちかときらめかせながら音をつくるさまを見ていると、花火を見ている時みたいにどきどきした。

最後に村山くんのパートであるサックスのところにもう一度行って、二回目の見学を終えた。

「どの楽器も全部いいような気がする」

とこぼすと、隣にいた先輩が「じゃ、全部やんなよ」と言って笑った。

「そういえば、楽器のかけもちってなんでないんだろ？」

「ばあか、合奏の時ふたつ一緒に吹けないじゃん、意味ないっしょ」

顔を合わせて笑う人たち。クラスや学年が違っても、同じ楽器を吹いているという接点があるだけで、こんなに自然に喋って仲良くなれるんだなあ、と思うとしみじみする。

練習後のミーティングを終え、みんなが楽器を片付ける中で、村山くんが声をかけてきた。サックスの他に、小さなカゴを持っている。

「小峰さん、ちょっと付き合って」

と部室の隅に呼ばれた。窓辺にある小さな机の上に、彼はカゴを置く。中を見ると、布やなにかの容器や、金具のようなものが入っていた。

「楽器掃除の道具?」

と訊くと、「そう」と言って村山くんは楽器を下ろす。クロスになにか液体をつけて、それで楽器を磨き始めた。

その間にも、周りではかたかたと楽器ケースやカバンの鳴る音がし、「じゃね」「ばいばーい」とみんなの声が耳に入ってくる。村山くんも、何度か声をかけられていた。ついでに私に「小峰さん、来週も来てねえ」などと言ってくれる人もいた。

六時近くなり、外はもう薄暗い。人気がなくなり、数人が小さくお喋りする声だけが残るようになると、村山くんが切り出した。

「どうだった、正直なところ」

「う〜ん、さっきも言ったけど、ほんとにどの楽器も素敵に見えるなあ。木管か金管かすらも決められない。打楽器はちょっと、経験者じゃないと厳しいかなって感じしたけど」

気を遣っているのではなく、本当にどれもよく見えるというのが私の感想だった。自分には無理そう、という楽器も管楽器では特にない。

「一番人数が足りないのはどこなんだっけ?」

「現状では、クラリネットかな。でも、どこも足りないと言えば足りないんだよ。三年が抜けたあとで、途中退部がごそっと出てさ。席が空いてないのは、フルートだけ」

「ふうん……」

私もどこでもいいし、向こうもどこでもいい、ということだ。ここまで自由だと、ちょっと困ってしまう。

私は村山くんの手元に目をやった。得体の知れないボタンをたくさんくっつけた、金色のボディの楽器が、どんどん磨かれていっている。ちょっと変なところを押したら壊れてしまいそうな楽器を、村山くんは器用に扱っていた。彼のお父さんが医者である、ということを思い出し、私はなんとなくオペを連想した。

唐突に、村山くんが手を止めて言った。

「っていうかさ。吹奏楽ってことは決めてもらったと思っていいのかな」

「あ……」

しまった、完全にここに入る前提みたいに話を進めていた。他に、個人競技系の部活も見てみたほうがいいかも、と考えてはいたのに。

でも、まずい、とは思わなかった。二日間見学して、違和感のあるところもなかったし、ここに入って大丈夫な気がする。

「うーん、だいたいは決まってるかな。見て、楽しそうだったし」

と答えると、机越しの村山くんが、くしゃりと顔を崩して笑った。

「あー、よかった。……ってなんか俺、今受験に受かったような気持ち」

「あはは」

笑ってはみたけれど、彼が本当に安心しているのが見えて、ちょっとどきっとしたくらいだった。今みたいな笑い方は、見たことがない。

目が合うと、村山くんは照れくさそうに左手で顔を覆った。白い手の甲に浮かんだ筋が、蛍光灯を照り返してぱきんと光る。

きれいな手だ、と思った時、すぐ後ろから声がした。

「むーらやま！」

頭のてっぺんに響くような、甲高い女の子の声。アニメ声、というんだろうか、どこかで聞いたと思ったら、昨日村山くんを「マネージャーみたい」と評したのと同じ声だった。

振り返ると、小さな女の子が立っていた。孝子と似たような垢抜けたショートヘアで、目も口も鼻も全部小さい、ネズミみたいな顔の子だった。

「ねえ、悪いんだけどさ、そろそろ部室閉めたいんだよね。今週、うちら掃除当番なの」

私の頭越しに、村山くんに話しかける。村山くんは「あ、悪い。そんなに長話してた？」と言って立ち上がった。

彼女はその質問には答えず、いきなり私の肩に手を置いた。

「ねえ、この子どこに入れるの」

触られた瞬間、肩の辺りがぐっと重くなった気がした。村山くんが「決まってないよ」と答えると、彼女はさらに体重をかけて、私の顔を覗き込んできた。

「うちは、金管のほうが練習ラクだよ？　まあやる気ない二年がいるからなんだけど～、途中入部ならそっちのほうが無難じゃない？」

——うわ。

頭で考えるより先に、やだ、と思った。彼女が、私にわかりやすい悪意を抱いていることが、手からも目からも伝わってきたからだ。

「まあ、あたしはフルートだから、部員獲得合戦に関係ないんだけど。アドバイスっていうか～」

口元と声は笑ってるけど、他はどこも笑っていない。

「余計なこと吹き込むなよ」

と村山くんが制すると、「まぁた、マネージャー！」と言ってけらけらと笑った。

「ねーね、せっかくタイミング合ったんだから、一緒に帰ろうよ。この子は校門までかもしんないけど」

彼女はやっと肩から手を離し、私と村山くんの間に割り込ませるように、机の上に置いた。村山くんは面倒そうな顔をしながらも「いいけど」と答え、私に目配せをする。許してやって、という感じだった。

部室から校門までの間、彼女は私の腕にぐるりと腕を回してひっついていた。向こうのほうが小柄なのに、私は捕らわれているような気分だった。

「泉、お前あんま小峰さんにひっつくなよ。暑苦しいだろ」

村山くんが呆れた声を出しても、彼女は私の腕を離さない。

「やだ！　だってかわいいんだもん小峰さん。あっ、村山、自分がくっつけないからうらやましいんじゃないの？　やーらしー」

私は喋る気力をなくしていた。ただ機械的に足を動かし、校門まで辿り着いた。道の向こうのバス停に、高木さんの姿を見つける。ただのクラスメイトである彼女を見つけて、私はお母さんと再会を果たした迷子のように駆け寄りたい衝動に駆られた。

「高木さん！」

と呼ぶと、友だちと喋っていた彼女は、すぐ気付いて手を振ってくれた。

「じゃあ、ここで」

と言うと、村山くんは「またね」と手を振り、泉と呼ばれた彼女は「ばいばーい」と言った。道を渡っても、甲高い声が聞こえていた。「あっ、今日って金曜日！　カレーの日じゃあん」とか言っている。

バス停の前で、高木さんの横に並ぶと、彼女は苦笑して私の肘をつついた。

「さっそく泉にからまれてたね～」

吹奏楽部ではない、他の部の子たちも、にやにやしてこっちを見ている。すべて見透かしているような笑みだった。

「あいつ、村山のこと好きなんだよ。まー彼のファンはうちの部にいっぱいいるけど、泉は特に、下宿が一緒だから熱心らしくてさあ」

あははは、とその場にいる数人が笑った。「あ、あたしは泉と一緒で一組なんだけどさ、あいつの片思いっぷり、超有名だよ。一緒に学校来たこと自慢したりしてさ〜、きもいったらねー」とかなんとか、誰かが言う。

私はうんざりしていた。その十分程度で、二日間の見学が台無しになるくらい、うんざりしていた。

ああいう子がいて、こういうことを思って、その状態でみんなで音を合わせなきゃいけないんだろうか。そんなの……。

——めんどくさい。

我ながらひどい感想だと思った。でも、「めんどくさい」以外に適切な言葉は浮かばないし、入部しない理由はそれで足りる。

バスが来るまで、私は泉という子の悪口を適当に聞き流していた。「まあ、部内でもあの子の味方なんていないけどね」と高木さんは言ったけれど、だとすれば、表面上だけでも円滑に部活動を続けている吹奏楽の人たちは、みんなえらい。村山くんもだ。私はそんなにえらくなれない、と思う。

月曜日は全体練習があるというので、その合奏だけ聴かせてもらったあと、用事があると言って帰った。ひとりでバスに乗って、駅前の本屋に寄り、タイトルが面白い文庫本を一冊買って、帰路についた。

家に帰ってから、少し溜まり気味だった予習を一気に片付けて、ベッドの上で本を開く。真新しい紙のにおいが鼻に届くと、心底ほっとした。

——なんか私、やっぱりこっちのほうがいいかも。

村山くんはなにか察していたらしく、次の日教室で会うなり、「部活のことなんだけどさ」と切り出してきた。

「無理、しなくってもいいよ。見学だけで入部しなくても、怒る人なんていないないし」

私は「うん」とうなずいた。

「やっぱ、やめる」

週末のうちに決めていたことだけれど、村山くんの露骨にがっかりした顔を見ると、さすがに胸が痛んだ。でも、気を遣って続けてもいいことないしね、と思う。

例の四人でお昼を食べる時に、大海くんが「結局小峰さんの部活話ってどうなったんすか」と言い出して、「やっぱやめたの」と告げると、孝子が「えー!」と叫んだ。

「沙織、あんだけ言ってたのにっ……」

多分、駅で会った時の会話を指して「あんだけ」と言ったのだと思う。

「いーの！　見てみて向いてないって思ったんだから！」

顔を反らして言うと、孝子の短い笑い声が聞こえた。はっ、だから沙織は集団競技ダメって言ったじゃん、という感じでバカにされるかと思いきや、後に続いた言葉は案外あっけないものだった。

「そっか。そういうもんかあ」

孝子は何故か大海くんの顔を見て、「変わらなくていいものだって、あるよね」と言った。大海くんは「ん？　はい？」と首を傾げてから、「まあそういうものかもしれないな！」とテキトーっぽい返事をする。

「ま、モトカズは元気出せってことで」

と、隣の村山くんの肩をばんばん叩いた。「元気なくなってないし。別に」と村山くんは冷たく言ったけれど、語気にいつものキレがない。

私たちの横を、ビデオテープを持った油屋さんが通り過ぎていく。パッケージからして、この間と同じビデオみたいだ。先輩に返しにいくところなのだろう。孝子が呼び止めて、「それって、なんのビデオ」と訊くと、油屋さんは顔を赤くしてビデオを抱え込んだ。

「いや、見てはなりません！」

「ええ!?」

「あえて言うならば乙女の秘密かな」

彼女はそう言い残すと、教室を出ていってしまった。結局なんなのかわからずじまい。そして、私があんなふうに、教室の外に別の世界を持つことも、当面はなさそうだ。

「他の部は見ないの？」

と孝子に訊かれたけど、別にそんな気も起きないので、首を横に振った。

「なんか、いいや」

私はいちごオーレに刺さったストローをちゅーっと吸って、村山くんを見た。

部室でしか見られない村山くんを見られて面白かったよ、と言いたかったのだけれど、そのまとめ方はあんまりかなと思ったのでやめた。代わりに、「でも、聴くのは前より好きになったよ」と言っておく。

「そう？」

村山くんは、お弁当をつつきながら、やっと少し明るい顔になる。

「秋に定期演奏会あるから、聴きにきてよ」

「うん」

窓のほうを眺めて、私は電車の中で部活に入ろうと思いついた日のことを思い出す。結局実現しなかったわけだけれど、あの時の高揚感は写真のように胸に残っていて、思い返してみても少しドキドキする。もう、その先はないはずなのに、変なものだ。

開け放した窓から、一匹とんぼが迷い込んでくる。大海くんがでかい声で「赤とんぼだっ」と言うと、教室のみんなが目を泳がせた。

もう九月。この教室で過ごす時間も、あと半分になろうとしている。

# 8

「でぇっかーい！」

背中のほうから孝子の大声がした。私は自転車のペダルを漕《こ》ぎながら、辺りに他のクラスメイトがいないかどうか確認してしまう。ショッピングセンターを覗きにきたくらいで、こんなにはしゃいでいる友だちを見られたら恥ずかしい。

「日曜日とか、家族で来ないの？」

私が振り返って尋ねると、孝子がまた必要以上に大きな声で答える。

「来るけどさあ！　こうやって自転車で駐車場の端から端まで走ると、やっぱでかいよーっ！」

私たちは、いわゆる〝郊外型ショッピングセンター〟の駐車場を、一列になって走っていた。

確かに、駐車場に入ってから、建物の傍へ接近するまでも、かなりの距離があった。近づくと、白くて大きな壁面と、それと同じくらい高さのあるスーパーの看板が、まるでこちらへのしかかってくるように見える。家族と車で来る時には感じない威圧感があった。

車より自転車のほうが小さいから、という単純な理由の他に、多分、私が慣れない自転車に乗って、しかも慣れない道を通ってここまで辿り着いたから、ということが関係していると思う。私も孝子も、電車＋バス通学だから、学校周辺で自転車を漕ぐ機会はない。この自転車は、油屋さんが美術部の先輩たちから借りたものだった。

私の前には油屋さんがいて、いつもは頰にかかっている天然パーマのおかっぱ髪を風に飛ばし、自転車を漕いでいる。彼女はハンドルを右側に向け、入り口の傍の自転車置き場を指した。

「自転車、あそこに停めましょう」

このショッピングセンターは、学校から見て駅の反対側にあり、しかも遠い。駅から歩きではとても辿り着けまい、という場所にあるので、この辺から自転車で通っている子たち以外は、高校生であろうと放課後に溜まったりしないのだった。そこにこうして三人で来られているのは、油屋さんのおかげである。

放課後、いつも通り、私が孝子と一緒に学校を出ようとすると、自転車を引いて校門へ歩いていく油屋さんの姿を見つけた。同じ、自転車を使わない通学経路の彼女が何故、と声をかけると、「絵の具の買い出しに、サティまで行くの」「自転車？　先輩から借りた」とのこと。孝子が目の色を変えて、「行きたい行きたい、一緒に行きた〜い」とわめいたところ、なんと油屋さんは、一度美術室まで戻って、私と孝子のぶんの自転車まで借りてきてくれたのだった。

「っていうか、先輩たちは一緒に買い出し行かなくていいの？」

と素朴な疑問を油屋さんに向けると、

「……先輩たちのぶんも、頼まれてます」

とのことだったので、「買い出しを手伝う」という名目で、遠慮なくついてこさせてもらったのだった。

五時半までに学校へ戻る、という条件はついたものの、友だちとショッピングセンターに来るのはもちろん初めてだ。大きなガラスばりのドアの前で、自転車のスタンドを蹴って停めるのも、変な感じがする。

「どうする？　どこから見る？　あたしキデイランド行きた〜い」

自転車から降りた孝子が、さっそく浮かれた足取りで入り口をくぐる。

「なに言ってんの。油屋さんの用事が先でしょ」

それを追いかけつつ、私が呆れて言うと、隣に並んだ油屋さんが首を横に振った。

「でも、絵の具って部活用のでかいのもあるから、大荷物になっちゃうよ。見たいとこあるなら、そっちを先にしたほうがいいかも」

それを聞くと孝子は「だよねー」とうなずき、エスカレーターに向かってダッシュを切った。

「じゃあ二階の雑貨屋系からね！」

と言い残して、エスカレーターをのぼっていってしまう。「孝子、浮かれすぎ……」とつぶやいたけれど、聞こえるはずもなかった。私は油屋さんと苦笑を見せ合って、ゆっくりとエスカレーターのほうへ向かう。

やっぱり、店内に制服姿の高校生はほとんど見当たらなかった。駅前のショッピングビルより、こっちのお店のほうがはるかに大きくて、中のテナントもぱっとしているのに、放課後の定番は駅前のほうになっているらしい。高校生がいない代わりに、普段見かけない、赤ちゃん連れの若いお母さんたちとたくさんすれ違う。

「なんか、不思議ー」

「ねー」

油屋さんと言い合って、二階に上がると、孝子の姿が消えていた。キデイランドのほうに目をやったけれど、どうもいないように見える。油屋さんも見つけられなかったらしく「あれっ？」と声を上げた。

「迷子呼び出ししてやろうかな……」

私がぼそっと言うと、油屋さんが「ま、まあ！　歩いているうちに見つかるよきっと！」ととりなしてくれた。

油屋さんとふたりで、すぐ手前の雑貨屋さんに入る。入り口のところに、手編みのバスケットがたくさん積んであるお店で、たまにお母さんと来る時は、かならずチェックするところだった。いつもはお母さんに急《せ》かされて、目についたものをぱっぱっぱっぱと買うだけだけれど、こうしてゆっくり眺めていると見ているだけで楽しい。落ちついたオフホワイトなのに、ふちがレースのように細かく切り取られている便箋《びんせん》を見つけて、思わず「かわいい！」とつぶやくと、横で「ほんとだ！」という油屋さんの声がした。彼女も棚から同じ便箋を取る。

「これでピンクだったら、やりすぎーって感じするけど、この色なのがいいよね」

「だよね。いいなあ……」

ふたりで便箋に目を落とし、ほうっとため息をつく。けれど、どちらからともなく、棚に戻した。

「……手紙って、書くことある？」

「書かない。こういうの、家に溜まってるよね」

結局は情けなく笑う流れになっても、気分がしぼむことはなかった。水玉と星柄が大好きなポップ志向の孝子が、ナチュラル系のこの店に寄り付かないことはわかっていたけれど、私は油屋さんとふたりで心ゆくまでそのお店の中を歩き回った。

その後でキデイランドに入り、キャラもの雑貨の棚の間を適当に流したけれど、孝子とは出会わなかった。

「孝子、どこ行ったんだろう」

腕時計を見て、油屋さんに尋ねた。

「ここに来るのにかかった時間って、二十分ぐらいだよね?」

「うん。でも帰りは上り坂が長いから、倍近くかかると思ったほうがいいかも」

買い出しがあることを考えると、そんなに余裕があるわけじゃない。海に行った時電車を逃したことを思い出し、私は気を引き締めた。

――いざとなったら、本気で迷子呼び出ししてやる。恥をかくのは私じゃないし。

その時、油屋さんが唐突に言った。

「貫井さん、大海くんと帰るのやめたんですね」

本当に唐突だったので、答えるのに間が空いてしまう。

「あ、ああ……。やめたみたい」

私が吹奏楽部に入部しそこねてから、一ヶ月ほど経つけれど、その間、孝子は二度くらいしか大海くんと「放課後デート」をしていなかった。もはや、私とふたりで居残り勉強し、たまに駅前をぶらついて帰るという、交際前のパターンが完全に復活している。

私が言い淀《よど》んだのに気付いてか、油屋さんが慌てて弁解した。

「いやっ、小峰さんのせいだとか言いたいわけじゃなくて！　ただ、案外進展してないみたいだなあと思って」

「進展ねえ……」

教室で見る大海くんと孝子は、相変わらず仲良しのままだ。私も孝子に、放課後一緒に過ごさなくていいのかとそれとなく探りを入れてみたことはあるのだけれど、なんだか不可解な答えが返ってきただけだった。

「うーん、ふたりで話すようなことって、毎日同じくらいの丈しか積もらないんだよ。それを、放課後までべったりくっついて喋ろうとすると、底が見えてくるっていうか。雪かきの終わった道路をさらにガリガリかいてる感じっていうか。自分が見苦しい気がしてくる」

……とかなんとか、言っていたような気がする。私にはいまいち呑み込めない言葉だったけれど、「とにかく、休みとかは会ってるから。ご心配なく」という結論のほうだけ頭に置いておいた。

「デートは休みの日にしてるんだって」

と、その部分を油屋さんに伝えると、彼女はふうんと言ってから、

「まあ、そのほうが変化があって楽しいかもしれない」

とコメントした。

「放課後デートじゃ、あの駅前のビルくらいしか回れないもんね。ここならまだしも、あっちで毎日って、カップルじゃなくてもきついかも」

油屋さんの言葉に、私は少し違和感をおぼえる。

――あれ？　でも私は、実際学校と駅前ビルくらいの繰り返しで、孝子と毎日過ごしてるのに……。

油屋さんじゃなく、孝子が言ったことがそもそも変だ。ふたりで話すこと、私とはたくさんあるじゃない。話題が尽きたことなんてない。

そこまで考えた時、突然後ろからタックルを受けた。

「もー！　全然見つからないんだもん、ふたりとも！」

言わずもがな、孝子だった。私はつんのめって転びそうになり、みっともなくぬいぐるみの棚にしがみつく格好になっていた。頭にきて、即言い返す。

「こっちの台詞だよ！　孝子、どこ行ってたの！」

私が言うと、孝子はカバンの他にもうひとつぶらさげたビニール袋を見せ、店の外を指した。

「ごめーん、あれが目についてさ。五百円使っちゃった」

孝子の指先は、ゲームコーナーにあるUFOキャッチャーに向けられている。雑貨屋に行くと言ったのに、そんなところにいたのか。勝手な行動しないで、と私が言う前に、孝子は油屋さんに向かって、「画材屋ってどこ？」と尋ねていた。

「あ、三階の端。本屋の裏になってるから目立たないんだけどね……」

結局、説教するタイミングを逃し、三人で画材屋に移動することになってしまう。油屋さんがメモしてきた通りの画材を買うと、巨大なビニール袋ふたつぶんの荷物ができた。彼女が言っていた、部活用のでかい絵の具(正式には「ポスターカラー」だそう)の他に、スプレーだの木材だの、結構かさばるものがあって、重くはないものの手がふさがってしまった。

「これ、ひとりで来ると自転車のカゴに入らなかったんじゃないの」

と私が指摘すると、油屋さんは冷や汗を浮かべて「そうかも」と言った。

買い物を終えると、本当に微妙な時間が余っていた。帰りにかかる時間を考えて、残りは八分から十五分というところ。でも「せっかくここまで来たんだし、なにか食べて帰ろう」という油屋さんの言葉に甘えて、フードコートでタコヤキを食べた。お喋りをしているうち時間が過ぎてしまい、最後は学校に向かって必死に自転車を漕ぐはめになった。

「沙織、飛ばしすぎ! あたしもう足外れるっ」

「だって、全然五時半に間に合わないよー!」

「小峰さん、私もこれ以上は無理だよ~」

急な上り坂にさしかかり、ぜいぜい息を切らしながら、私たちは笑っていた。吸い込む息より吐く息が多くて苦しいくらい、やたらに笑っていた。

油屋さんについて美術室まで行くと、約束の時間を十五分も過ぎていた。私たちに自転車を貸してくれた先輩のうち、ひとりは待ちきれずバスで帰ったという話だった。

待っていた先輩のひとり（この間油屋さんにビデオを渡していた、あの人だ）が、画材を受け取ったあと油屋さんをどついて言った。

「お前、悠長にタコヤキ食ってきたろっ！　口の横に青海苔《あおのり》ついてるんだよ！」

「ごめんなさい～」

油屋さんが情けない声で謝っている。まあこの人たちはこういう関係なんだろう、と観察しつつ私と孝子が突っ立っていると、先輩は油屋さんにカギをひとつ突き返してきた。

「明日、直接ゆう子に返して謝りな！」

「あっ、でも私が帰りに駅まで乗ってけば、ゆう子先輩は明日駅から自転車に……」

「そういうややこしいことすると、またすれ違うから！」

結局私たちは、三人でバスに乗って帰った。さっき自転車で過ぎた時は新鮮に思えた道が、またすっかり、いつもの通学路に戻っているのが面白く、私はじっと窓の外を見ていた。

「ねえ、電車通学でも、駅から自転車に乗ってる人たちいるよね？　家から車で運んでくるか、この町で自転車買うかしてるんだよね」

そう切り出したら、ひとり座っている孝子が、ぐったりと背もたれに寄りかかって言った。

「あたしはやだからね～。さっきの上り坂、あれが毎朝だよ？　バス時間に縛られないって利点はあるけど、体力に換えるほどのもんじゃないと思うなあ」

先回りに否定されて、ちょっとむっとくる。隣でつり革をつかんでいる油屋さんに、無言で助太刀《すけだち》を求めたけれど、彼女も苦笑いをして、「私も、毎日っていうのはちょっと考えたくないかな〜」と言った。

六時近くなり、ほとんど暗がりに沈んだ坂道を、バスががたがたと音を立てて下っていく。窓の中で、映り込んだ照明が乱暴に震わせられているのを見つめながら、帰りは下りで気持ちいいだろうにな、と思った。


次の朝、バスを降りるなり、私は道の反対側に目を引っぱられていた。

うちの制服を着た女子生徒が、誰もいない桜の木の下にうずくまっている――道の反対側には、球技大会の時バドミントンの練習をした駐車場があって、それを囲むように、並木というほどでもない数の桜が、点々と植えられているのだった。もちろん、普段生徒が近寄る場所ではない。花の季節ならまだしも、今や桜の葉は黄色いものが目立ち、すかすかと向こうの景色を透かしている。

その下にかがんだ背中が、孝子のものだと、私は数秒で確信した。

同じバスを降りた人たちの列をそっと離れ、道を渡る。反対車線のバス停を横目に、桜の下の草地に踏み入った。間違いない、孝子だ。

「孝子――」

どうしたの、と声をかける前に、彼女がはっと振り向いた。そしてその手元に、汚れた段ボール箱に入った子猫がいるのが見えた。

それは捨て猫なのかとか、なにか言うより先に、私は孝子の様子がおかしいのを悟って息を呑んだ。孝子は「小島っ……」と何故かここにいないクラスメイトの名を呼び、怯えた顔で段ボール箱を引き寄せた。

間がある。わかるかわからないかほどの風が吹いて、桜の葉を揺らした。黄色く、先が焦げたように茶色くなった葉が、はらりと音を立てて孝子の頭に落ちる。顎《あご》の横で切れた髪をかすめるようにして、葉は地面に落ちていった。その間、私はなにも言えなかった。

「……はは」

あきらかな誤魔化し笑いを浮かべたあと、孝子は途切れがちに話し出した。

「バス、降りたら、この箱が目に入ってさ……誰も気付かないの、こいつ全然鳴かないし。あ、あたしたまたま早く起きて、いつもより早い、バスに……」

何故、そんなことをたどたどしく話すのだろう? まさか孝子が猫を捨てた犯人であるわけがないし(電車とバスを乗り継いで、学校まで猫を捨てに来るなんてありえない)、猫を拾おうとしている孝子を、私が責めるわけもない。私と孝子、どちらかが猫嫌いということでもない。

——じゃあ、なんで……。

孝子の様子がおかしい理由を、私はもうひとつだけ考えることができた。それに触れるべきかどうか迷う間に、孝子は私に箱を押し付けてきた。

「やば! ちょ、沙織が持って!」

「え? なに……」

「拾ったのはあたしってことでいいから! 持つだけ沙織が持ってってば!」

孝子は顔色を変え、道路を睨みつけていた。振り向くと、私が乗ってきた駅からのものと反対方向のバスが、すぐ傍のバス停に着くところだった。勢いに呑まれて、私は段ボール箱を受け取ってしまう。雨に濡れて乾いた、ざりざりした紙の感触が指先に当たった。

バスが完全に停車する。ドアが開いて、ぞろぞろとうちの生徒が出てくる。その中でひとり、こちらに目を留めた人がいた。

「あれ？　なあにー？」

列を外れて、こちらに歩いてきた、彼女は小島さんだった。

小島さん自身をどうこう思っているわけではもちろんなかったけれど、さっきの孝子の言が頭にひらめいて、私は無意識に肩をこわばらせていた。

「ふたりして、なにやってんの？」

私たちが答えないでいると、彼女は小走りに寄ってきて、箱の中を覗き込んだ。

「あ、猫？　うっそおー！　かわいいー」

私はそこで初めて、まともに子猫の姿を見た。昔、おばあちゃんが餌付《えづ》けしていた野良猫が家に出入りしていた時期があって、私も猫はかなり好きなほうなのだけれど、これは「かわいい」のか？　というのが第一の感想だった。猫は毛が薄く、大きな目玉を包む目蓋《まぶた》の皮膚も透けそうで、いかにも生まれたての状態だった。しかも、弱っているのがひと目でわかる。手足を力なく横に打っちゃり、つくりもののように呼吸の様子を見せなかった。かなり長い時間、捨て置かれていたのかもしれない。

しかし小島さんは、にこにこと笑みを浮かべながら、

「ダメだよぉ、こういうのはリーゼントの不良が拾うために置いてあるんだよ。それをホラ、木陰から見て女子生徒が惚れちゃう、と。少女漫画の定石《じょうせき》じゃん。おいしいとこ、取っちゃったねー！」

と言うと、ぱっと身をひるがえした。「先行ってるね！」と言い残して、道路を渡っていく。彼女の背中を、孝子は見えなくなるまで目で追いかけていた。私が持った段ボール箱を守るように、横から手を添えて。

やがてバスから降りた人たちが皆校門に入り、人の気配がなくなると、孝子が言った。

「……どうしよっか」

それは本当に「どうしよっか」と問うたものじゃなく、無理やり話を進めるための「どうしよっか」であることが、私にはわかった。孝子の声は震えていた。

「孝子？」

次の一言を、口にするのが怖かった。でも、もう見て見ぬふりはできない。私は箱を抱え直して、孝子に言った。

「――この猫、前にも拾ったの？」

孝子は猫に目を落として、力なくつぶやいた。

「信じないよ、沙織は」

――未来ネタ。

海に行った時から避けてきたそれが、再び私たちの口にのぼる。

「……わかんないけど、今話せるだけのことでいいから、話して」

バスを降りてすぐ、制服姿の背中が目に入った時、それが孝子のものだとわかるより前に、怖い、と思った。ひとりでうずくまっているのが不自然な場所なのに、生徒が誰も声をかけようとしないのは、その背中が異様になにかを思いつめているのを、感じ取っていたからに違いない。捨て猫を見つけた人の背中にはとうてい見えなかった。私も、孝子じゃなければ声をかけなかったと思う。

孝子は猫を見つけた時から、なにかを考えていたのだ。そしてそれは、あのあとすぐにバスを降りて私たちに声をかけてきた小島さんと関係している。

「この猫をどうするかにも、関わってくるんじゃないの？」

私が段ボール箱を差し出して言うと、孝子はそれを受け取ってため息をついた。

「……わかった。まあいつもながらのばかげた話だけど、聞いてよね」

私たちは教室へ向かわず、朝は人気のない図書館の裏手に行き、段ボール箱を置いた。猫はさっきから一度も鳴かず、私たちに運ばれている間も目を開けなかった。死んでいるのかとも思い、触れてみたけれど、体温と脈はしっかりとある。耳の内側に透けた血の色も、薄いながらも赤みがあった。

孝子は校舎の外壁にもたれて、話し出した。

「猫のことなんか忘れてたの。もう、前の世界と違うことばっかりだし。最近は同じことなんて全然起こらないし」

「うん」

私は段ボール箱の前にかがみこんで、猫に目をやったまま、その話を聞く。

「でも、さっきバス降りて、段ボール箱が目に入った途端、全部思い出した……日付も同じだった。九月最後の火曜日……一時間目から体育だ、だるっ、って思ったの、憶えてるもん」

「うん」

あまりにもできすぎた語りぶりで、さっきの孝子を実際に見ていなければもちろん、信じなかったと思う。でも孝子は、小島さんが来る前に、私を見て「小島っ」と叫んだのだ。

「沙織が来た時間だけは違うね。あの時は、小島が先だったから。あたし、猫をすぐ抱き上げて、どうしようか考えてた。ちょうど猫を飼いたいと思ってたんだけど、これから放課後までどうするのか、あとバスと電車に乗っけていいのか、いろいろ迷うところがあったんだよね。そしたら、反対方向のバスから降りてきた小島が、あたしに声かけてきて」

孝子はそこで一度話を切った。それから、「小島は、今はなんでもない奴だけど……」とまで言うと、言葉を濁した。私はそれをつないでやる。

「あまり、仲良くなかったのね」

憶えていた。五月の調理実習で——孝子が「未来から来た」と言い出したそのすぐあとだ——野菜を買い忘れて顰蹙《ひんしゅく》を買ったのは、油屋さんでなく自分だったと、怒ったのは布川くんでなく小島さんだったと、確かに孝子はそう言った。今この関係で、小島さんが孝子を一方的に責めるなんてことは、とても考えられないけれど、孝子の言う「前の世界」ではそういう状況がありえたということだろう。

孝子は「そう」と言ってうなずくと、一度猫に目を落とした。

「小島、前のあたしとはろくに口きこうとしなかった。でも猫を見た時だけは、後ろから声かけてきて、わ~かわいい、ってさっきみたいな感じで言ったんだよね。で、笑った顔のまま、『まさかそれ、教室に連れてくる気じゃないよね?』って」

たいがいみんなに愛想よく話しかける小島さんが、そういうことを言うだろうか。でも、球技大会の時車谷さんに取った態度を思い出すと、なくはないだろう、という気がした。孝子はそこで腕組みをして、話を続けた。

「でも、あたしが猫を置いて教室に行ったら、十分遅れて、猫を連れた小島が入ってきたんだよね。『拾っちゃったあ~』とかって」

「えっ……」

それが本当だったら——というか、自分がもしその状況下の孝子だったら、ドン引きだ。私は絶句したのだけれど、孝子は淡々と続けた。

「みんな騒いじゃってさ。まさに『おいしいとこ取った』って感じなの。別にそれは、小島も猫が欲しかったのかな、って考えればどうってことなかったんだけど……」

予鈴が鳴る。始業まではあと十分。振り返ると、校門から校舎へ続く小道を、生徒がどんどん入ってくるのが遠く見えた。見憶えのある立ち姿が、ひとつ目に入る。背筋ののびた、村山くんのものだった。話が途切れ、孝子も人波のほうを目で追っているのがわかった。彼を見つけたかもしれない。

遠いざわめきにすら呑まれそうな小さな声で、孝子はその話を締めくくる。

「しばらくしてから、小島に『猫、どうしてる？』って訊いたら、『死んじゃった。かわいそうだった』って。そりゃまあ、彼女も努力したのかもしれないけどさ」

私は段ボール箱の底で眠る猫に、視線を戻した。ゆっくりと、頭の血が引いていくような感覚がある。

孝子の話が狂言だとか妄想だとか、考えている余裕は、今はなかった。

私は猫の背を撫《な》でる。

——死なせないよ。大丈夫だよ。

数分後、私たちは四人で音楽室の入り口にいた。

私、孝子、村山くん、そして大海くん。本当は、あのあと玄関のところで追いついて声をかけた村山くんにだけ相談すればそれでよかったのだけれど、事情を話す間に、どういうタイミングかカバンを持った大海くんが後ろから走ってきて、「ヘイユー！　なんの相談だい！」と割って入ってきたのだった。私は子猫を、周りの生徒たちに見つからないようにお弁当のナプキンに包んで抱えていたので、しーっ、しーっ、と必死で彼を黙らせるはめになった。

人目につかないところで相談しよう、ということになり、村山くんの先導のもと、特別教室棟の隅にある音楽室まで来たものの、時間的には切羽詰まっていた。

「こいつ鳴かないし……普通の授業なら最悪教室に入れてもバレないかもしんないけど、いきなり体育だからなあ」

今、猫は村山くんの手の中にいる。村山くんは実家で猫を飼っているとのことで、弱った猫を拾ったと話すと、目の色を変えて食いついてきた。

反対に、大海くんは意外にも動物が好きでないらしい（「嫌いじゃあないんですよ⁉」と主張していたけれど）。孝子の後ろに立ち、遠巻きに猫を見ている。

「つか、そんな状態だったら更衣室の隅に隠しておけばいいんじゃないすか？　見つからないし、出てこないでしょ」

「そうしてる間に死んじゃったらどうするの！」

私が間髪をいれず反論すると、大海くんはたじろいだように身を引いた。「ね、猫のことになると別人なんすね、小峰さん……」と言われる。

孝子が、冷たい声で口を挟んだ。

「まあ、そんくらい弱ってるなら、教室にいても死んじゃうってことだけどね」

言葉は残酷だけれど、あえてそういうことを口にしているのがなんとなくわかる。孝子は、猫が死んでしまうことを前提として考えているのだ。場がしんとしてしまったためか、孝子はまた自分から口を開いた。

「ちゃんと見てくれる人に預けられれば一番かな。授業のない先生……なんていないけど、職員室に連れてけば、交替で誰か……」

「校務員さんは？」

大海くんが提案したけれど、村山くんが却下した。

「迷惑だろ。っていうか、そんなんするくらいだったら、動物病院に連れてったほうがいい、すぐ」

そう言われると、ここで迷っている間もない気がしてくる。じゃあ私が授業休んで連れてく……そう口走りそうになるのと同時に、村山くんが、掌に猫を包んだまま立ち上がった。

「下宿に頼んでくる。あそこの家、犬と鳥飼ってるんだ。動物好きだし、病院にも詳しいと思う。今の時間ならまだ車動かせる家族がいる」

「ほんと!?」

孝子が顔を上げた。すかさず大海くんが、「モトカズ、授業どうすんだよ」と口を挟んだけれど、村山くんはもう歩き出そうとしていた。

「俺は体育着を忘れたから、下宿に取りに戻る――そういうことでいいだろ。往復で十分以上はかからない。少し遅れるって、先生に言っといて。あと、自転車貸せよ」

大海くんが、慌てて制服のポケットを探る。自転車のカギらしきものを取り出し、「１５０５な」と言った。自転車に貼ることになっている、ステッカーの識別番号のことだろう。

「あっ……」

「私も行く！」

孝子が何か言いかけるのと、私が叫ぶのがかぶった。孝子ははっとしてこちらを見ると、自分はいい、というように首を横に振った。孝子も、一緒に行くと言おうとしたのかもしれない。

村山くんは冷静な声で「自転車は？」と言った。この四人のうち、自転車通学なのは大海くんだけだ。他に、自転車を貸してくれそうな人にも思い当たらない。だめか――そう思った時に、昨日のことが頭にひらめいた。

――油屋さんが、まだ先輩の自転車のカギを持ってる。

なんという偶然だろう。実際には自分がついていく意味などさしてないのかもしれないけれど、たまたま自転車がもう一台使えるという事実に気が付いて、行かなくちゃ、と確信した。

「ごめん、村山くん、少しだけ教室に戻らせて！　走るから！」

「えっ……」

彼は少し驚いたようだったけれど、遅れて、「じゃあ自転車置き場で待ってる」と返事をした。孝子も、「あたしは体育の先生にテキトー言っとくからね！」と言ってくれた。

私は廊下を一心に駆ける。チャイムが鳴る前に、学校を出なくちゃ。校門が閉まるわけじゃないけど（うちの学校の門は門柱だけで鉄扉がない）、始業後に出ていくのはさすがに目立つ。

息を切らして教室に駆け込むと、油屋さんの姿がすぐに目に入った。私は彼女の机に手をついて、「お願いっ！」と頭を下げる。

「え？　え？」

「昨日の自転車のカギ、まだ持ってるよね？」

うんという返事を聞くまで、耳元で打っているかのように強く、鼓動の音が聞こえていた。しかし幸い、彼女はカバンのポケットから、青いウサギのキーホルダーがついたカギを差し出してくれたのだった。


ナプキンの上から、さらに体育着でくるんだ猫を前カゴに入れ、私は自転車を出した。油屋さんは事情を話すと快く自転車を貸してくれ、なおかつ先輩の自転車の番号も教えてくれた。二年の置き場から自転車を出す時も、迷わずに済んだ。

校門を出ると、村山くんが前に出てサドルをまたいだ。坂を下る前に、振り返って「すぐだけど、飛ばすよ」と告げる。私は前カゴの猫に、ちょっと揺れるけど我慢だよ、と心の中で声をかけて、ペダルを踏んだ。

通学路にはもう、人の姿がない。長袖のシャツを着た村山くんの背中は、あっという間に坂を滑り、私を引き離した。私も思い切りペダルを漕ぐ。坂が急なせいで、ペダルはすぐに空回りしそうな感じがしたけれど、それでも漕いだ。

ハンドルから、がくがくと振動が伝わってくる。通学のバスが揺れるのは、車体がおんぼろなせいだと思っていたけれど、道の舗装が粗いこともあったらしい。ちょっとした段差を越えるたび、スピードの出た自転車はがんと音を立てて弾み、カゴの中の、丸く縛った体育着も揺れた。

こういう衝撃があるのを見越して、猫をぐるぐる巻きにしたわけだけれど、それでも怖かった。

こんなの酔っちゃうかも、余計に具合が悪くなるかも……でも、今さら自転車を降りて歩き出したところで、どうにかなるとも思えない。下宿は坂を下りきればすぐだというし、あと少しの辛抱だ。

——ごめんね、ほんとにもうちょっとだからね。

カゴに気を配りながら下ると、坂は長かった。風がぐんぐんと肩の横を過ぎていくのに、いつまで経っても平らな場所に着かない。胸が、薄い膜にべったりと覆われたように苦しい。ひときわ大きな段差に引っかかって、カゴの中で体育着が転がる。

——袖を、ハンドルに縛っておけばよかった。なんで思いつかなかったんだろう。

思わず顔をしかめた時、すぐ先で村山くんが振り返るのが見えた。スピードは出たままだけれど、坂を下りきって平らなところにいる。

彼はなにか言いかけて、口を開いた。そこを曲がる、と言いたかったのかもしれない。そのすぐ前の横道に、動くものが現れる。

「……村山くんっ！」

別の自転車が、横道から出てくるところだった。ぶつかる、と思って血の気が引いたけれど、私の声を聞くか聞かないかのうちに、彼は前に向き直ってハンドルを切っていた。急ブレーキの音が耳につき、それに遅れてがしゃんと転倒音がする。

思わず目をつむりそうになった。でも、そんなことをしている場合じゃない。横道から出てきたほうの自転車がふんばって止まり、村山くんはサドルから放り出されて車道に膝をついていた

――その状況を確認すると、私は必死でブレーキを握った。すぐ前に、倒れた村山くんの自転車がある。避《よ》けなければ私も転ぶ。でも右側には、歩道と車道を隔てるブロックがある。左手は、深めの側溝があって水が流れているのが目についていた。止まるしかない。

こめかみに響くような鋭いブレーキ音がしたあと、私は倒れた自転車にぶつかっていた。間に合わなかった――そう思いながらも身体は動き、最低限の防御をする。私は足を地面について、ふんばっていた。左足に不自然な力がかかり、痛みが走る。

そうして、大きく傾いた自転車のカゴから、緑の丸い布がぽんと弾き出されるのを見た。

あっ、と叫んだ声が、自分のものだか村山くんのものだか、わからなかった。子猫を包んだ体育着は、車道と反対の方向に転げ――その先は側溝だった。

枯れ草の上を転がる音を立てたあと、丸い包みはあっさりと側溝に落ちた。

「くそ！」

すばやく身を返して立ち上がった村山くんが、包みを追いかけて側溝に飛び降りた。私が自分の自転車を道の脇に立てて置き、車道にはみ出した村山くんの自転車を引き起こす間に、彼は水音を立てて側溝の中を走った。

やがて追いついたのか、身をかがめて体育着を拾うと、村山くんは道路に上がってきた。ズボンが脛《すね》までぐっしょりと濡れていた。

黙ってこちらに猫を差し出す。流されたのはほんのわずかな間なのに、体育着は完全に水に浸かり、重くなっていた。そしてその中の子猫も、薄い毛をべたりと身体に張り付かせていた。ケ、ケ、と聞こえないほどの音で咳《せき》を二度したかと思うと、だらりと水を吐いた。
手が震えた。本当に、わかるほどがくがくと震えて、濡れた布を持つのがやっとだった。

私たちが立ち尽くしている間に、飛び出してきた自転車のほうの人は、「ごめんなさい！ごめんなさい！」と平謝りしたあと、そそくさと去っていった。制服を着た女の子だったけれど、まだ小さく、高校ではなく近くの中学の子らしかった。

やがて村山くんは、二台の自転車を簡単に点検して、私の肩を叩いた。

「……行こう。することは、最初と変わってない」

それはその通りだった。私は猫をどけてから体育着を絞り、水気を切って猫を包み直した。今度は袖をハンドルにくくった。


下宿には、村山くんが言ったように、犬とインコがいて、おばさんと若いお姉さんが残っていた。

村山くんは、猫を拾ったということだけを話し、下宿の家族はそれを「水に流された猫を拾った」と受け取ったようだった。

「病院に連れてって下さい、お願いします。僕も行きますから……」

村山くんはそう言ったのだけれど、私のお母さんより少し年上と見えるおばさんが、「なに言ってるの、モトカズくん、皆勤でしょう。授業休んじゃだめよ」と一蹴《いっしゅう》した。

「とりあえず、猫はうちにまかせて。あんたたちは学校に戻りなよ」

車のキーを持ったお姉さんに言われ、私たちは猫を手放した。村山くんが部屋に戻ってズボンを替えるのを待ったあと、ふたりで下宿を出た。

坂をのぼって学校に着くまで、村山くんはなにも言わなかった。私も、口を開く気にならなかった。

校門の前で自転車を降りると、松林の向こうに校舎が見え隠れする。生徒を山ほど詰め込んで、何事もなかったかのようにしんと授業を行っている学校が、ひどくよそよそしく見えた。

遠くで人の声がする。外で体育をしている、うちのクラスの声だ。グラウンドは見えないけれど、時折混じる笑い声まで聞こえてくる。

私は自転車置き場に向かってハンドルを押しながら、つぶやいていた。

「行きたくない……」

村山くんが足を止め、私の顔を見る。「小峰さん」とだけ言い、あとは言葉を選びかねたように黙ってしまった。

くるんだ布が動かないように、ちゃんとカゴに固定しておけば。

あの時、中学生が飛び出してこなければ。

私が村山くんについていかなければ。

そもそも、乗っていく自転車が一台しかなければ……昨日、買い出しに行く油屋さんと校門の前で会わなければ。

すべてが、意味のない前提なのはわかっている。多分、誰のことも責められないし、誰も私のことを責めない。孝子も大海くんも、事情を知ったところで怒ったりしないだろう。わかる。でも私は今、みんなの中に戻って平然と授業を受ける気分にならなかった。昨日、ショッピングセンターまで遠征して、調子に乗ってはしゃいだことも、思い返すとばかみたいだ。

——猫、どうしてる?

——死んじゃった。

孝子が、小島さんとしたという会話がよみがえる。自分が小島さんの立場になって、それを再現する可能性について考えると、悔しくて涙がこぼれた。

## 9

私が、見られる恥ずかしさを意識しつつも涙をこぼしていると、村山くんが急に背を向けた。

「少し、休もう」

と言って、そのまま歩き出してしまう。私は言葉の意味を取れず、その場に立ち尽くしていたけれど、一年の自転車置き場に入っていった村山くんから、「とりあえず、小峰さんも自転車返したら」と言われ、二年の置き場に自転車を停めた。ウサギのキーホルダーがついたカギを抜き取り、先輩に申し訳ないことをしたな、と思う。今のところ目立った傷はないようだけれど、村山くんの自転車ともろにぶつかったのだ。あとで直接謝りにいかなくてはいけない。

カギをポケットにしまって、自転車置き場の入り口で待っていた村山くんに追いつくと、彼はすぐに歩き出した。校門から続く小道を逸れ、玄関ともグラウンドとも違う方向に足を進める。

「どこ行くの？」

早足で追いかけると、村山くんは振り返って人差し指を立てた。

「黙ってついてきて」

と言ったあと、身をかがめて校舎の脇へ滑り込む。びっくりしたけれど、私も中腰で走った。特別教室棟の壁際を、窓から見えないようにしてついていく。

校舎の真裏に出ようというところでようやく、私は村山くんの意図に気付いた。

「……いいの？」

前を行く背中に呼びかける。私たちの行く手は、なだらかな斜面になっている。ここは学校の「裏山」だ。

「いいよ。着替えてるうちに結構時間食っちゃったし。グラウンドで走る気分でもないし」

行く手はあっという間に赤松の木の影に覆われる。ローファーの底がやわらかい土に食い込む。うちの学校の裏山は、サッカー部用の小さなグラウンドがあるところを除けば、本当に「山」なのだった。教室からは死角に当たり、唯一この山に面する渡り廊下からも、ある程度の高さまでのぼってしまえば見えない。振り返り、窓が見えなくなったことを確認したのか、村山くんは足を止めた。私も一度振り返ってから、彼の横に並ぶ。そっと顔を見合わせて、またどちらからともなく歩き出した。今度は、ゆっくりと。

「私、中学でも授業サボったことない」

私がつぶやくと、隣で村山くんが「俺もだよ」と言った。

「村山くん、皆勤だって言ってなかった？　さっき」

下宿のおばさんの言葉を思い出して訊くと、ふっと短い笑いが返ってきた。

「俺ね、免疫弱くて。冬になるとかならず大風邪ひくんだ。皆勤賞は毎年三学期でぽしゃるの。おばさんはまだ知らないだけ」

「ふうん」

まだ秋だから、本当か嘘かはわからない。でも、そう言ってくれた心遣いが嬉しかった。「あんなことがあったあとで授業を受けたくないだろう」と正面から言われたら、私は無理をしてでも体育に出ただろう。濡れたのでやむをえず下宿に預かってもらった体育着の代わりに、夏用のTシャツを着てでも。

松の落ち葉に混じり、少しだけ、桜の赤い枯れ葉が見え隠れした。雪の上を歩くように、慎重に丁寧に歩く。かしゃ、かしゃ、という私たちの足音が、空へ届く前に張り出した松の枝に吸われていくのが、空気の動きでわかるようだった。

林の隅に古びたベンチを見つけて、ふたりで座った。村山くんは、タバコを味わう大人みたいにふうと息をつき、黙って空を眺めていた。私は猫のことを思い出し、ぼんやりしてしまう。

頼りない手足。水に濡れた短い毛、弱々しい咳。何故か顔立ちより断片のほうがくっきりと浮かんだ。

しばらくふたりで黙っていたのだけれど、話したくなったタイミングで、私は村山くんに尋ねた。

「運命って信じる？」

村山くんはこちらに顔を向け、少し首を傾げた。質問が漠然としすぎていたのだろう。私はその時考えていたことを、そのまま口にしてみた。

「あの猫は、助からない運命だったんだと思う？」

「そんな――」

反射的にか、村山くんは一瞬こちらに身を乗り出し、眉をしかめていた。でも私の顔を見て、ふっと視線を横に逃がすと、淡々と答えた。

「まだ助からないとは決まってないし……そうじゃなくても、俺はそういう考え方は好きじゃないな。『どうせそうなってしまう』って形の運命なら、信じない」

村山くんらしい回答だった。そして私も、できればそう思っていたい。「だよね」と口の先でつぶやいて、顔を伏せる。

「ごめん、変なこと訊いた」

と言いながらも私は、さっきの孝子の尋常でない様子を思い返していた。猫の段ボール箱の前でうずくまった暗い背中と、振り返って、私を見た時の顔。やっぱり孝子は、「未来」のビジョンを頭に持っていたとしか思えない。そして猫は、小島さんでなく私のもとに渡ったのに、結局同じ運命に巻き込まれようとしている。

風が吹き、足元の落ち葉がめくれ上がって乾いた音を立てた。襟から入り込む空気が冷たい。

北風だった。

私が身を縮めたのを見たのか、村山くんが「寒い？」と訊いてくる。私はうなずいてから、「でも、もう少しここにいたい」

と言った。村山くんは「わかった」と返事をすると脚を組み替え、また黙った。

私はいつの間にか目を閉じていた。土と枯れ葉のにおいに、ゆっくりと足元から埋められていく感覚がある。一緒に、不安もそっと沈められていく気がする。嫌なことがあったのに、嫌な気分というわけじゃない。

何故だか、隣にある村山くんの肩に寄りかかってしまいたくなった。そうしてふたりで枯れ葉のにおいの底に沈んでいく――その絵面を思い浮かべながら、私は自分の手で肩を押さえた。

「あんまり関係ない話なんだけど、いい？」

村山くんの声がする。目をつむったままうなずくと、一拍置いたあとで彼が話し出した。

「うち、父親が医者だって話したよね。外科医なんだ。まあ、山奥にぎりぎり残った総合病院の、だから、たいしたもんじゃないんだけど。それで、小さい頃から俺も医者になるんだろうって周りからは見られてて、やっぱり内心の反発みたいなのはあって。でも」

私はそこで目を開けた。村山くんは、自分の膝だけを見て喋っていた。

「授業中、ちょっと余裕があって空見てる時とか、部活で楽器磨いてる時とか、たまに、父親のこと考えちゃうの。この間にも、誰かの生きるか死ぬかに関わってびっしり汗かいてるのかもしれないって。……そう思うと、なんか、自分のこの高校での時間って、果てしなく自由な猶予のような気がしてくるんだ。結局、未来の俺が医者になってる気がするから、ってことでもあるんだけど」

そこまで一気に話すと、村山くんはうかがうようにこちらを見た。私は、今の話をすぐにすべて呑み込んだわけじゃなかったけれど、受け止めたい気がして「うん」と言っていた。

「……ごめん、やっぱ全然関係なかった。てか、主旨のない話だった」

心なしか頬を赤くして、村山くんがうつむく。私は「や」と首を横に振って、自分の膝に目を戻した。

——もっとなにか言うべきことがあるのは私のほうなんだ、多分。

そう思ったけれど言葉は見つからず、私は舟の上から波を見るように、土を覆う松の落ち葉たちを眺めていた。


体育の授業のあと教室で合流した孝子は、すぐに「猫は?」と訊いてきたけれど、私が少し言い淀んだだけで、「今、無理に言わなくていいよ」という言葉をかけてくれた。

「先生には適当言っといたから」

私が「ありがと」と言うと、孝子は「あ、やべ、次の数学当たってるんだった」と話を変えて、自分の席のほうに足を向けた。その背中に、私は思いきって声をかける。

「孝子!」

「ん?」

「話あるんだけど」

私の一言で、孝子は顔つきを変えた。口元をきゅっと結び、緊張した面持ちになる。きっと、私が言おうとしているところを正確に察したのだろう。

――孝子の頭にある「未来」って、いったいなんなの。

もちろん、休み時間も終わろうという今とか、昼休みなんかにサッと済ませられる話じゃない。孝子は少し考えるように腕組みをしてから、「今日、帰り遅くなっても大丈夫?」と言った。

「ウチ来ない? 都合悪ければ別の日でもいいけど」

唐突な話ではあったけれど、私は承諾した。どうしても今日、聞かなくちゃいけない気がした。

放課後、私たちは、ホームルームのすぐ後のバスに飛び乗り、四時台の電車に乗った。いつも乗らない路線だから、周りの景色は珍しかったけれど、窓の外はあまり見ることなく、教科書と向かい合っていた。孝子も、隣で漢文の虎《とら》の巻を開いていた。「本題」に入る前に、なにを話せばいいのか、お互いわからなかったのかもしれない。

電車の乗客は徐々に減っていき、三つ目の駅で停まると、車内は誰の声もしなくなった。制服姿の高校生がちらほら見えるけれど、みんなシートに寄りかかり、力なくうつむいている。向かいのシートでは、鶴賀より遠い街の学校の制服を着た男女が、手を重ねて眠っていた。まるでかけおちしてきたみたいに、疲れて見えた。

話し声の絶えない「ほかほか線」の車内とはだいぶ違う。いつもこんなに静かなの、と孝子に訊こうとしたら、孝子もいつの間にか目を閉じ、首をゆらゆらさせていた。起こそうかどうか迷って、結局放っておくことにする。孝子が降りる駅の名前くらいは一応知っている。あと二駅だ。近くなってから起こせばいい。

しかし、次の駅に着いた途端、車内の静けさはふっとんだ。開いたドアから、大量の高校生が乗ってきたのだ。

「寒くない？　暖房まだかよっ」

「カイロ貼ってくればー。あたし今貼ってるよ、腰」

「うっそ、ばばくさ！　って、あ、ほんとにココあったけえー」

さっそくドアの前に溜まった女の子たちが、大声で喋り始める。なんだ、ここからが混むところだったのか——そう理解すると同時に、女の子たちのひとりと目が合った、気がした。もちろん知っている顔じゃない。けれども彼女は、つり革をひょいひょいつかんでこちらへ歩いてくると、私のすぐ前で足を止めた。

——えっ？

わけがわからない、と思ったのはつかの間、彼女が孝子の肩を揺さぶったことで、私は事態を呑み込む。

「貫井！」

孝子の、中学の友だちに違いない。「孝子」でも「貫井さん」でもない孝子の呼ばれ方を初めて聞いて、私はちょっと意外に思った。孝子は顔を上げると、慌てて半開きだった口を押さえる。

「あ、よっち？……ここどこだ？」

孝子がきょろきょろしただけで、「よっち」と呼ばれた女の子は声を立てて笑った。明るい色の長い髪が揺れる。

「なに、まぁだボケてんの？　しっかりしろよー」

同じ、「電車で会う中学の友だち」にしても、私とマミちゃんよりくだけている。それにしても寝ぼけただけの人に言いすぎじゃないか、と思ったところで、その子は私のほうを見た。

「高校の友だち？　大丈夫？　こいつ学校で変なこと言ってない？」

一瞬、返事ができなかった。けれども、私が言葉の意味を考えるより先に、彼女は孝子の手から虎の巻を取り、適当にページをめくったりしながら次々とまくしたてたのだった。

「事故からさあ、ちょっと変なんだよね。でもあれで無傷だったんだから、こう見えて身体は丈夫なのよー。ばしばし使ってやって！　体育とかに！」

事故。

私が言葉をなくしていると、いつの間にか「よっち」の後ろ側に移動してきていた同じ制服の子が、彼女の肩を叩いた。

「ちょっと、よっち――」

諫めるような口調だった。孝子は、ばつが悪そうに顔を背ける。「よっち」は、孝子と、同じ制服の子の顔を交互に見て、「え、あれ」と戸惑った声を出した。

「……もしかして、高校じゃ喋ってなかった？」

孝子は返事をしなかった。その間に他の子が、心配そうな顔をつくって割り込んでくる。

「もう大丈夫なの？　なんか、あたし、今でも貫井のこと心配で」

孝子は早口に「大丈夫だよ」と答える。でもぎこちない。私は教科書を膝の上で開いたまま、孝子のふてくされたような横顔を眺める。

「そう？　でも貫井、前と違う人みたい……」

その子が孝子に向けた言葉が、耳に残った。あとは話を聞かないふりをして、教科書に視線を戻したけれど、目で追う文字は頭に入ってこなかった。


孝子の家は、私の家ほどではないけれども駅の傍にあり、歩いて五分とかからなかった。古く広い家で、入るとギンナンのにおいがした。

「ただいまー」

孝子の声に、しゃがれた男の人の声が答える。「おかえり」という声がした居間では、おじいさんがストーブでギンナンを焼いていた。私が挨拶《あいさつ》をすると、焼いたばかりのギンナンを「食うか？」と差し出してくれたけど、孝子が「要らない！」と言って断ってしまった。

「沙織、上行ってて。階段あがって右の部屋。あたし、お茶持ってくから」

言われるがまま、先に部屋に入る。孝子の部屋はじゅうたん敷きの洋間で、ＣＤや雑誌が散乱していた。ベッドの脇にクッションが落ちていたので、それを敷いて座る。ほどなく、お盆にお茶菓子を載せた孝子が入ってきた。

折りたたみのミニテーブルを出して、お盆を置く。お茶は、湯のみに入ったほんとのお茶だった。私が「いただきます」と言うと、孝子は「どうぞ」と言って、テーブルから離れた場所に座った。

「事故なんて、知らないの」

というのが一言目だった。私はお茶を息で冷ましながら、孝子を見る。孝子は壁に寄りかかり、ふてくされたように頬を歪めていた。

「だから言わなかっただけだよ」

「でも、遭ったことになってるんでしょう」

私は、自分を落ちつかせるつもりでゆっくりと言った。電車を降りてからここに着くまで、立ててきた推論をなぞる。

「孝子が『戻ってきた』時点は、事故の直後なんじゃないの?」

二十七歳から、青春をやり直すために戻ってきたと孝子は言う。正確にどこからが「やり直し」になっているのか、私はまだ聞いていない。でも、高校時代をやり直すというようなことを言っていたから、もし分岐点があるなら、中学と高校の間なのだと思う。そこで孝子は、実際には「事故」に遭っている——そう考えると、さっきの同級生たちの言っていたこととつじつまが合う。

孝子は、「未来から戻った」つもり。でも周りは、「事故で変になった」としか思っていない。

「そう。気付いたらベッドの上、ってやつよ。ベタだけど」

孝子は鼻で笑うと、脚を伸ばした。湯のみから湯気が立ち上る。私は言葉を選んで少し黙る。

虚言。妄想。そういうレベルじゃない。もし他の子が言うことだけが真実なのだとしたら、孝子の頭にある「未来の話」は、後遺症なのだ。

「事故っていうのは、どんな？」

聞いてもさほど意味のないことだったけれど、間を埋めるために訊いてみた。孝子はお茶菓子に手を付けず、壁に寄りかかったまま答える。

「卒業式の、祝賀会から帰る途中に、友だちとふざけてて、道にはみ出したところを車にはねられた……ってやつ。さっき、よっちの後で話しかけてきた子のほうは、その時一緒にいたらしいのよ」

そこまで話すと、孝子はふっと笑った。

「三メートルは飛んだって。絶対死んだと思ったって、みんな言ってた。検査入院だけで済んだわけだけど」

でも孝子自身に事故の時の記憶はない。そういうことだ。

「……孝子は孝子で、その、『祝賀会から帰る途中』の記憶ってなんかあるの？」

「やっぱ、事故の直前のことは抜けちゃってんだよね。祝賀会まではなんとなく憶えてるんだけど、さすがに十二年以上前のことだからさあ……」

「それより前は？」

「中学とか？　あたし、沙織と同じで、中学の同級生って高校に引っぱってきてないから、細かいとこまでは確かめてないけど、よっちと喋ってて、記憶がめちゃ嚙み合わないってことはないよ。あの子はあたしのこと、キャラ変わったとかなんかボケてるとか言うけど」

「そう……」

私が考え込んで再び口を閉ざすと、孝子が言った。

「沙織も、記憶障害とかだと思ってるの、これを？」

わずかに責めるような口調ではあった。私は言い方を迷いつつ、正直な思いを告げる。

「決めつけてはいないけど……事故のこと聞いたら、そう考えるのが自然だとは思ったよ」

言い終わるか終わらないかのうちに、孝子が口を開いた。

「でもあたしにはちゃんと、二十七年分の記憶があるんだよ。高校生活だって、卒業まで全部——」

そうだ。猫を拾った時、球技大会、調理実習……孝子には、「こうなる」というビジョンが明確にあったらしかった。結果的に現実とは違っていくわけだけれど、とにかくなにかしら、先の図を持っている。

私は皿の上からおかきをひとつ取り、強《し》いてゆっくりと袋を開けながら言った。言葉を口にしながら、考えていく。

「デジャビュって、あるじゃない。あれと似たような感じしない？　あれは、なにかを見て『そうだ、こうなるんだった』って思うやつだけど、孝子のは、『こうならないんだった』っていう——変わったデジャビュなのかも」

事故によって、記憶系の回路が少し混乱し、頻繁にその「変わったデジャビュ」が起こるようになってしまった——それが、私にできるもっとも現実的な推論だった。そんなことがありうるかどうか、もちろん知らないけど、一応これで、孝子が生活のあれこれを「前と違う」と言う説明はつく。

けれどもすぐに、否定の言葉が返ってきた。

「違うよ。全然そんなんじゃないよ。瞬間的に記憶つくってるわけじゃないもん。ちゃんと、ひとつながりのストーリーとして持ってるんだもん。沙織の、今日までの記憶と同じだよ」

急に自分のことと結び付けられて、どきっとした。私の、今日までの記憶。それって、そんなに確かなものなんだろうか。しかし孝子はやけにきっぱりと言いきる。

「だいたい、沙織の論理じゃ、二十七歳のぶんまでしか『変わったデジャビュ』が起こらない理由がないじゃん。なんなの、二十七って」

私は黙ってしまった。間を置いて、オウム返しに問い返す。

「……なんなの？」

今までだって不思議ではあったけれど、そこはあえて触れないほうがいいのかと思ったから訊かなかったのだ。戻った戻ったって言うけど、どうやって戻ってきたのか。

「二十七歳の孝子は、ここに戻ってくるためになにをしたの？」

この問いに、孝子は答えられるんだろうか——息が詰まる。私のほうが問いつめられているような錯覚がある。なのに孝子は一度目を逸らしたあと、また私の顔を見てあっさりと言った。

「戻りたいと思ったの」

それは前聞いたじゃん、と思わず言いそうになったけれど、私は、今の孝子の答えにまったく別の意が含まれていたのに気付いて、はっとする。

「ただ、すごく、思ったの」

孝子は何故か、顔を赤くしていた。大海くんに告白した時よりよっぽど、「告白する人」の顔だった。

私はしばらく返事ができなかった。袋から出したおかきを皿の隅に置き、脇にあるベッドにもたれてやっと、呼吸することを思い出したくらいだった。

「……生粋《きっすい》の文系だよ、孝子は」

とりあえず言うと、孝子は顔を赤くしたまま、「なにその感想」とつぶやいた。


孝子は、私が帰るまでの時間を尽くして、二十七歳までの「記憶」を語った。

高校から大学、大学を出てすぐフリーター。バイトが続かず無職。大学のある東京から田舎へ戻り、働かず実家で腐ること二年間。これがだいたいのアウトラインだったけれど、話は行ったり来たりした。私が、大学以降のことはなにも知識がなくて突っ込んで訊けなかったということもあるかもしれないけれど、孝子はあまり東京の話はしなかった。戻ってきてからの田舎の話は、した。

働いていないから、一年前と今日の違いがよくわからない。気力がなくて家事もあまりしない。どうしてこんなことになったのか、ひとりで部屋に籠《こも》って考えてばかりいる。そうして辿り着いた結論が、「高校生活が間違っていた」だった。

もちろん、そう思っていたって普通は戻れるわけじゃない。戻ることなど考えもしない。けれども孝子は、ある日、眠る前に、絶対絶対高校入学前に戻りたい、と思ったのだという。そうして次に目が覚めた時には、中学の卒業式の直後に戻っていたという話だった。

「なんとなくわかると思うけど、あたし前は小島とかによく思われてなくて……すごい、なんていうか、教室でうまくやれなかった。それでだんだんダメになって……あたし、高校から、人が怖くなった。みんながあたしのこと、踏んでもいい石ころみたいに見てるって、思うようになった」

孝子の言う、もうひとつの高校時代は、正直ピンと来ないところもあった。今の孝子の生活からは想像しがたい。私が腑《ふ》に落ちない顔をしていたのを見てか、孝子は本棚から中学の卒業アルバムを出してくれた。

「だって、これだよ。こんな！」

個人写真のページに、まるで雰囲気の違う孝子がいた。今は襟足をすいた軽いショートヘアだけれど、写真の中の孝子は、もったりと重い髪を肩まで垂らし、ふたつに結んでいる。よく見れば顔は同じなのに、パッと見の印象がずいぶん違った（眉も多少いじっているのかもしれない）。記憶のことはおいておくとしても、中学の同級生から「前と違う人みたい」と言われて当然の変身具合。しかし、前の世界において、孝子は冴えないビジュアルのまま、高校に入学したのだろう。

見た目が違うからって、同じクラスメイトに「ダメに」されたりするものなんだろうか、と私は疑問に思ったのだけれど、その辺まで突っ込む余地はなかった。孝子は本気で、前の自分の人生を、失敗だとみなしているらしかった。

「沙織には……や、若い子は皆、わかんないかもしんない。人生が止まっちゃうって感覚。大学出ても就職できなくて、どこにも行き場なくて、でもひとりでやりたいようなこともなくて……まさに手詰まりって感じ」

孝子の言葉を、私はすべて呑み込めたわけじゃない。けれど、「でも、あたしは、やり直すチャンスをもらえた」と言った孝子の目が、強い光を宿すのは見えた気がした。

「いや、あたしだっておかしいとは思ったよ、自分の頭のほうが変なんじゃないかって。じゃなきゃ、長い夢を見てるだけとか。でも夢でも、あたしはここに戻ってこられて嬉しかったし、本気でやり直してやろうって、考えるようになったの」

孝子は一生懸命、喋っていた。ずっと顔を赤くしたまま、うつむいて、肩をぎゅっと縮めて喋っていた。

開け放したカーテンの向こうで、空が暮れていった。部屋に入った時はまだ夕陽が差していたのに、孝子が一通りの話を終えて、大きなため息をついた時には、外は真っ暗だった。部屋の灯りがガラスに映り、私たちふたりの姿がくっきりと闇の中に浮かんでいた。

「……信じる？」

孝子がぽつりと言った。すぐには返事ができない。私は今の話を、すんなり呑み込めたわけじやない。

「こうやって喋っても、人生って、他人には渡せないのね」

と孝子が言ってから、小さくうなずきを返した。孝子の中に、私に伝えられない膨大な「記憶」が存在することには、疑いがないと思った。たとえそれが事故の後遺症だとしても。

左右反転した孝子の顔は、いつもと違って見える。中学の写真を見たせいかもしれないけれど、どこか自信なさげだった。


私の電車の時間を見て、孝子が駅まで送ってくれた。駅までの短い道のりを歩く間、孝子から、「孝子の人生」以外の未来の話を聞いた。

「うーんとね、携帯電話が超普及してぇ、小学生まで自分の携帯持つようになるの！」

「うっそだあ」

「いや、その『うっそだあ』ってコメントが、うちらからしたらありえないし！　っていうか、高校生が携帯持ってないこの世界がすごい」

携帯電話なんて、あったからなんだっていうんだろう。電気や通信に興味のない私はピンと来ないけれど、図書室の科学雑誌を読んだりすれば、なにかわかるだろうか。

「じゃあ、二〇〇九年までに起こる、世界で一番大きな出来事ってなに？」

ちょっと興味を出して訊いてみただけなのに、私がその質問をすると、孝子はうっと答えに詰まった。

「それは言えない……言ったらCIAに消される」

大真面目な顔で言われたので、私は声を立てて笑ってしまう。「いやギャグじゃないんだけど！　あの事件の周辺だけは口にしたら終わりっていうか」と孝子は言い張ったけれど、さすがに、人ひとり通らない田舎の駅前通りで「CIA」は説得力がなかった。酒屋の看板が一枚、あとは街灯がぽつぽつと浮かぶだけの夜道に、私たちの声が響く。

「せめて『政府』くらいにしといてよね～」

「だって……！　や、ダメだ、さわりすら言えない」

ばかげた話だ。科学的には証明しようもないことだ。でも、孝子の中には、二十七歳の孝子が存在している。ほんの数時間で、私はそう思うようになっていた。

駅舎に入ると、間もなく電車が入ってきた。駅員がひとりだけ立った、狭い改札の前で孝子は言う。

「あ、うちらがいっつも寄り道する駅前のビル。……あれは、なくなっちゃうよ。卒業したら、じきに」

その一言は、私の胸を確かな力でもって締め付けた。何故か目の前に巨大な更地が見えた。

十二年後。

来年のことすら想像がつかない世界で、そんな先のことを考えようとは普段思わないけれど、家に帰った私は、ふと、自分が二十七歳でここに「戻って」きたのだと考えてみた。店先は暗く沈み込み、奥の居間の灯りだけが、ガラス戸の形に切り抜かれて浮かんでいる。すりガラスの向こうに、おばあちゃんの姿が見える。陳列棚に置かれたお菓子のビニール袋のふちが、わずかに居間の灯りを照り返して光っている。テレビから流れる演歌が漏れ聞こえ、土間は歩くとざりざり音がする。

この店は十二年後もあるのか。おばあちゃんは、十二年後もいてくれるんだろうか……。

そう思うときゅっと喉が狭くなる気がした。全部がもうない世界から、ここに帰ってきたのなら——。

しかし、居間の戸に手をかけるのと同時に、後ろでガタンと大きな音がした。振り返ると、お母さんが店の外から入ってきたところだった。出勤用の派手なワンピースを着て、手にビニール袋をぶらさげている。

「あら、あんたも今帰り？　遅いね。ちゃんとおばあちゃんに電話したでしょうね」

お母さんが入ってきたことで、一気に空気がうるさくなる。甘い香水のにおいで、静かな店の空気が引っ掻き回されると同時に、感傷に浸っていたことを恥じる気持ちが湧き上がる。

でも、薄明かりに照らされたお母さんの顔を正面から見た途端、また別な思いが胸の中で頭をもたげた。

——この母親にも、未来から戻って会っているんだとしたら——。

もちろん、大嫌いな母親だし、順当に考えれば、未来の私は進んでこの人のもとを離れているはずだ。けれども何故か、無条件に感じてしまうものがある。もし未来から戻ってきたのだとすれば、私はこの人を、ただ嫌いだと思う今の気持ちとは、全然別な、もっと重いものを抱えているんじゃないか……はっきりとは言えないけれど、この私の気持ちじゃない気持ちが、かぶさってくる気がした。

「なに？　マスカラ落ちてるとか？」

私に見つめられた母親は、眉をしかめて、自分の目元に触れただけだった。「別に」と返事をしたけれど、正面から見つめると、薄明かりでもわかるほど、お母さんの目元に暗いクマができているのが見て取れた。疲れているのだ。十二年後は、もっと疲れた顔をしているかもしれない。

「も～、なんかやたら寒気しちゃってさ。風邪っぽいから、早めに上がってきちゃった」

お母さんは、狭い通路で無理やり私を押しのけると、先に居間に上がった。「ただいまあ」と投げやりに言って、畳の上にバッグを投げる。いつもは見るのも嫌な乱暴な動作を、私は、丹念に目で辿ってしまっていた。
二十七、八歳の私は、どんな生活をしているかもわからない。でも何故か今、私のすぐ後ろ辺りに、その人がちゃんといるような気がした。
振り返る。カーテンを閉めきったガラス戸の向こうに、夜の空気があるだけだった。


その日は珍しく夢を見た。

私と孝子と、村山くんと大海くん、四人で白衣を着て、どこか研究室らしき場所にいるのだった。顕微鏡とハンダゴテが一緒にあるような、変な研究室だったけれど、そこは大学で、私たちはみんな同級生なのがわかった。卒業製作に、新しい携帯電話をチームでつくることになっている。

どんな携帯電話をつくるかという話し合いで、私と村山くんは、お年寄りにも子どもにも使いやすいものを……とかまっとうな意見を述べたのに、孝子が「カラオケ機能が付いてないとやだ」と言い出し、大海くんがさらに「全国の人間が電話で歌合戦できないとだめだ」とむちゃくちゃな要望を出し、開発は全然進まないのだった。

目が覚めてすぐ、いくらなんでもこんな未来はないな、と思ったのだけれど、ちょっと笑ってしまった。


教室に入ると、窓際に立った村山くんと目が合った。横に孝子が立っている。

「おはよう」

と声をかけて寄っていくと、村山くんのほうだけが、ひかえめな声で「おはよう」と返事をした。孝子は憮然とした顔で黙り込んでいる。

なにがあったんだろう、と思うそばから、村山くんが口を開き、「小峰さん、あの猫——」と言ったので、私は頭から血の気を引かせた。

——だめだったんだ。

けれども、後に続いた彼の言葉は、予想と大きく違っていた。

「下宿で引き取ることになったんだ」

「えっ……！」

私はカバンを下ろすのを忘れて、村山くんに詰め寄っていた。

「ほんと!?　大丈夫だったんだ、よかったあ！」

孝子が横で、わざとらしいため息をつく。

「でもさあ、下宿は下宿生以外立ち入り禁止だから、見にいっちゃダメって言うんだよ？　いいじゃんね、一瞬くらい！　あたしが拾った猫だよ？」

猫を見にいけないせいで、不機嫌だったらしい。村山くんは「だから、そういうレベルの禁則じゃないんだって。絶対ダメだよ、同級生連れてくなんて」と困った顔をしている。

「昨日沙織がついてくことには文句言わなかったじゃん！」

「あれは勢いというか……すぐ引き返すこともわかってたし」

見にいけないのは残念だったけれど、とにかく猫が生きていることがわかっただけで、私にはじゅうぶんだった。

「あーよかった、ほんとよかったぁ」

と村山くんに言ってから、私は自分の顔がゆるゆるになっているのに気付いてはっとした。村山くんも、私の顔をじっと見たところだった。

慌てて目を逸らす。うわ不自然だった、と思ったけれど、村山くんは特になにも言わなかった。

「グッモーニーン」と朝からハイテンションな大海くんの声が教室に響き、孝子がさっそくそちらに走っていく。

「ちょっと聞いてよ、村山くんが、あの猫下宿の猫にしたから、あたしたちには見せられないって……！」

「なぬー」

ふたりが大声で喋っているのを聞いていると、不意に軽く袖を引かれた。村山くんが、ボリュームを絞った声で早口に言う。

「小峰さん。体育着、おばさんが洗ってくれたから、取りにきたら」

私は、その言葉の真意を悟るまで、二秒くらい黙っていた。

――私にだけ、猫を見せてくれるっていうこと？

こちらの会話に気付かない様子で喋っている孝子と大海くんの背中を見て、私はかっと頬が熱くなるのを感じた。顔を隠したくなって、手元にあったカーテンの裾を引っぱってしまう。でも隠れる前に、私は村山くんの口元に浮かぶ、小さな笑みを視界に入れていた。

「うん」

とだけ、返事をする。カーテンの裏に隠れて、言い訳のように窓を開けても、隣で村山くんが笑ったままでいるのがなんとなくわかった。

今この瞬間は、十二年後の私から見ても、ただ嬉しいだけの瞬間だといいな、と思った。

# 10

「えー、先月の文理適性検査と模擬試験の結果が返ってきている」

六時間目のロングホームルームが始まるなり、教壇に立った先生が告げた。教室はもちろん、即座ブーイングの嵐に包まれる。「俺に文句言われても困るなあ」とぼやきながらも、先生はてきぱきと話を進めた。

「そういうわけで今の時間は個人面談をしつつそれを返却する。出席番号順に呼ぶので、ひとりずつ教材室に来ること。待ち時間は各自自習なり文理選択について調べるなり、自由にしていいぞ」

先生の目が、私の斜め前で止まる。出席番号一番の、合田《あいだ》くんがいるのだった。野球部の補欠で小柄な彼は、血相を変えてまくしたてた。

「い、いつも一番からで理不尽です！　苗字《みょうじ》が『あ』で始まるからというだけで、何事も心の準備なく……」

先生はそれでさっくりと合田くんから視線を外し、黒板を見た。

「十月一日か……」

教室が一瞬、静まり返る。「十一番」が来るかと思いきや、先生はひとつため息をついたあと、

「たまには女子から行くかあ」と言った。

「油屋芳子《よしこ》。カモ～ン」

油屋さんが、神妙な顔をしながらも立ち上がる。さっそく先生に連れられて、出ていってしまった。

ふたりの足音が遠ざかるのを待って、教室にざわめきが戻ってくる。女子の一部はさっそく椅子を持って友だちのところに移動し、男子も男子で、席の近い人同士で顔を突き合わせたりしていた。

私のところには、例によって孝子がやってくる。前の席が空かなかったので、机の脇にかがんだ。

「油屋さん、行っちゃったね」

私は孝子と顔を見合わせる。探り合うような間があって、結局、私のほうから小声で尋ねることになった。

「油屋さんの進路って、わかる?」

他人が聞いたら、共通の友だちの志望進路を尋ねているようにしか思わないかもしれない。でももちろん、私はそういう意味で孝子に質問しているのではなかった。

――孝子の「知っている」未来の油屋さんの進路は?

今は当たり前のように、そういうことを尋ねられる。昨日一日で――孝子の家で話をして――孝子の「未来」に対する私の見方は、すっかり変わってしまった。孝子の「記憶」について尋ねる、それは全然変なことじゃない。

孝子も、質問の意図を汲んだ上で、あっさりと答えてくれる。

「理系クラスだったと思うんだよね。不思議に」

「美大行くなら文系だよね。そうじゃないんだ……」

あれだけ美術部に入り浸っている様子の油屋さんが、進学先に美術関係以外を選ぶのは意外だった。いや、もちろん、まだ決まったわけじゃないけれど。

「彼女、数学のテスト結果で、よく上位者リストに載ってるじゃん。成績がすごく理系向きなんじゃない？　あとで話聞いてみようよ」

孝子がそう言ったところで、私たちの間にどんと大きな本が割り込んできた。続いて、大海くんの身体も。

「貫井さんこれゲットしたっす！」

私の机に置かれたのは、『進路決定本１９９７　学部＆職業ガイド！』というタイトルの情報誌だった。大海くんが得意げな顔で孝子を見下ろしている。教室の本棚に入っていたものを、早い者勝ちで借りてきたらしい。空になった本棚の前で、出遅れたらしい合田くんや他の男子がぶーぶー言っている。

ちょうど、前の席の男子がノートを持って机を離れたところだったので、孝子は「席借りまぁす」と言ってそこに座り、本を開いた。興味なさそうにパラパラとページをめくっていく。

「なあんかなー、さっぱりだなー」

大海くんも、はりきって本を持ってきたわりには、孝子の手元を眺めて突っ立っているだけだった。私は、まだふたりの志望進路を聞いたことがないのに気付く。

「……で、夏休み前の予備調査では、どうしたの？　進学先の志望」

「東大」

どちらにともなく尋ねたら、大海くんが即答した。まあジョークだろうな、と思って反応せずにいたのだけれど、何故か横で孝子が顔を赤くした。

「この人、本当に書いた……の？」

まさかと思いつつ尋ねると、孝子は赤くなったまままうなずいた。大海くんが楽しげに語り出す。

「だって、生まれて初めての進路志望調査っすよ？　ちっこいこと書いてどうするんすか！　どーんといかなきゃどーんと」

ちなみに、うちの高校から東大への進学者は毎年二、三人。私大と他の国立大に進む人のことを考慮しても、トップ5にいなければ受験を許してもらえないだろう。そして大海くんは、模試の上位者リストで名前を見かけたことがない。一学期の期末は一部赤点だと聞いた気がする。

私は呆れてなにも言えなかったのだけれど、大海くんはなおも語り続けた。

「それに、貫井さんがどうしても理系でって言い張るんだもん。理系っつーとだいたい国立行くでしょ、したら文系志望の俺っちも合わせて国立にしないとダメなわけでえ……」

「孝子も書いたの⁉」

ふたりが同じ学校名を書いた、という事実に気付いて話を止めると、孝子がうなだれて言った。

「ごめんなさい。ノリです。ノリだったんです……」

消え入りそうな声だった。「なに言ってんの、俺と東大征服しようって約束したじゃん！　俺は第二の小沢健二、君はそのファム・ファタルとして後世に語り継がれ……」と大海くんが演説モードに入るのを、私は「ちょっと」とさえぎる。周りの人に聞かれては、気の毒なレベルの妄想話だった。

「先生になにか言われたでしょ？」

と、思いっきり水を差してやる。しかし大海くんはけろりとした顔で、「なにも」と答えただけだった。

「今、これから個人面談で言われんでしょーが」

孝子が顔を上げてつぶやく。夏休み前から今まで放置した先生もすごいけど、まあ、その通りだろう。

「そうかなあ。磯辺《いそべ》先生は、なんていうか、生徒を伸ばしてくれようとする先生だと思うけどなあ」

大海くんは「東大志望」を恥じていないらしく、ぶつぶつ言っていたけれど、孝子は話題を変えた。

「沙織は？　やっぱり薬学部なの？」

「うーん、それなんだけど……。もう少し考えてみようかなって」

周りに聞こえないくらいに声を絞って答えると、孝子が「えっ」と声を上げた。慌てて自分の口にフタをし、肩を縮めて喋り出す。

「どういう心境の変化なの、それ」

孝子を見ているうちに、もっと別な未来があるんじゃないかと思うようになった——ということを言ってしまうのが恥ずかしくて、「色々」とだけ答えた。ちょっと早口になってしまう。

孝子は「へー」と言いながらも、笑いを押し殺すようにして片頰《かたほお》を歪めた。その嬉しそうな様子がちょっと悔しくて、私はわざと冷たい声で付け加えてしまう。

「でも多分、理系なのは変わんないから。私、五教科では理科が一番好きだし。孝子と一緒に文系、って進路はないからね」

「えー、なにそれ」

途端に孝子の顔から安堵《あんど》の色が消える。そこで、本に目を落としていた大海くんが割り込んできた。

「は？　貫井さんは理系志望でしょ？　いくらダーリンと一緒でも文系には進めないと言ったじゃないか」

「そ、それは」

話がややこしくなってきた。まずい、と思ったところで、教室のドアが開いた。その音でみんなのお喋りが途切れる。

教室じゅうからの視線を受けて、少し背中を丸めた油屋さんが立っていた。「井上さん、どうぞ」と次の子に声をかけ、自分の席に戻ろうとする。そこを孝子が「油屋さんっ」と呼び止めた。

手招きすると、油屋さんは背中を丸めたまま歩いてきた。その様子につられてか、孝子は声をひそめて尋ねた。

「どうだったのよ」

大海くんも、ひとまず孝子の件は忘れたらしく、油屋さんのほうへ身体の向きを変える。

「めちゃくちゃ早くなかった？　移動抜けば三分くらいしかなかったんじゃないすか」

油屋さんは、少しもじもじしながらも、「まあ、決まってたんで」と答えた。

「あ、やっぱ美大？　こないだ廊下に飾ってた絵、超うまかったもんなー」

大海くんがノリノリで合いの手を入れる。油屋さんは眼鏡の奥の目を細めて笑うと、「違いますよ」と言った。

「うち、経済的に国立以外ダメって言われてますし。国立の美術系って、実質、東京芸大だけですからね。そんな難関、浪人しないと入れないし……それに美術は趣味でいいんです」

油屋さんはそこまで言うと、「じゃ」と自分の席のほうへ走っていってしまった。私たちはそれぞれ、目で彼女の背中を追いかけ、それからなんとなく視線を交差させる。勿体《もったい》ない、ともちろん言いたかったけれど、それを口にしてしまっては彼女の立場がないのがわかっていた。

ついで私は、教室の別の場所にある背中に視線を動かしてしまう。いつものお弁当や自習時間と違って、こちらに寄ってこない村山くん。彼は廊下側なかほどの席で、数学の問題でも解いているのか、集中してペンを動かしていた。

昨日、裏山でしてもらった話を思い出す。父親が外科医で、自分もそうなるものと思われている。そして実際そうなる気がする、という話だ。

黙って村山くんの背中から視線を戻そうとした時、脇に立った大海くんが、同じところから目を動かしたような気がした。私ははっとして彼の顔を見上げる。友だちだから、村山くんから同じ話を聞いていたのかもしれない。

大海くんは私とかち合った視線をふいにずらすと、ため息をついた。

「自由も自由で重いよね」

と一言漏らす。孝子は大海くんが開いていた本のページから目を上げ、「ちひろ、なにか悪いもんでも食った？」と言ったけど、大海くんが珍しく真面目な顔をしているのに気付いたらしく、一度黙った。

「重い。重いわ」

と、しばらく間を置いてつぶやく。周りのお喋りが続く中で、私たちは机の上に視線をさまよわせた。進路情報誌の開かれたページには、「一等航海士」という見出しがあり、航海士の仕事について、またどういう学部に進学すれば航海士になれるかについて、書かれているようだった。

〝こんなキミに向いている！
・海が好き
・船が好き
・視力がいい〟
と見出しのすぐ下に書いてあって、私は力なく笑ってしまう。海好きだし船も多分好きだし、視力いいぞ私、と思って。

「ちひろ、航海士とかどう？」

孝子が言う。大海くんはいつになく力ない声で「俺が『大海』で『ちひろ』だから勧めてるだけでしょ」と答えた。多分その通りだった。


ほどなく私の番が来た。教材室の隅の机を挟んで向かい合った先生から、紙を二枚渡される。文理適性検査と、模擬試験、それぞれの結果シートだった。

「小峰は、言うことなしだな。今の時点で、選べない大学っていうのはないくらい」

模試の結果をぱっと見た途端、順位の欄にある一桁《けた》の数字が目に飛び込んできてびっくりした。あ、全体じゃなくて科目別か、と気付いてなんとなくほっとしたけれど、一度上がった心拍数がすぐ元に戻るわけではなかった。学年三百十五人中、三位——国語だ。三十位の英語が足を引っぱってくれたため、総合順位では二十位とあまり目立たない数字に落ちついている。

「予備調査では、薬学部志望だよな。うん、いいんじゃないか」

先生が手元に残した別の紙を見てうなずく。一学期に出した「文理選択アンケート」だろう。

「白衣が似合いそうだな、小峰は。こう、雰囲気がパリッとしそうだなあ」

顔を上げて、先生が笑った。それに流されてしまいたい欲求を感じながらも、私は思いきって口を開く。

「あの、それなんですけど。やっぱり、まだ——」

決めたくない。そんなぬるいことを言ったら怒られるだろうか、と思ったのだけれど、言いきる前に先生が、私の目を軽く覗いて、うなずいてくれた。

「まあなあ。一年だもんなあ」

——あれ？

怒るどころか、さも当然といったふうに流され、肩すかしを食らったような気分になる。けれども先生は、パイプ椅子をぎしりと鳴らして背に寄りかかり、ふうと大きなため息をついた。

「こういう志望調査っていうのは、目標を高く持たせるためにやってるんであって、小峰みたいに、自己管理ができてる生徒には要らないっちゃ要らないんだよ。かなり頑張ってるだろう」

照れながらもうなずくと、先生は「うんうん」とあごひげを撫で、

「まあゆっくり悩みなさい。受験までは結構あるんだ」

と言った。今さらながら、この先生やさしい……と思ったのだけれど、感慨にふける間もなく、

「じゃあ、次。斉藤呼んできて」と言われてはっとした。

「あの、話短すぎませんか？」

一応意見してみたのだけれど、先生はもう私の調査票をどけていた。「こってり絞んなきゃいけない奴もいるからな。優秀な生徒にかけている時間はないの！」とそっけなく言われてしまう。

油屋さんの面談も、こんな感じだったのだろう。

——私だって迷ってるのに。

消化不良な感じを抱えながらも、教材室を後にした。

ドアを閉めてから、ちょっとだけ立ち止まって、渡された二枚の紙をもう一度見る。模擬試験

の成績もよかったけれど、適性検査のほうも、文系・理系ともに高得点が出ていた。

この「自由」を、私はどういうふうに動かしていけばいいんだろう？

その時限の終了チャイムが鳴るのと、孝子が先生に連れられて教室に入ってくるのが同時だった。

孝子は見るからにげんなりしていて、引き続き始められたショートホームルームの間、机の上に置いた結果シートに目を落としていた。

「最低……」

解散後、教室の掃除で残った私の横で、孝子は結果シートを手にぐずぐず言い始めた。私がホウキを持って「邪魔なんですけど」と言っても、ロッカーの上にのぼって愚痴《ぐち》っていた。

「『向いている職業：特になし』ってなに？　それさくっと書くようなこと？　お前は無職でいろってこと？　機械のくせになにがわかんだよ、ていうかあのマークシートでなにがわかるんだよ」

小学生のようにちょこんと腰かけた孝子の隣、大海くんもロッカーの二段目に足をかけて座っている。

「まあまあ……きっとクラスの半分くらいの人はそう書かれてるって」

と、孝子に向かって根拠のない励ましの言葉をかけていた。私はそれを無視して他の人たちと掃除を進めていたのだけれど、孝子が「沙織は絶対いいこと書いてあるんだあ～」とわめくのは耳に入った。

文理適性検査では、文系・理系それぞれの能力の他、代表的な学部の適性、おまけ程度に職業適性も結果に出ている。ちなみに私の「向いている職業」のところには、「医師、薬剤師、研究者、作家」と書いてあった。

もちろんそれを孝子に伝える気はない。もくもくとホウキを動かし続ける。

「あー不安になってきたぞ将来が！　もう今日はカラオケ大会だ！」

「貫井さん、それ、『金がなくなってきたぞ、パチンコに行こう』って言ってるダメなおやじみたいっす。っていうか、今日のうちに男子も俺んとこまで面談をするという話で……あと八人？結構居残りしてないと……」

ふたりのでかい声が教室に響く中、私は他の小さな声に注意深く耳を傾けていた。黒板脇のドアの前で、村山くんと、吹奏楽部員の女の子たちが話しているのだった。

「ごめん、今日どうしても洗濯機回さないとまずくてさ。夜になると、洗濯機混むから洗い物できるかわかんないし」

村山くんが、女子部員たちに頭を下げる。

「なにそれー。あんた、今までそんな理由で部活抜けたことなかったじゃん」

「他の下宿生だってそんなこと言わないよねえ。泉とか！」

女の子たちは不満げだ。ひとり、にやにやしている高木さんが、「あやしーい！」と言って村山くんをつつく。

「あやしくないです！　とにかく、五時までには戻るんで、みんなにそう言っといて」

村山くんは、一方的にそう押し切ると、教室を出た。

――あれっ？

今朝、下宿に猫を見にくるように誘ってくれたのを、私は「今日の放課後の予定」として考えていた。そうじゃなく、「これからまた別の日に」ということだったんだろうか。いや、でも、今の話を聞くに、彼が部活を五時まで抜けようとしているのは確かで――。

少し迷いながら、教室の後ろのドアに目をやった。前のドアから出た村山くんが廊下を歩いてきたところで、私を目に、小さく合図を送ってよこした。人差し指で、下を指す。「玄関で」ということだろうか。

無言で大きくうなずいた。でも時間差でどきどきしてくる。

――私、なんか緊張しすぎてない？　猫見にいくだけだよ。

自分に言い聞かせた途端、手元で動かしたホウキを踏んでちょっと滑った。あぶない。浮かれている。

誰か見ていやしなかったかと、辺りを見回してみたけれど、孝子と大海くん含め、誰もこっちを見ていなかった。掃除は終わるところで、机は元の位置に戻り、もうゴミを集めている人がいる。孝子たちがロッカーから下りて、こちらに歩いてきた。

「ねー沙織」

と呼ばれて肩を跳ねさせてしまう。今日は孝子と別行動する理由を作らないと、村山くんの下宿に行けない。

「なにっ？」

返事した声がひっくり返りそうだったので、私はひとり焦った。けれども孝子は、私に怪訝《けげん》そうな視線を向けることなく言った。

「今日、あたし、ちひろの面談終わるまで残るけど。沙織も一緒に残る？」

「えっと、今日はCD屋に寄りたいから。先に帰るよ」

適当な言い訳を口にすると、孝子は「あ、そう」と簡単に引いた。大海くんが「小峰さん、俺といるのがやなんでしょ……」と細い目をますます細くして言ったけれど、首を横に振るしかない。孝子が「からむなよお」と諌めて、大海くんを自分の席のほうへ引っぱっていく。

なんと都合のいい流れだろう。それもこれも、大海くんが放課後面談組に入ったおかげ、さっき「出席番号一番から」を全力で拒んだ合田くんのおかげだ。同じ当番で、ちょうどゴミをちりとりに入れていた彼を横目に、私は心の中で感謝した。

ひとりで教室を出、一階の下駄箱まで歩いていったけれど、村山くんの姿はなかった。きょろきょろしながら校舎を抜け、門まで歩いていくと、道に出たところでやっと会えた。村山くんは、校門のすぐ外、椿の植え込みの陰に、身を隠すようにして立っていた。

「……っす」

と不明瞭な挨拶をされて、「うん」と答える。並んで歩き始めると、ちょっと不自然な間ができてしまった。普段通り、適当に話すことなんていくらでもあるのに、足元がふわふわと浮いて、いったいどこから着地すればいいのかわからなくなってしまう。下り坂の道が、なおさら心の軸をぶれさせた。

自転車では周りを見る余裕がなかったけれど、歩いてみると、両脇の田んぼが広く、空気の体積が胸に迫る。広葉樹が少ないせいか、山は赤や黄色に染まってはおらず、黒と紫を混ぜた深い色をしていた。時々ぽつんと民家があって、道に張り出した木の枝に、その山の色に灯《ひ》をともすように柿の実がくっついている。私はそういうのを見たり、村山くんの背中を見たりしながら歩いた。

「怪我《けが》、なかった？　昨日」

足が坂道に慣れた頃、やっとかける言葉が思い浮かんだ。村山くんは、ポケットに入れていた手を出して、はっとしたように振り返った。

「あ、やっぱちょっとすりむいたりはしてた。風呂入る時気付いたんだけど。でもまあ、あれだけ派手に転んで捻挫《ねんざ》とかしなかったんだから、ラッキーだなって」

少し早口に答える。それから、顔を逸らして唇をとがらせた。

「あー、なんか俺、緊張してる」

と、こぼす。なんと答えてよいものかわからず、私は、ふへへ、と笑ってみたけれど、顔が熱かった。幸い村山くんはこちらを見ないで、話を続けてくれる。

「猫さ、今朝になったらめちゃくちゃ元気になっちゃってさ。おばさんがミルクあげたら、速攻でたいらげておかわり要求して。皿の前でみゃーみゃー鳴いたんだって」

「へえ」

あの猫がたった一日で鳴くようになった、ということに、驚きつつもほっとした。

「村山くんは、鳴くところ見たの？」

「んー、それは朝ご飯より前のことだったから、おばさんから聞いただけだけど。昨日、帰ってから一度、見せてもらったよ。鳴いてたかなあ……どうだっただろう。おとなしそうだったかも」

猫の話題になると、私たちの間にあったぎこちなさはたちまちに薄れ、消えた。名前はどうなったかとか（猫を置いているのは女子寮のため、女子生徒たちがこぞって名付け親になろうと争っているらしい、したがって未定）、村山くんちの猫の話とか、話題は尽きなかった。時折私たちの横を、うちの制服の生徒が自転車で追い抜いていった。

昨日、中学生とぶつかってしまった角を曲がり、下宿に着くと、村山くんは「ここで待ってて」と一度私を駐車場に置いて、玄関に入っていった。昨日帰る前に教えてもらったのだけれど、下宿は女子寮と男子寮に分かれており、建物が違うので玄関もそれぞれにある。私が男子玄関を通ることは「ありえない」感じらしく、村山くんが先に男子寮から入り、渡り廊下を通って、おばさんと一緒に女子寮の玄関を開けてくれた。

おばさんは私の顔を見るなり、「猫、元気よおー」と満面の笑みで言った。

「ほんとですか！」

「ほんと、困るくらい。ちょっと見ていきなさい」

スリッパを出してもらえたので、それを履いて中に上がった。昨日も通された、一階にある食堂に案内される。まだ料理のにおいがしないキッチンが左手にあり、右手にはずらりとテーブルが並んでいた。下手をすると一クラスぐらいは入れそうなキャパシティー（ここだけは男女共用なんだろう）。その隅に、インコの籠《かご》があり、新しく猫用のケージが置かれていた。

「わっ」

猫の姿をみとめるなり、私は思わず声を上げた。昨日よりずっと猫らしい姿になった猫が、そこにいたからだ。動き回りこそしないものの、目を開き、なにか面白そうなものを探すように、きょろきょろしている。

ほんとに生きてる。それだけで嬉しくなって、私はもう一度、わああ、と言ってしまった。

「出そうか？」

と言いながら、おばさんはもう、ケージに手をかけている。「はい」と返事をすると、おばさんが中から猫を掌で抱いて、私のほうへ回してくれた。

指で、そっと背中を撫でてから、掌でつつむ。猫は見えないほどの爪をぎゅっと私に立ててきた。痛い。けど、かわいい。

「大丈夫だよー。怖くないよー」

と言って背中を撫で続けると、やがて猫は突っ張っていた小さな前肢《まえあし》をゆるめた。

「あは」

隣から覗き込んでいた村山くんに笑いかけると、村山くんが何故か、ぷっと噴き出した。

「小峰さん、別人みたい。昨日、ちひろも言ってたけど。猫大好きなんだね」

そう言われると、私って普段、愛想がなかったりするんだろうか？　と心配になるけれど、今はとりあえず目の前の猫だ。濡れて力なかった毛が、ふんわりとしているのを確かめて、ほんとによかったなあと思う。よく見ると、この猫は灰色で、黒い縞《しま》が入っているようだった。まだ、毛の色がわかりにくい。

「村山くんだって、相当な猫好きでしょう」

独占することに気が引けて、私は猫を村山くんに差し出した。渡す前に、猫が村山くんの学生服にしがみついてしまう。「おっと」と言って村山くんは猫の背を支えた。

「小峰さん」

カウンターのほうから声がした。入ってきた時は気付かなかったのだけれど、キッチンにいたのだろうか、お姉さんがカウンターから身を乗り出してこちらを見ていた。手元には、洗い上げられた体育着がある。胸の名札で、私の苗字を確かめたに違いなかった。

――あ、お礼言ってなかった！

猫を助けてもらったのと、体育着を洗ってもらったのと、ふたつも感謝しなければならないことがあったのに、自分の頭には今まで猫以外なにもなかったことに気付く。「はいっ」と慌てて立ち上がると、思いも寄らぬ質問をされた。

「下の名前、なに？」

何故そんなことを訊くのか、不思議に思いつつ「沙織です」と答えると、お姉さんが猫のほうに目を向けて言った。

「じゃあもう『さおり』でよくない？　雌だし」

猫の名前の話らしい。テーブルについて、お茶を淹《い》れ始めていたおばさんが、「そうねえ。今の下宿生にはいないし、『さおり』」とコメントしてうなずく。

しかしすかさず、村山くんが叫んでいた。

「ダメです！　それはよくないです！」

おばさんとお姉さんの目線が、村山くんの顔に集まる。私も隣にかがんだ彼を見ていた。焦っているのか、猫をかばうように抱きながらも、視線が泳いでいる。

「あっ、『さおり』って名前の良し悪《あ》しを言ってるんじゃなくて……クラスメイトの名前じゃ俺が呼びづらいじゃないですか、っていう、その」

おばさんとお姉さんはきょとんとして、それからふたりで声を揃えて笑った。村山くんの白い頬が赤くなる。あんまり恥ずかしそうでかわいそうだったので、私は口を挟んだ。

「あの、私のほうとしても、名前そのままはちょっと……」

下宿には泉さんもいることだし、彼女は吹奏楽部を見学した私のことをはっきりと認識しているし。そんなことも考えつつの意見だったのだけれど、お姉さんは、「まあ、猫に『さおり』もね」とあっさり引き下がってくれた。

「じゃあ、『こみね』からとって『みね』でどう？」

とすぐさま代替案を出す。

何故私の名前から離れないのか？　と思ったのだけれど、おばさんが「あらっ、かわいいんじゃない」と言い出し、しかも村山くんがすんなり「それならいいです」と言ったため、猫は「みね」であるっぽくなってしまった。

「みねー。みねちゃん」

おばさんが、村山くんにひっついていた猫の背を撫でる。それでなんとなく猫はおばさんの手に戻ることになり、私は村山くんと一緒に立ち上がった。

いつまでも――いや、そこまで言わないにしても三十分くらいは――こうしていたい気がするけれど、結局私は体育着を取りにきただけなのだ。一度村山くんとアイコンタクトを交わしてから、カウンターのほうへ歩いていく。

「あの。体育着、ありがとうございました。あんな泥水だらけだったのに……」

お姉さんはけろりとした顔で「いいのよ、うちは動物好きの味方だから」と言った。きっと、猫を水に落としてしまったのが私だということは、伝えられていないんだろう。そして村山くんはずっとそれを言わないだろう。少し後ろめたい。

体育着を受け取って、カバンの中に押し込む。インコが、ヂュルヂュルヂュー、と鳴いたのを合図のようにして、私は頭を下げた。

「じゃあ、これで」

と告げて、玄関に足を向ける。おばさんが「もう少し遊んでいったらいいのに」と言ったけれど、普通に考えて、ここではそろそろ夕飯の支度をする時間だろう。丁重にお断りして、食堂を出た。

玄関まで、猫を抱いたままのおばさんと、村山くんがついてきてくれた。

「猫、助けてくれて、本当にありがとうございました」

最後に改めてお礼をして出ていこうとすると、おばさんが村山くんの肩を叩いた。

「角まで送ってきなさい。『クラスメイト』でしょ」

村山くんは「靴が、あっちの玄関に……」とためらったけれど、おばさんにつっかけを指し示されると、それを履いて外に出た。並んで女子玄関を出る。

私が出るのを待って、村山くんががらがらと戸を閉めた時、少し変な感じがした。一緒に住んでるみたい、そしてそれがすごくしっくりいっているみたいな錯覚がある。同じ下宿から登校するのを自慢するという、泉さんの気持ちがわかる気がした。


空はさっきより少しだけ黄色がかって見えた。ここからは建物の陰になって見えないところで、夕焼けが始まっているんだろう。

「学校まで戻る？　逆方向にも、同じくらいの距離でバス停あるけど」

村山くんが言った。「村山くんは？」と聞き返してから、足元のつっかけに目を留める。村山くんも同じことに気が付いたらしく、「うわ、履き替えてくりゃよかった。学校戻るんだった」と額を叩いた。

「ま、いいよ。せっかくだし、ほんとに洗濯やってから学校戻ることにする」

「じゃあ私も、学校まで戻らないでバスに乗るわ」

駐車場を出ようとしたところで、下宿の脇にある犬小屋が目に入った。昨日は急いでいてちょっとしか見なかったのだけれど、黒い大きな犬が、小屋から鼻先を突き出して眠っている。

私の視線に気付いてか、村山くんが、「あ。あいつ、ロンっていうんだ」と言い、犬小屋に近寄っていった。犬はそれに気が付いて目を開けたものの、目蓋をどろんとさせたままだった。

私も村山くんの横にかがんで、ロンと向き合った。でもロンはすぐに目を閉じてしまう。

「老犬なんだよ」

村山くんがひそめた声で言いながら、ロンの背に手を伸ばした。真っ黒な毛は、よく見るところどころからまったり汚れたりしていたけれど、村山くんの手はロンの背中をするすると滑った。

「こいつ、寝てる時撫でても怒らないんだ。小峰さんも、触る？」

ロンを見た時から、触れてみたいと思っていたので、お言葉に甘えて、撫でさせてもらうことにする。私が手を伸ばしても、ロンは身じろぎひとつしなかった。

「ロン……」

つい、名前を呼んでしまう。ロンは薄く目を開いて、すぐに閉じた。

「眠ってる時間がだいぶ長くて……動物って年取るとそうじゃない？」

立ち上がった村山くんの声がした。そうだっけ、と私は思う。昔、うちに餌《えさ》をもらいに来ていた野良猫は、そんなに昼寝していただろうか。食べるとすぐ裏庭の塀を越えて出ていってしまうような、まだ若い猫だったんじゃないだろうか。餌を用意したおばあちゃんと、並んで庭に立っていたことが頭に浮かぶ。私は猫を撫でるタイミングを待ち構えているのに、その猫は餌を食べると、ひらりと塀の上にのってしまうのだった。小さな私には絶対届かない塀の上に。

不思議なことに、私はその猫の年老いた姿を知らない。餌をもらっているとはいえ野良だったのだから、途中でどこかに行ってしまったんだろうか。まあ、猫にはよくあることかもしれない。でも、私には、いなくなった猫を探した記憶がない。猫はふっつりと消え、そして私は、消えた猫のことを心配して泣いたりわめいたりということをしなかった気がする。ちょっと薄汚れているけれど白くて大きくて、好きな猫だったのに。

「変だな」

とつぶやくと、村山くんでなく、ロンのほうが反応した。目を開けて、今更ながら私の顔を見つめてくる。あたたかさと、毛のごわごわを掌に感じながら、私もロンを見た。目がとてもきれいな茶色をしている。ロンは尻尾をゆっくりと振った。猫のその後は思い出せないけれど、動物が嬉しそうにしているのを見ると、胸の底がきゅっと締め付けられる。

「ローンちゃーん」

と言いながら喉元をがしがしと撫でると、ロンは尻尾の振り方を速くした。

「ロンは小峰さんのことが好きみたい」

村山くんが言った。振り返ると目が合った。お互い、小さな笑みがこぼれてしまう。私は立ち上がって、ロンに手を振った。

「またね、ロン」

そう言ってしまってから、私は「また」この下宿に来る機会があるんだろうか、と思ったけれど、そういうことがあってもいいような気がした。村山くんも、特に何も言わなかった。

住宅街の静かな道を、ふたりで黙って辿っていく。来た時のような緊張感はなかった。夕陽を背にした山はいっそう影の色を深くして、闇に沈む準備をしている。風が冷たい。鳥のシルエットが、はるか高い場所を横切っていった。しんとした世界で、私は、箱にきっちりとおさまった一冊の本になったような感覚を得ていた。

「あのさ、小峰さん」

広い道に出る手前で、村山くんが口を開いた。猫を、落としてしまった側溝が見える。深くはないけれど、坂道の下だから流れが速くて、迷いなくここに下りられた村山くんはすごかったな、と思ったところだった。

「小峰さん、俺と」

風が少し強く吹いて、彼の声を途切れさせようとする。私は子猫に爪を立てられたくらいのわずかな痛さを感じ、目を細めていた。

——ああ、多分、告白されたら付き合っちゃう。

そう思ったのに、後に続いた言葉は予想を大きく裏切っていた。

「——医者にならない？」

「え?」

それはひょっとして一足飛びに嫁に来いと言ってるんじゃないでしょうね、と心配してしまったけれど、そうでもなくて、村山くんの話は色恋沙汰とまるで関係がないのだった。

「動物、好きなんだよね? 俺、動物好きな人は獣医に限らず医者向きだと思う、生き物のパワーを感じられる人だと思う。小峰さんが医者になったら、何科でもすごいしっくりくるだろうし、いろんな人が助けられると……」

「ちょっと待って!」

村山くんはかなり熱く語ってくれたのだけれど(そしてその演説に心惹かれる部分はもちろんあったのだけれど)、私は途中で話を止めた。

「えっと、話が壮大すぎっていうか……」

私が話を切ったことに、村山くんは少なからずショックを受けたようで「えっ!」と叫んだ。

慌ててフォローの言葉を探す。

「いや、引いてるとかじゃなくてね! なんで急にそんなこと言い出したのかなって……」

村山くんが実は切に医者志望なのはわかった。そして、私の中に医師の適性を(彼なりに)見いだしてくれたこともわかった。しかし、だからといって、いきなり自分の将来の夢を他人にすすめたりするものだろうか。

村山くんは、つっかけを履いてきたことに気が付いた時と同じように額を打って「あー」とうめいた。

「だよね。普通思っても言わないよね。突っ走った、ごめん……」

しかも俺今、「俺と医者にならない？」って言った気がする……と聞き取れるか否かの声でぼそぼそと喋ると、村山くんは足を止めてしまった。

「なんかさ、ひとりだけ遠い目標に一直線で向かってんのが、むなしいっていうか、さみしいっていうか、そういう感じがすることあるから、誰か引っぱり込みたかったのかも」

急に独白めいたその言葉に、私はどきりとした。ホームルームの時間、孝子と大海くんと三人でいる時に見た、彼の背中を思い出したのだ。あの時私は、なにを思っていただろう。勝手に、村山くんを遠い人のように考えてはいなかっただろうか。しっかり目標を決めていてうらやましい、でも、自分たちとは違う人、みたいな。

伏せられた、村山くんの目が心もとなく見える。どうしよう、と思った時、彼が言った。

「近いうち、職場見学みたいなのさせてもらうことになってんの」

私はちょっとびっくりして「親に？」と聞き返した。もちろん、学校では医療現場の見学なんてイベントはない。「親に」という答えが返る。

家で個人的にやることにしても、高校一年生相手では早すぎないだろうか。しかし、首を傾げた私に、村山くんは言った。

「興味あったらでいいから、小峰さんも来ない？」

「え！」

もろにびっくりしてしまって申し訳ない。けど、普通驚くと思う。父が息子にさせる職場見学……に、同伴。しかしもっと驚いたのは次の台詞だった。

「もう、ちひろも誘った」

「えええっ！」

大海くんを、あの大海くんを（見学だけとはいえ）医者の道へ誘うなんて……。あまりに無謀なことに思えたのだけれど、あの軽率な人と比べたら自分は若干マシかもしれない、と考え、気は楽になった。見学に付き合うくらいいいかな、と思う。

「それって、孝子も一緒ってことになるのかな？」

「具体的な日取りが決まってないから、ちひろはまだ貫井さんに話してないっぽいな。でも、まあ、四人でってことになるんじゃない。小峰さんが来てくれるなら」

私は、一応うーんと考えて、「それって、いつぐらい？」と訊いてみた。

「吹奏楽の定演が十一月の三日で……それが終わってから、文理の最終決定までの間、来月の十五日くらいまでの間に入れると思う。土曜か日曜かで」

まだ一ヶ月以上も先の話だった。

「考えてみる」

と言って、私は村山くんと別れることになる。角を折れてから手を振ったけれど、別れてからも、背中を見つめられているような気がして、そんな必要もないのに、振り返るのが怖いななんて思ったりもした。

この間まで暑い日があったような気がするのに、夜はセーターを着ても肌寒いほど冷える。夕ご飯の片付けを終えたあと、おばあちゃんがストーブのスイッチを入れた。

「沙織の部屋さもストーブ入れねばな。寒くて勉強されねべ」

おばあちゃんの言葉に、「まだ大丈夫だと思うよ」と返事をしながら、私はストーブの脇を離れることをせず、じっと火を見ていた。

——動物、好きなんだよね？　俺、動物好きな人は獣医に限らず医者向きだと思う、生き物のパワーを感じられる人だと思う。

村山くんが言ってくれたことを思い出す。私が、医者——考えたこともなかった。お給料で言えば薬剤師より上かもしれないけれど、そんなハードな職業が、自分に関係あるものだと思ったことはない。私はただ、母親の影響下から逃れることしか考えていなかった。そのための、安定した職業につきたい、ということしか。

でも、そういうのと関係なく、好きなことができたらどんなにいいだろうと思う。

自分の好きなことって、今はそんなにはピンと来ないし、油屋さんのように、趣味を語れる仲間がいるわけでもない。でも、そういうところまで行かなくても、自分が嬉しいこと、あーよかった、と思えることで、お金をもらって生活できたら、すごくいいことなんじゃないだろうか？

猫を乗せた時の感覚を思い出して、私は掌を開いてみた。ここにすっぽりと包み込めた小さな身体。爪を立てられても、猫が生きてるってことが嬉しかった。

ストーブで照らされた身体の右側と同じ、じんわりとしたあたたかさが、胸の奥にともる。同時に、村山くんの顔も思い出した。ひとりで遠い目標に向かっていくことが、むなしい、さみしい……そんなことを言っていた。だったら彼の横に、私がいれば。

——でも、そんなの、理想的すぎるかな……。

「明日のみそ汁作《つく》っておかねば」

と言って、おばあちゃんが台所に立った。それと入れ替わりになる形で、玄関からお母さんが入ってくる。外に近いほうで、ぶえくしゅ、と大きなくしゃみをしたあと、いつものように騒々しく戸を開けた。

「あー、だめだ、完全に風邪ひいちゃった。明日休む、あたし」

大声でわめいて、バッグを放ると、居間のテーブルに手を伸ばしてティッシュを何枚も取る。鼻をティッシュで包んだ母親と、目が合った。

「……お母さん」

高い理想があったって、私もいつか、「自分のようにはなるな」と言うこの母親のようになってしまうかもしれない。なにしろ親子だから。

「高校生の頃、なんになりたかった？」

少し、皮肉っぽい言い方になっていたかもしれない。しかし母親は、きょとんとしたあと、テーブルの上に目を留めて言った。テーブルには、模試と適性検査の結果シートが置いてある。

「あー、あたしは、『いい女』かな！」

赤くした鼻をティッシュでぐいとぬぐって、彼女は続ける。

「このナイスバディーでブイブイいわして、男に貢がれて、金持ちになりたかったわ！」

今度は私がきょとんとする番だった。なんてばからしい、くだらない目標だろう。

でも、赤い鼻の下をぐいとぬぐった母親を見ているうち、なんだか笑えてきた。この人にしっくりくる夢は他にない。似合ってるし、今そんなに遠いところにいるわけじゃないから（ホステスだし）、いいじゃないか、と思える。

「どうせあたしは、沙織とは違うわよ。アンタ、父さん似でよかったね！」

私に笑われてふてくされた母親は、模試の結果と適性検査の結果をざっと眺めて、「はあはあ。はいはい」と言ったあと、こちらを睨みつけた。

「勝手にすればいいのよ。頭のいい父さんみたくなって、あたしたちを置いていったらいいんだわ」

また、不満だらけの憎まれ口。さすがにちょっとむかついたけど、ちょっとだった。

私は母親の手から結果シートを回収して、「勝手にするよ」と言う。

「ほんとに私の好きなように、する」

——だからお母さんを置いていくかいかないかだって、私の自由なんだよ。

というところまでは恥ずかしくて言えなかった。お母さんは意地を張った小学生みたいに、「あっそ！　あーっそう！」と言うと、台所のおばあちゃんに向かって「母さん、熱燗《あつかん》」と呼びかけた。

やっぱ最低、と思いながらも私は、居間を出ていかずストーブの前に留《とど》まる。そろそろ部屋に行って勉強しなきゃいけないけど、もう少しだけあったかい場所に甘えていたかった。

11

「これをもちまして、鶴賀高校吹奏楽部第三十五回定期演奏会を終演いたします。ご来場ありがとうございました」

楽器を携えたまま、深く礼をした奏者たちが幕の向こうに消え、ホールの灯りが点き始めると、どこからともなく無数のため息が聞こえた気がした。拍手は鳴り止《や》まないし、私もまだ手を打っていたけれど、なんとなく、「終わったあ」という声が聞こえてきそうな雰囲気がある。隣の孝子も、露骨に伸びをした。

「ちょーっと、長かったよねえ」

と、自分がひと仕事終えたように肩を回す。その奥の席で大海くんが、「腰いでぇ～」とぼやきながら早々に席を立った。

三時間の長丁場。確かに、観客のこちらも疲れた。でも私には、わりと心地よい疲れだった。最後の、何楽章かに分かれていそうな曲が少し長く感じられただけで、あとはほとんど楽しんで聴いていたと思う。目を閉じると、どこか別の場所にいるみたいだった。子どもの頃、公園の回る遊具に乗って、わざと足を外側に放り出しふわふわさせていたように、私は演奏を聴くところどころで、「今、ここにいないかもしれない」という感覚を味わった。

村山くんとか高木さんとか、知っている人の音が前に出てくるところくらい、舞台に注目していようかと思ったのだけれど、村山くんの演奏は特に、「別の場所」に連れていくのがうまかった。ソロパートの時そう思った。彼がどんな顔をしているか、見る余裕はなくて、私はただ、目を閉じてじっとしていた。

村山くんのほか、一年生で唯一ソロをまかされているのが泉さんだった。練習の見学でアンサンブルを聴いた時は特にうまいとは思わなかったのに、ひとりで旋律を吹くと、彼女はおそろしいほど表現力があった。フルートの音が、すごく楽しそうなおしゃべりに聞こえる。正直圧倒された。

そういうわけで、私としては色々、思い出せる見どころがあったのだけれど、出口に向かう間、大海くんはぐんにゃりと背を曲げ、「これで千円は割に合わん」とぼやいていた。

「ちひろは、音楽への興味ゼロって感じだもんねー。でも、村山くん、すごかったじゃん。マブダチとして感動しないの?」

孝子が、人波に流されつつフォローする。私も、「ね! すごかったよね」と言ったけれど、大海くんは「すいません、わかりません」と返事をしただけだった。どうやら本当の本当に、興味がないらしい。ちょっと気の毒だな、という感じもするけれど、多分、大海くんがわかって私にわからないものもたくさんあるんだろう(お笑いとか?)。

客席の間を縫ってホールを出ると、急に目の前が明るくなった。ガラス張りのロビーに、人があふれている。外は天気予報通りに小雨が降り始め、白っぽくなっていた。

「どうする、この後。駅前まで出る？」

孝子が言い出し、大海くんが「帰りたいっす。へろへろっす」と即答する。

「でも、明日のこと決めないと」

孝子が私に視線を向ける。私も黙って目くばせを返した。

「明日？――あ、病院見学だ!!」

大海くんはすっかり忘れていたようだけれど、私はもちろん憶えていた。三人で、村山くんのお父さんによる職場見学に付き合わせてもらうことになっている。それが明日だ。

「なんだよ、定演に病院に……モトカズウィークじゃん！」

「ちひろウィークも開催しろ」とかなんとか言い出す大海くんを無視し、私は孝子と話を進めた。

「最寄りの駅までは電車でしょ？」「あーでも北田線はちょうどいい電車がなかったんだよ。だから乗り換えの駅まで迎えにきてもらっちゃっていいんじゃない？」と、さくさく時間や交通手段など確認し、孝子が大海くんに告げる。

「……というわけで、これ村山くんに電話で伝えといて」

「なにそれ、秘書扱い!？俺があいつの？」

大海くんはまたわんわんわめいたけれど、よほど疲れているのか、すぐに大人しくなり、「じゃ、俺まっすぐ帰るわ」と言った。自家用車が溜まった玄関前で別れることになる。私と孝子は、歩いて駅に向かった。

市民会館から市街地に出る道は幅が狭く、車が水をはねていく。私たちは傘を上にやったり足元にやったり、キャーキャー言いながら歩いた。

　広い道に出てから、やっと落ちついて声をかける。

「楽しみだね」

　前を歩いていた孝子が、軽く傘を掲げて振り返った。

「なにが?」

「明日のこと」

　私が付け加えると、孝子は「ああ。そうだね」と言って少し口角を上げた。

「ちょっと怖いけど。あたし医者って苦手意識あるんだよね。人として立派すぎるっつーか、隙がなさすぎっつーか……人種として遠い気がしてさあ」

　怖いなんて思ってもみなかったので、私はちょっとびっくりした。

「大丈夫じゃない?　村山くんのお父さんだもん」

　と言ってみる。音楽と猫を愛する村山くんの父親だ、普通に考えてやさしい人に決まってる。

　そういう意味で言ったのだけれど、孝子は急ににやにやして、「それは沙織だから思うことだね〜」と言った。

「ちょっと、それどういうこと?」

　私が言い返すと、孝子は傘ごとくるりと背を向け、「そのまんまの意味っすよお」と言った。

「だからっ、『そのまんま』ってなに!」

「やだー、沙織、言っちゃっていいのお?」

傘の距離だけ離れても届くように声を張り上げて喋るせいで、私たちの声とテンションはだんだん高くなり、最後は人気のない歩道で、笑いながらどつき合っていた。

「勝手に決めないでよね、私、村山くんのことそんなふうに思ってないしっ」

「沙織、顔赤いって」

冷たい雨が、駅前通りのレンガを濡らし、光らせる。頬に当たる空気は痛いほど冷たいのに、身体の内側は熱を発していた。

あと二、三週間もすれば、雨は雪に変わる。そしてその頃には、私たちはひとつ目の進路選択を終えている。

理系か、文系か。来年同じクラスになる可能性が、あるか、ないか。

それを最終決定する「文理選択希望書」は、昨日のホームルームで配られ、既に私たちの手元にある。


職場見学とはいったいどういうものなのか。

いつもの四人でお弁当を食べている時に、村山くんに訊いてみた。職場見学の話自体は、前に言われたように、私が誘われた時点で既に、大海くんのところにも行っていたみたいだった。

村山くんは、珍しく「あー……」と言い淀むと、わざわざ箸を置いて頭を掻いた。

「うちの父さん、結構頑固親父タイプでさ。医者になる者は、一度現場を見ておくべきだ！　って言って、勝手にこの話決めたあと、別になにも話してくれないんだよね」

「なにそれぇ」

あからさまに引いたのが孝子だ。

「じゃあなにするかわかんないんじゃん！　手術の見学とかさせられるんじゃないでしょうね？」

と、即座にまくしたてたけれど、村山くんは冷静に返事をした。

「手術は、基本平日の午後にやってるから。土日に入るようなのは、緊急手術だよ。見せないでしょう」

孝子はほっとした顔になったけれど、その横で大海くんは、心底残念そうに目尻を下げた。

「えー。俺、オペ室とか入ってみた～い」

大海くんは意外にも、医療に興味があったらしい。最初から「もちろん行く」と言っていた。

「どうだろう、可能性あるかな。あ、でも父さんの言う『現場』って、そういうとこじゃなさそう……」

村山くんの回答は半分ひとりごとめいていた。本当に、なにが起こるか読めないらしかった。

それでも私が見学に付き合うことを決めたのは、直感だった。なんか、これは見といたほうがいいような気がする。村山くんに熱心に誘ってもらったから、そう思うのかもしれないけれど。

孝子はちょっと引き気味で、「うちが一番遠いし」「ていうかあたしは医学部とかありえないし。キャラ的にナースもないし」とぶつぶつ言っていたのだけれど、いつの間にか参加することになっていた。大海くんとふたりの時に、説得されたのかもしれない。

見学は十一月頭の二連休のうち、文化の日に行われることになった。前日が吹奏楽部の定期演奏会で、村山くんがそっちにかかりっきりになるため、見学前に顔を合わせたのは、土曜のホームルーム後が最後だった。

「明後日、よろしく」

と、彼は少し照れくさそうに言った。その照れくささが直接染みてきたような感じがあって、私もちょっと笑った。


かくして、私と孝子と大海くんは、三人で電車に乗ることになった。孝子を挟んで、両脇に私と大海くんが座る。

「これ、すっごい既視感」

シートについてすぐ、孝子が口にした。大海くんが「海の時でしょ」と言うと、「ああ、そっちか」というつぶやきが聞こえた。今とは別な「過去」のことと、混同したのかもしれない。

村山くんと約束したところまでは三駅だったけれど、その間に孝子が、かくっと首を落とした。目が閉じられている。

「貫井さん、少しだから起きてたら」

と大海くんが呼びかけると、ぐずった子どもみたいな声が返ってきた。

「眠いも～ん。昨日二時までドラクエやっちゃってえ」

「なにやってんすか。だいたい君の隣には俺という勇者がいるじゃないですか」

「あんたはゲームに出てきても絶対勇者じゃないわ……『商人』あたりだね」

他愛ない会話の後、孝子はすうっと眠って、大海くんの肩にもたれた。故意にそうしたわけでない、ということはわかったけれど、私はぎょっとして、大海くんと顔を見合わせてしまう。

大海くんは、孝子の肩を支えながら、私に言った。

「い、要りますか」

大海くんは顔を赤くして、ちょっと焦っている感じだった。

「遠慮しとく。重そうだし」

と答えると、「そうですか」と言ったきり無言になる。大海くんが手を離すと、孝子は首をぐったりと大海くんの肩にあずけた。

私たちは、丸ひと駅分に近い時間、黙りこくっていた。窓から入り込む影が、足元を流れていった。

「……大海くんさ」

気まずさに耐えかねて話しかける。呼びかけてから話題に困って、また数秒黙ってしまった。

「なんで今日、来たの?」

そこで視線を上げると、孝子と一緒に寝そうなほど目をとろんとさせている大海くんが目に入った。私と同じく気まずい思いをしているかと思ったのに、やっぱりこの人は図太い。話しかけなきゃよかった、と思う間に彼ははっと顔を上げ、目をこすりながら言った。

「それはアレですか、『来ないほうがよかった』ってことすか……」

「や、違うくて！　あんまお医者さんに興味ある雰囲気じゃないから、純粋に疑問で」

私が訂正すると、大海くんは案外長い間を置いて答えた。

「僕は菓子屋の五代目で」

「えっ？」

「小峰さんは知らないと思いますけど、市内では大海製菓って言ったら老舗《しにせ》でそれなりに有名で——でも、俺が小学生のうちに、潰れたっす」

知らない。言われなきゃずっと知らなかったと思う。

大海くんはそこで何故か目を細めて笑ってから、続けた。

「だからまあ、小さい頃からなんかになるって決まってる、モトカズの気持ちって、ちょっとわかるような気がするし……ちょっとっすけど。まさか小峰さんが来るとは思わなかったから、俺が付き合おうと思って、誘われた時点で行くって決めちゃったんす」

つまり今日のことは、彼なりに気を遣った結果、ということだ。その可能性をまったく考えていなかった自分を、あさはかだなあと思い、同時に、孝子に寄りかかられてもびくともしない大海くんの肩に、目が行ってしまった。

電車がブレーキをかけ、駅のホームに入っていく。どこか冷たい感じのする冬の朝陽の中で、私は孝子の肩を揺すった。「孝子、着いちゃうよ」と呼びかけると、孝子は半目を開けてまたうつむいた。

「もー！　起きて起きて！」

「寒い〜。眠い〜」

半分寝ぼけて、私にべったりと寄りかかってくる孝子を支えながら立ち上がる。ドアの前に立ったところで、私は隣の大海くんに言った。

「ごめんね。私がいたら、結構意味ないね」

ふ、と高いところで息を漏らしたような笑いが聞こえる。

「面白そうだからいいっすよ。――モトカズも、小峰さんがいたほうが面白いだろうし」

並んで顔を合わせようとすると、大海くんの視点ははるか上のほうにあり、私は首を少し反らさなくてはならなかった。目が合い、ふっと不思議な感覚が降る。そういえばこの人とは、半年前は口もききたくなかったのに。孝子の知っている「未来」では関わることもなかっただろうに、今はこうして、普通に喋っている。

ドアが開き、冷たい風が入ってきた。思わず身を縮めると、孝子が横で大きなくしゃみをした。


五分後、私たちは車の中で固まっていた。

助手席に村山くん、運転席にお父さん、後部座席に残り三人でぎゅうぎゅうに座ったのだけれど、身体が動かせないという意味だけでなく、動けない状態だった。

村山・父の威圧感によって。

駅前のロータリーに滑り込んで私たちを迎え入れた、彼の一言目は、「なんだ、女の子じゃないか」（もちろん、私と孝子に対して）。その「なんだ」も、言い方によっていろんなニュアンスが出ると思うのだけれど、彼の場合はもう、「なんだ、医者の仕事を見せてやろうというのに、女が来ちゃったよ」としか聞こえないほどそっけなかった。孝子が、萎縮《いしゅく》しながらも「よろしくお願いします」と言ったので、私もそれにならったけれど、以降一言も会話はない。彼は、私たちなどいないもののように、時折ため息をつきながら運転するだけだった。

――こんな人、いるんだ……。

私はしばらく、打ちのめされつつも、バックミラー越しに村山氏の様子をうかがっていた。白髪《しらが》交じりの髪を後ろへ流してかっちりと固め、グレーのスーツにモスグリーンのネクタイ、眼鏡の奥には隙のない目が光り、恰幅《かっぷく》がいい。大学病院を舞台にしたドラマで悪役になる医局長を、絵に描いたような姿に見える。

「病院に行くんだよね?」

大通りの信号をひとつ過ぎたところで、村山くんが言った。なんとなく、こちらに気を遣っているようではあったけれど、彼にとっては、これがいつもの父の姿であるらしく、変わった様子はない。村山氏は「そうだ。他にどこがある」と低い声で言い、また口を閉ざした。

――これが、村山くんのお父さん……。

孝子のお父さんも、車中で口をきくほうではなかったけれど、あの時は、私たちが和やかに話していてもいい雰囲気ではあった。今は、余計なことを言ったら怒られそうな気がする。こういう人に育てられて、村山くんのようにやさしい人ができるものだろうか。

車は国道を進み、山あいへ入っていった。村山くんがたまに、「晴れてよかったね」とか「電車空いてた?」とか当たり障りのない話題をこちらへ振るだけで、お喋りが続くことはなかった。あの大海くんですら、自分の膝に目を落としたままじっとしているし、孝子は捕らえられたネズミのように縮こまっている。私もどきどきして、ただ沈黙していることしかできなかった。

「あ、あそこだよ」

車が国道を外れると、村山くんが窓の外を指した。道沿いに家が並ぶ小さな集落に、ひとつだけ大きな建物がそびえている。真新しいピンクのタイルが敷き詰められた外壁に、「北部総合病院」の文字が見える。一時間は車に揺られてきた気がしたけれど、時計を見ると、電車を降りた時間から、三十分も経っていなかった。

休日の病院の中を、村山氏に連れられて歩いた。最上階にある医師の個室から始まって、入院患者のいる階をひとまわりし、ナースステーション、事務室、調理場などを回る。オペ室は、入り口までしか見せてもらえなかった。霊安室も入り口までは見た。

しかし、貴重な体験といえば、私服の上から白衣を着せてもらったことくらいだ(患者をぞろぞろ連れて歩いていると思われたら困るから、上からこれを着なさい、と村山氏に渡された)。形式的な説明を受けながら病院内を一周しただけで、職場見学というよりは、遠足の社会科見学の体だった。

「少しここで待っていなさい。会わせる人間がいるから」

一階に戻り、人気のない外来ロビーで、私たちは一度、村山氏から解放された。彼の背中がエレベーターのドアの向こうに消えた途端、孝子がばったりとソファに倒れた。私もため息をついてソファに崩れ落ちる。大海くんの、「かーっ」という声にならない叫びが聞こえた。

「なんなの、この緊張感。っていうか、威圧感」

私たちを代表して感想を述べてくれたのは、大海くんだった。村山くんだけは、ひとり涼しい顔をして、ソファの前に立っている。

「ごめんね。うちの父さん、ちょっと取っ付きづらいよね」

と言ったものの、あまり済まなそうな顔でもない。日ごろから接している家族にとっては、そんなものなのだろう。「取っ付きづらいってレベルじゃ……」と大海くんが言いかけたけれど、最後まで言わず話題を変えた。

「しかし、これで終わりだとずいぶんあっさりした見学じゃん？」

同感だ。息子に、じかにさせる見学なのだから、かなり踏み込んだものじゃないかと期待していたのに、これだと、私が近くの病院に頼み込んで見せてもらうのと変わりない気がする。半分寝転んでいた孝子が、身を起こして、「やー、どうかな」と口を挟んだ。

「ドラマだと、ここで最後に『会わせる人間』っていうのが、末期がんの患者とかだったりするんだよ。死について語る！　みたいな」

大海くんが「重っ」と言ったけれど、村山くんはあっさり否定した。

「それはないと思う。父さん、あんまり人の事情に踏み込まないし……高校生の前に連れてこられるような関係の患者っていないよ、きっと」

「あー、そうだろうねえ」

孝子がまた、ソファに倒れ込む。

「『会わせる人間』云々《うんぬん》は嘘で、このロビーをどっかのモニターで見てて、『寝ていたお前は不合格、帰れ』とか言いそー。ありそー」

孝子のぼやきを、村山くんは「ははは」と笑ったけれど、多分冗談ではなかったと思う。私は姿勢を正し、まくれていた白衣の裾を直した。そこで、正面にあるエレベーターの階数表示が動いたのに気付く。六階で止まっていたのが、そのまま降りてきていた。

「来たかも」

と、エレベーターを指して言うと、孝子と大海くんがすっくと立ち上がった。村山くんも振り返る。私が立ち上がるのと同時に、ドアが開いた。

エレベーターを降りてきたのは、村山氏と、若い男の人だった。白衣を着ているので、とりあえず患者でないことはわかる。彼は、私たちのほうを見て軽く笑い、村山氏の後についてこちらへ歩いてきた。

「外科に研修で入っている、先田《さきた》くんだ。彼のほうが年も近いし、話しやすいだろう。大学についてでも、職場についてでも、聞いてみなさい」

村山氏の紹介に続いてすぐ、彼は「先田です」と頭を下げた。それから私たちの顔をゆっくりと見渡して、村山くんに、「君が村山先生の息子さんだね」と言う。

「はい。お休みの日なのに、お手間をとらせてしまってすみません」

村山くんがはきはきと返事をする。やっぱり、この中で誰が医者の子息かというのは見ればわかるんだろうな、と思った。

「今、応接室は使ってるんだ。寒いだろうが、少しの間ここで話してくれないか」

村山氏が言い、私たちは待合室のソファを借りて、先田さんを囲むことになった。村山氏は、自販機からコーヒーを買い、かなり離れた場所にひとりで腰掛けた。この場を去る気はないらしい。下手な質問をしたら、脇から叱られそうだな、と思う。

緊張したけれど、向かいのソファに座った先田さんが、私たちの顔を見渡しながら、「そんなに緊張しなくても大丈夫」と言ってくれたので、少し気持ちが緩んだ。

「『なんでも訊いていい』って言われたって、なに訊いたらいいのかもわかんないよね、高校生だもの」

と、眼鏡の奥の目を細める。先田さんは、色が白く細く、草食動物みたいな感じの人だった。私の隣に座った孝子が、あからさまにため息をつくのが聞こえた。

「そうなんですよ、わからないところがわからないのが若さなんですよう」

ぼやきながらも、村山氏に連れられていた時とは違って、一気に緊張がほどけているのがわかる。もしかして、記憶分の年齢でいえば、孝子は先田さんと同い年くらいなのかもしれない。

「あ、さっそくですけど、質問いいですか」

村山くんが軽く手を挙げて発言した。先田さんが笑顔のまま、「どうぞ」と言う。

「医学部って、体感としてどんな感じですか。えっと、楽しかったとか、時間がなかったとか……」

入試を通り越して、学生生活についての質問。村山くんは本当に医学部に進む気なんだな、と改めて思った。孝子も大海くんも、はっとしたように目を見開いていた。私たち三人のことは特に気に留める様子もなく、先田さんは隣の村山くんのほうへ膝を向けて喋った。

「楽しくは、ないかな。はは。時間がないってのは、本当にそう。バイトやサークルと両立してる奴もいたけど、タフだな〜って感じだったよ。でも、それでも『大変』ってよりは、『充実してる』って感じかな。文系の学部と違って、周りが同じ目標の人間だけになるし、大学でできる友だちって、それ以前の友だちとはやっぱちょっと違ったよね」

どきっとした。私はまだ、医学部を受けるかどうかわからない。だから、未来の村山くんが、私たちよりずっと仲の良い、同じ目標を持つ人を真の友だちだと思う日が来ることもあるのかもしれない……と思って。

でも、先田さんは、わざわざ職場見学に来ている私たちが、進路未定者だとは思っていないらしく、こちらを見て、「高校から一緒だったら、もっと濃い友だちになれると思うよ」とにこにこした。

そこで大海くんがさっと手を挙げる。

「忙しいって言ってましたけど、恋愛はどーなんすか！　する暇ありますか！」

「くだらないこと訊かないの！」

孝子がすかさず口を挟んだ。先田さんは苦笑しながら、「僕はそういうのあんまり得意なほうじゃないからなんとも言えないけど、一緒にいる時間が多ければいいってもんじゃないんじゃないかな」と、一般論に流す。

「ほらー。もっと、仕事上の話とか、意味のある質問しなさいよ」

「そんなら貫井さんが訊けばいいでしょー。なにも思いつかないんじゃないですか」

カップルふたりがくだらない言い争いを始めそうだったので、私が「じゃあ」と言って手を挙げた。

「先田さんが、お医者さんを目指すきっかけになった出来事って、特にありますか。高校とかそれ以前に、医学部志望ってことを決めていると思うんですけど……」

私は、強いて言うならば、この間の猫の件（村山くんに誘われたこと含め）がきっかけで、医学部進学を考えることになった。でも、どんな苦難にも耐えようとまで思っているわけじゃないので、実際に研修医まで行っている人にとって、そういう「覚悟」のもとになる出来事が、大学を選ぶ以前にもうあったのかどうか、気になる。

これまでの回答と違い、先田さんはかなり間を置いた。天井を睨んで、なにか考え事をしているようだった。

「……正直、僕はもう、決まってたからねえ。家が病院で、小さい頃から跡継ぎ、みたいな」

先田さんは、話しながらちらと村山くんのほうを見た。似たようなパターン、ということだろう。

「そういう人間、結構多いんだよ。医学部生の半分くらいはそうだったんじゃないのかな。だから、大学に入ってもまだ、決まった道に進むのに抵抗があったり、実際やめたりする人も、いた」

大海くんが、「勿体ない」とつぶやく。先田さんが、「そうだね、勿体ない」と神妙な顔をしてうなずき、続けた。

「僕も、やめたいと思うことはあって、それを長い時間かけて納得していったのかもしれない。大学に入る前に、なにがなんでも一生医者、なんてことは決めてなかったと思うなあ」

「そうですか……」

ちょっとスッキリしない部分は残ったけれど、リアルな回答はこういうものかもしれないな、と思った。あの出来事があったから自分は今も医者でいられる、なんていうドラマチックな人生を歩むお医者さんは、ひと握りなのかもしれない。

ふっと、胸の中を風が抜けていったような感覚がある。十年後、二十年後の私が、仕事のほんの隙間の時間に、今のやりとりを思い出すような気がした。私には想像もつかないいろんなこと、嫌なこととしんどいこと楽しいこと、全部が過ぎ去って、またやってきて、そういう時に、先田さんが言ったことをおぼろげに思い出すんじゃないだろうか。もし、私が医者になっていなくても。

私はそれ以上訊くべきことがないような気がしたのだけれど、横で孝子が脚を組み替える気配がして、はっと隣を見た。彼女は、どことなく挑戦的な顔で先田さんを見つめていた。

「やめたいと思ったこと、あるんですね。それってどんな時ですか」

孝子の質問に、私は息を呑んでしまった。村山氏の前で、先田さんがやすやす答えられる質問じゃないだろう、というのが、まず、ある。先田さんの隣に座った村山くんも、ちょっとびっくりした顔をしていた。村山氏は、こちらのほうなど見てもいないというふうに、パーティション代わりの観葉植物を眺めながら、静かにコーヒーをすすっている。でも、今の孝子の質問は間違いなく耳に入っているはずだ。

そして、もうひとつ、私が不安になった理由は、その質問をしたのが、孝子だという点にあった。

——孝子は、「やめて」るんだ。

事実はともかく、「やめた」ことが彼女の記憶の中にある。大学卒業後に転々としたというバイトもだし、就職活動が実らなかったということは、他になにかやろうとしていたことをやめてしまったのだろうし、それに——私が思ったのは、孝子が、人生をやめているんじゃないかということだった。

「やり直すチャンスをもらった」と孝子は言ったけれど、だったら、元の孝子の高校以降の経験は、ただの「失敗」で、本当に要らないものだったんだろうか？

その瞬間まで、意識していたわけではない。でも今更、孝子の十二年間の存在がせまってきた。それをあっさりと自分の身から切り離せた彼女は、いったいどんな思いでいたのだろう。

先田さんは、やはり、村山氏のほうを振り返るように、一瞬待合室の奥へ目をやった。けれども、孝子に視線を戻すと、膝の上で手を組み、ゆっくりと話し出した。

「それは、僕の根性が足りないせいで、ってこともあるよ。本当に物理的に時間がない時とか、疲れてる時とか、もう嫌だ、って思ってしまう。――でも、一番しんどいのは、治せない患者さんを見ることだ」

もちろん、発見の遅いがんや、ダメージの大きい交通事故など、現代の医療技術ではどうにもならない事態はたくさんある。けれども、人の生死に関わること自体が重く、何故自分がこんなものを背負わなければいけないのかと思ってしまうこともある。まだ研修医だから、直接患者の遺族から責められるということはないけれど、そうなった時に自分が耐えられるかはわからない、なんとか耐えていくのかもしれないけれど……という話を、先田さんはその回答に続けた。ただでさえしんとした休日の待合室が、余計に寒く、静かになっていくのがわかった。私は、「みね」のことを思い出していた。今みねは生きているからいいけど、もしもあの時死んでいたらと思うと怖い。……そして、医者になるということは、多分、実際にその「死んでいたら」に、山ほど立ち会っていくということなのだ。

だから先田さんの話で、自分なりに感じることは色々あったのだけれど、一方で、隣にいる孝子に、それがまったく伝わっていないということを、私はなんとなく感じてもいた。孝子はぎゅっと唇を噛んで、敵を射るような目で先田さんを睨み返していた。

「……しんどかったら、やめたらいいんじゃないですか」

孝子がそれを口にした時、私は、ああ、と思った。向かいのソファで村山くんが、信じられない、という顔になったのが見えたし、孝子の向こう側に座った大海くんも多分、呆然《ぼうぜん》としていたはずだけれど、私には、孝子がそういうことを言うであろうことが、だいたい見えていたのだった。

廊下の光が届かず、自販機の灯りだけが投げかけられた暗がりの中で、村山氏が顔を上げた。こっちを、見る。

先田さんはといえば、しばらく口を開けたまま声を出さずにいたけれど、やがて、顔を合わせた時のような笑顔をつくって、言った。

「そういうわけには、いかないんだよ。大人はね」

「大人であることが理由じゃないでしょ。いつだって、逃げられるはずです。本当にしんどかったら」

「孝子」

私は呼びかけて彼女を止めようとした。今、職場見学に来てるんだよ。お医者さんになる道のりを聞いてるんだよ。あなたと討論してるわけじゃないよ……そう言いたかった。けれども、私が肩にかけた手を振り払いもせず、孝子は一息にまくしたてた。

「本当はあなたは、しんどくないいんだ。医者である限り、勝ってるんだから。他の職よりずっと、給料も必要性も高い仕事に就いてるって、自分でわかってるんだよ」

大きな声ではなかったけれど、敵意に満ちた、純粋に相手を傷つけようとするような話し方だった。次々と吐き捨てるように言葉をつむぐ。いったい、いつなんのスイッチが入ったというんだろう。その場にいる全員が、押し黙った。孝子の言葉が正しいかどうかはさておき、その敵意に圧《お》されて。

「結局逃げなくていい場所にいるだけなんだ、あなたは」

「孝子！」

私が孝子の肩を揺さぶって叫ぶのと、視界の端で村山氏がソファを立つのが同時だった。

カン、と硬い音がして、場が一瞬静まり返った。村山氏が、飲み終えたコーヒーカップを、手放したところだった。

空の紙コップが床に転がる。白衣のポケットに両手を入れた村山氏が、こちらへ歩いてくる。彼は孝子の前で足を止めた。

「君が、なんに負けてどこから逃げたのか知らないが」

孝子の肩が一瞬びくつくのが、手を通してじかに伝わってきた。私も一緒にびくりとした。

村山氏が、さっきと同じ低い声で続ける。

「少なくとも医療には向いていない。他者の痛みを想像できないのだから」

先田さんを「しんどくないんだ」と言いきった、孝子の発言を指しての言葉だとわかった。先田さんは、膝の上で手を組んだままじっとしていたけれど、顔から親しげな笑みを消していた。

孝子は、肩をこわばらせたまま、なおも続けた。

「想像はしてます。それに比較を加えているだけです」

村山氏は即座に言葉を返した。

「その比較にどれだけ意味がある？」

眼鏡の奥の目は、冷たかった。けれどもまっすぐ、孝子に向けられているように見えた。

「病棟も、調理室も、事務室も、君の目には私に負けた人間の居場所としてしか映らなかったか？　給与的に……それと、君の言うところの必要性的に」

――あ。

私は、自分が、ただ見学者としてしか院内の風景を見ていなかったことに気付いた。わざわざ勉強しにきたんだから、もっと珍しいものを見せてほしい、と思っていた。けれども、別の見方もあったのかもしれない。

心臓に冷たいものが当たるような気がした。孝子も押し黙った。

「与えられた環境も、試練も、その人間の一部だ。君と切り離しては考えられまい」

そこまで言うと、村山氏はこちらに背を向けた。

「基和《もとかず》。捨てておけ」

捨てておけ、という単語にぞっとしたのだけれど、白衣を通した腕は、床に転がった紙コップのほうを指していた。村山くんが「はい」と返事をして立ち上がる。先田さんも黙ってソファを立ち、村山氏についていった。

ふたりの姿がエレベーターの中に消えるまで、孝子は身じろぎもしなかったが、ドアの閉まる音がホールに響くと、ゆっくりと顔を上げた。私の手を、自分の肩からそっとはがす。そうして白衣を脱ぎ、それをソファの背にかけて立ち上がると、裏口のほうへ歩いていこうとした。

「孝子？」

呼び止めようとすると、気の抜けたような声で、しかし早口に返事があった。

「帰るけど気にしないで、駅までのタクシー代あるし時刻表あるし明日普通に学校行くし」

まじ今はほっといて、と付け加えられたので、私は追いかけるチャンスを逃した。三人で待合室に残り、長い間呆然としていた。

「……貫井さんて」

最初に口を開いたのは、紙コップをゴミ箱に捨てて戻ってきた村山くんだった。

「俺のことも、嫌いだったのかな……」

嫌味ではなく、むしろ傷ついたような声だった。見ると、彼は顔を真っ白にして立っていた。

「違う。そういうんじゃないよ、絶対」

その場にいない孝子の代わりに否定した。そう思いたい。夏に海で、孝子に言われたことを思い出してもいた。沙織は頭いいしかわいいからわからない、とかそういうこと。あれで私がどれだけ傷ついたか、孝子にはわからないんだろうか。

立ち尽くしたままの村山くんの袖を軽く引くと、彼はようやく腰を下ろした。同じソファに、三人で一列に座ることになる。

──君が、なんに負けてどこから逃げたのか知らないが……。

村山氏の言葉が頭に浮かぶ。彼の言う通り、孝子は二十七歳の現実に負けて逃げてきたんだろう。何故先田さんにあんなに嚙み付いたのかはピンと来ないけれど、「給与」と「必要性」のところで、孝子は医者を自分と対照的なものとしてとらえていたのかもしれない。彼女の記憶によれば、長い間無職だったのだから。

自販機が、低いうなり声を立て始めた。それを合図のようにして、大海くんの声がした。

「小峰さん」

予想外に落ち着き払った声だった。うつむいた村山くんの横顔越しに見ると、大海くんはじっとこちらを見ていた。

「なにか、隠してますよね。貫井さん自身のことで、小峰さんだけが知ってる秘密、あるっすよね」

——わかるんだ。

そりゃそうだよね、付き合ってたらわかっちゃうよね、と思う。多分、私が思うよりずっと、大海くんは鋭いのだ。

「……ある」

喋るなら今しかない。全部吐き出して楽になりたい。そうすればさっきのことも、いくぶん納得してもらえるかもしれない。

強い衝動が湧き上がる。でも同時に、私は五月の教室での孝子の言葉を、思い出してもいた。

——ねえ、誰にも言わないでね。

——沙織には黙ってらんないいんだもん、やっぱり。

これは、私たちだけの秘密だ。

「あるけど言えない」

私はきっぱりと口にしていた。無意識のうちに、隣に座った村山くんの袖を握りしめながら。

「言えないけど、わかってほしいの……」

変に卑屈で文句たれの孝子を、私たちが放り出すことはきっと簡単なのだろう。今日なんて孝子が余計なことを言ったせいでひどいことになったし、村山くんは家に帰ってから気まずい思いをしなければならないだろうし、よかったことはなにもない。

けれども、私は孝子を責めたくなかった。もしも彼女の記憶に取り返しのつかない失敗があるのなら、その上をさらに失敗で塗り重ねることはしたくない。高校時代に、「戻って」きたことすら間違っていたと思うようになったら、戻る前の世界のことも、大事に思えない気がする。今度はただ、自分がいなければよかったと思うようになるんじゃないか。

「孝子のこと、責めないで」

そこまで喋ると、自分の声が震えているのがわかった。

怖かった。この人たちに見捨てられたらどうしよう——私は、自分が孝子になったような錯覚をおぼえる。胸の一部が急に冷えて、さみしい、と声を立てた。

「責めないよ」

村山くんの声で、顔を上げる。村山くんと、その陰からひょこっと首を出した大海くん、ふたつの顔がこちらを見ていた。

「まー、ホント言ってこいつはどうだかわかんないけど？　俺は貫井さんの彼氏っすよ？　勇者っすよ？」

大海くんが、村山くんを指して言う。口を開けてしまりなく笑った、その笑い方がなんだか無性になつかしかった。さっきまで緊張でぎゅっとこわばっていた胸に、あったかい空気が通っていくのがわかる。

村山くんがすかさず、「お前は『勇者』ではないな、絶対」と口を挟む。

「お前にとってそうでなくとも、貫井さんにとってはそーなの！　ほっとけっつの！」

大海くんの反論を、村山くんは「はいはい」と受け流す。私が、ぷ、と小さく笑うと、村山くんも目を細くして笑った。

「いいけどさ、なんか、小峰さんがそこまで言うのって不思議。まだ一年付き合ってない友だちでしょ？」

三年くらいは付き合った感じがする、と村山くんがつぶやき、私は一瞬びっくりした。言われてみれば、昔の友だちの誰と比べても、私と孝子の関係は日が浅い。

でもすぐに思い直す。この状態は、孝子の私に対する記憶が――気持ちが、三年分あるから、ある意味当たり前なんだと。

「その辺も秘密」

と言うと、「なんだそれ、すげーな」と村山くんが苦笑した。「嫉妬するわ」と大海くんが口をとがらせる。玄関の自動ドアが、風に吹かれて小さく鳴るのを聞きながら、私は、明日学校に行ったらなにより先に孝子に話しかけようと思った。

# 12

翌日、登校してきた孝子の姿を見て、私はそっと安堵のため息を漏らした。

――本当に「普通に」来てくれた。

もちろん、私としてもそうしてもらえるのが一番だったけれど、もし私が孝子だったら、自己嫌悪や村山くんへのバツの悪さで、一日くらいは学校を休みたくなるかもしれない、と思ったのだ。けれども孝子は、いつも通り、私にひらひらと手を振って、こちらに歩いてきた。

「おっはよー」

むしろいつもより明るいくらい。「おはよう」と返すと、もうお喋りが始まった。

「聞いてよ、来週のミュージックステーション、エレカシ出るんだって～」

「えれかし？」

耳に馴染《なじ》みのない単語だったけれど、孝子の話からするとバンドの名前らしい。「もちろんバンドとしては今のほうが好きだけど、自分がリアルタイムで見逃したテレビ出演なんかを見られると思うと、それだけで戻ってきた価値があるってもんだよ～」とか、周りの人が聞いたら首を傾げるであろうことを一気にまくしたてた。

「オザケンとかはもうテレビで見られないから、ほんと……」

孝子が喋っているところに、後ろからカバンをさげたままの大海くんが接近してくる。目が合ったけれど、私がなにか言う間もなく、彼は孝子の肩をがっしとつかんでいた。

「俺のブラザー小沢健二がどうしたって？」

「ひゃあああ！」

いきなり肩をつかまれたためか、孝子は絶叫した。振り返って、「いきなり触んないでよっ！」と抗議する。大海くんは「なんか今の反応、傷ついた……」と言いながらも、すぐいつもの笑顔になって、「なあなあ」と話を変えた。

「アレ、書いてきた？」

「は？」

孝子は眉をしかめたけれど、私は「アレ」がなんだかすぐにわかった。

「文理選択希望書」のことだろう。夏休み前に書かされた「文理選択アンケート」は、まだ予備調査の段階だったけれど、先週末に渡されたこちらは、文系理系の選択意思を、正式に学校側に示すことになっている。二年生以降、理科と社会でなにを選択するかも書かされ、それをもとに二年以降のクラス分けが決定されるのだった。

提出締め切りは十五日。今日はまだ、四日だ。

——え、今その話振っちゃうんだ……。

私はつい、大海くんに恨みがましい視線を送ってしまう。実は私も、昨日記入して学校に持ってきたけれど、孝子がなにを書いたのか聞くまで、提出は待ちたいと思っていた。もう少し、ふたりで進路の話をするつもりでいたのに——。

大海くんは私の視線に気付かない。孝子が「アレってなによ」と言うと、そのまんま「文理選択の紙だよ～」と答えてしまった。

いくらなんでも昨日の件につながって気まずいでしょう、と思ったのだけれど、孝子はけろりとして言った。

「あ、書いてきたよ。ちひろも？」

――嘘。

いったいあれで、なにを書いたというのか。職場見学と関係なく、孝子は自分で進路を決めていたということなんだろうか。

私はそわそわしてきたのだけれど、大海くんは笑った顔のままで、「書いてきた書いてきた。小峰さんは？」とこちらに話を振ったあげく、私がうなずくとすぐさま、ドアのほうに目をやって、「あっ、モトカズ～う！」と声を張り上げた。村山くんが、登校してきたところらしい。

大海くんは一度私の脇を離れて、荷物を下ろしたあと、カバンを背負ったままの村山くんを引っぱってきた。村山くんは、孝子と私の顔を交互に見て、ぎこちなく「おはよう」と言ったのだけれど、孝子が笑顔で「おはよ！」と返事をすると、安心したように肩でため息をついた。しかし間を置かず、大海くんが詰め寄る。

「モトカズ、アレ書いてきただろ。カバン下ろせよ」

「アレってなに」

「コレだよコレ～。よーし、みんなでせーので見せっこしましょう！」

大海くんは、自分のぶんの「文理選択希望書」をひらひらと振って言った。村山くんはやっぱり露骨にぎょっとしたけれど、孝子が言われるままにカバンからファイルを取り出し、それに続いて私が机の中から書類を出すと、しょうがないというふうに肩を落とした。彼も、記入はしてきたらしい。

大海くんは、無邪気にはしゃいでいるように見える。でも、彼なりに孝子のことを思いやった結果がこれなのかもしれない。裏であれこれ話したり、みんなで孝子に気を遣ったりするより、ここで、昨日、おのおのが考えた結果を見せてしまったほうがいいのかも——そういうふうに思ったんだろう。

一理ある。わかる。でも私は、なんというか、少し荒っぽい方法なんじゃないのかなという気がしていた。

ためらいを感じながらも、大海くんの、「はい、どん！」という声とともに、記入済みのプリントを差し出す。Ｂ５判の紙が全部で四枚、私の机の上に差し出された。

一瞬、四人でつくった輪の中の空気が薄くなる。周りの席から、興味深げな視線が集まっているのも感じた。緊張の中で、自分の目が最初に、村山くんの書類に行ってしまったことも意識する。

理系にマル、志望学部は医、第一志望は北海道大学——村山基和。

文系にマル、志望学部は文・文芸、第一志望は成城大学——貫井孝子。

文系にマル、志望学部は福祉系、第一志望は日本社会事業大学——大海ちひろ。

そして私の書類。理系にマル、志望学部は医、第一志望は北海道大学。

「えええ！」

私と村山くん、それに孝子の声がほぼ揃った。多分、同じ部分への意外さで。

「え、なんすかなんすか。あ、モトカズと小峰さん、相談した!? キャー！『北の国から』！」

「そこじゃなくて、お前」

村山くんが、大海くんを指さす。そう、まずはそこだ。

「……福祉？」

孝子が、怪訝さ丸出しの目で大海くんを見た。私も多分、同じ目をしていたと思う。大海くんは、きょとんとして首を傾げた。

「あれ？ 俺、福祉似合ってない？ めっちゃくちゃ」

「いや……なんていうか、考えたこともなすぎて、まだどうとも言えないというか」

村山くんが、自分の顎を掻いて言う。まさにその通りだ。病院見学に参加するという話を最初聞いた時は、大海くんだけは医者はない、と思ったけれど、同じ医療現場でも、福祉というのは想像に入れていなかった。

「え、だって俺ってほらテディベアみたいじゃん？ やさしげじゃん？ おまけに力持ちだし……」

大海くんはなおもアピールを続けようとしたけれど、孝子が半ば悲鳴を上げるようにして「テディベア!?」と叫ぶと、大人しくなった。

「俺なりに考えた結果なのに、みんなひどいよ……」

「いや、そうなんだろうけど……悪いけどピンと来るには時間がかかりそうというか」

「ていうか、『日本社会事業大学』ってどこ？　どっから見つけてきたのソレ」

親友と彼女に両側から疑問を呈され、大海くんは肩を落とした。それに構わない様子で、孝子が話題を変える。

「で、なに。沙織と村山くんのコレは、偶然の一致ってやつなの？」

筆跡の違う「北海道」の文字を、交互に指される。私は思わず、村山くんに目配せをしてしまった。向こうも探るように私を見ていて、同時に苦笑いすることになる。

本当に偶然なのだ。でも、こうなって当たり前だ、という気持ちがどこかにある。

「やっぱ、動物好きにとって北大は夢なんだよな～」

村山くんが照れくさそうな顔でつぶやき、私もつい勢い込んで「そうそう！」と言ってしまった。

「え、なに、『動物のお医者さん』ってこと？　ミーハーじゃない？　だいたい、あれって獣医学部の話じゃないの？」

孝子が冷静な声色で口を挟む。村山くんが、いつもより若干しまりのない顔で、「まあ、獣医も、いい。それも含めて検討するってこと」と言い、私がうなずくと、大海くんが割り込んできた。

「ふたりは付き合ったりしないの？」

その一言で、私はぼっと顔が熱くなるのを感じた。でも顔を赤くした村山くんが、「そういう話題を教室で振るお前の無神経さは福祉に行く前に直すべき」と珍しく辛口な意見を述べ、「あっ、話逸らした、逸らした」と孝子に混ぜっ返されたりしている間に、チャイムが鳴ってしまった。

まだ孝子の進路に触れてない――ということを、そのチャイムと同時に思った。

「やべ、先生来てる」と言って後ろのドアに視線を投げた孝子の顔を見上げたけれど、目は合わない。三人の手が私の机の上にあったプリントをつかみ、それぞれの席に散っていった。

その日の放課後、孝子は珍しく、私を、ショッピングビルの外の寄り道に誘った。

「ねえ、昔行ったことのある小さい公園があるんだけど。もしかしたらないかもしれないんだけど、行ってみていい？」

駅前のターミナルでバスを降りたところだった。特に買い物の用事もなかったので、いいよと返事をする。孝子は、私が一度も足を向けたことのない住宅街のほうに入っていった。

「『昔』って、孝子の高校時代？　それとも、もっと小さい頃のこと？」

昔ながらの、でも決して大きいわけではない家が並ぶ静かな通りを歩きながら、なにげなく思ったことを尋ねる。孝子は「小さい頃のほう」と答えた。

「あっちに、皮膚科の個人病院があるじゃない。うち、遠いのにそこが最寄りの皮膚科なんだよね。土曜日しか来られなくて、めっちゃ待たされるから、よく公園で遊んでたの」

バイパスへ続く高架橋が見えてくると、孝子が「あ、あそこ」と言った。一瞬、私には、孝子が指している場所がどこなのかわからない。家の並びの向こうに、周りの古い家屋から浮き上がるような高架橋があるだけで、公園なんて見当たらない。

けれども孝子が駆け出すと、橋の下の暗がりの中に、錆《さ》びたジャングルジムがあるのに気が付いた。

「まだあった～」

驚いた。陽の当たらない橋の下、道路の脇のスペースに、いくつも遊具が立ち並んでいる。それらは忘れ去られて、眠ったり、乾いたりしてしまったものにしか見えなかった。

ラッキー、人いない、なんて言いながら孝子はカバンを遊具に引っかけ、ジャングルジムにがしがしとのぼり始めたのだけれど、私は、こんなところに子どもは来ないだろう、と思った。小さい頃の孝子みたいに、他所《よそ》から来て、退屈な待ち時間を潰す子には、この公園がオアシスのように見えたかもしれないけれど、近所の子は、わざわざ陽のさえぎられた公園で遊ばないんじゃないだろうか。

「沙織！　来なよ」

真っ暗なジャングルジムのてっぺんで孝子が笑う。私はその下まで歩いていったけれど、ためらってしまった。ジャングルジムは、塗装の白いペンキがはがれてめくれ上がり、全体が引っ掻いたかさぶたのように細かく風に毛羽立っていた。

「手、鉄くさくなる……」

理由を見つけて断ろうとしたけれど、孝子が「後で駅のトイレで洗えばいいじゃん。紙せっけんあげるから」と言うので、カバンを下ろした。隣の滑り台の手すりに引っかけておく。ジャングルジムは、触れただけで血に似たにおいがした。気が進まない。でも、今孝子の隣に行かなければならないのを、私はなんとなくわかっていた。

てっぺんまでのぼって、孝子の隣に腰かけた。私たちが歩いてきた道が、薄い夕陽の中に見える。外の世界もあまり明るくなく、間もなく日が暮れようとしているのがわかった。風が冷たい。

「あたし、公園って好きなんだ。一度でも行ったことのある場所は、ずっと憶えてるの。うち、結構外出好きな家だったから、県南の大きい公園だったらほぼ把握してるよ、多分」

「へえ」

公園と言われて、私はお父さんのことを思い浮かべていた。今はどこにあるかもわからない、車でしか行けない公園で、肩車されたこと。孝子に訊けば、あれがどこだかわかるだろうか。

「ねえ、孝子」

夕日に向かう芝生の丘がある公園ってどこ？　そう続けるつもりでいたのに、孝子は少し間を置いて言った。

「違うクラスになっちゃうね」

返事ができない。ごうごうと音がして、風かと思ったけれど、私たちの頭の上を通っていく車の音らしかった。時々、タイヤが橋の継ぎ目を踏むような、ばこんという不格好な音がする。雨が降ったのはおとといなのに、公園の入り口には水たまりが残っていた。ここは雨も入らないはずだけれど、外から流れ込んでくる水が、ところどころに乾かない水たまりをつくるようだった。透けない、赤茶色の泥水が入っている。

「孝子が決めたことでしょ？」

もともと理系クラスに進むはずだったものを、文系にした。私と離れるというリスクに負けず、孝子がなんらかの意思で決定をしたということだ。そうであってほしかった。

しかし孝子は、温度の低い声でつぶやいた。

「決めたって言うのかな、これを」

車の走行音に、風の音が混じった。冷えた風が、下から吹き付けてきて、私たちの不安定な足元をさらう。

「実際入ったとこより、一ランク上の大学にしただけだよ。文学部なのは消去法。あんまやりたいことわかんないし、ちひろみたいに福祉とか突っ込んだこと考えられないし。適性検査で上に来た学部書いただけ」

私は黙って、孝子の言葉の続きを待った。

「『与えられた環境も、試練も、その人間の一部だ。君と切り離しては考えられまい』」

ふいに孝子が、いかめしい口調で言った。昨日の、村山氏の台詞だった。

「……だってさ。そりゃ正論だろうけどさ、あたしはあたしなりに頑張るしかないってこともわかるけどさ」

孝子は一瞬私の目を覗いてから、ひとつ後ろの棒に手を置き直した。のけぞるような格好になる。

「でもさ、あたしは、ホント言えばあたしから逃げたいんだよ」

空を睨むようにして、孝子は首を反らす。でも視線の先にあるのは、空ではなく、真っ暗な高架橋の裏側のはずだった。

「あたしも、好きな人と同じ、立派な目標のために勉強する子に生まれてきたかったな」

孝子はこちらに向き直って、にっと口角を上げたけれど、冗談めかしたふうに聞こえるその言葉が、実は冗談でもなんでもないことはあきらかだった。私は唇を嚙む。孝子は私たちの間にある沈黙を無理に押し出すようにして、一気にまくしたてた。

「ちょっ、黙んないでよぉ～。ね、さっきちひろに言われてたけど、マジ村山くんと付き合う気ないの？　もう超好き同士じゃん、絶対付き合ったほうがいいじゃん」

「いいよ、私の話は！」

思ったより、とげとげしい口調になって、自分で驚いた。孝子も身体をちょっと引いていた。

「あ……ごめん」

「ううん」

孝子がそれ以上なにも言おうとしないので、私から口を開いた。

「村山くんのお父さんが言う通り、比較に意味ってないと思う……。だって、それって、私が、タバコ屋の娘じゃなければよかったとか、お父さんがいる孝子はずるいとかって思うのと同じことだよ。多分、うちじゃ奨学金もらわないと大学行けないし」

それなりに大事なことを告白したつもりだったのに、孝子は気のない声で「そうかな」と言っただけだった。

低い家々の間をくぐりぬけるようにして、カラスが橋の下へ飛んできた。そのまま滑って、私たちの後ろへ消える。

いったいなにを言えば、孝子に届くんだろう？

というか、孝子になにを届けたいのか、私は自分でまだ言葉にできていない気がする。ものすごく言いたいことがあるし、見ていてもどかしい、ちょっと苛々《いらいら》しさえするのに、それがなんのために起こっているのかわからない。

「ま、あたしは文系クラスで楽しくやることを考えるよ」

孝子は呑気そうに笑ったけれど、その笑いが別に解決になっていないことを、私は悟っていた。手についた鉄錆《てつさび》のにおいは、駅のトイレで洗っても落ちない。孝子と別れて電車に乗っても、強く漂い続けた。


次の日のロングホームルームで、席替えが行われた。十月末に中間テストがあったので、テスト明け定例の席替え、このクラスでも既に三度目になる。

私は入学以来初めての最前列となった。でもこれから寒くなる時に窓際のヒーターの真横を勝ち取れたんだから、ラッキーと言える。隅の席なので教室の様子がわからなかったけれど、とりあえず真後ろが車谷さんだった。プリントを回す時、「よろしく」と言ってみたけれど、「ああ、よろしく」と極めて低いテンションで返されただけだった。

「教室の端と端で残念だな、運命のおふたりさん」

帰りのホームルームが終わってから、私たちが溜まったのは、廊下側最後列にある村山くんの席だった。大海くんのちゃかしを無視し、村山くんは「ていうか、この席寒すぎ」とぼやく。しかし四人でいる時は、最後列の人のところに溜まることが多かったので、今回は寒かろうとみんなで村山くんの席辺りに来ることが多くなるだろう。

孝子の席は教室のど真ん中、大海くんはそれと横並びの廊下側だという話だった。村山くんと大海くんは、男子をひとり挟んで、同じ列にいる。

「とりあえず、俺ら掃除当番だ。美術室だって」

不服そうな顔のまま、村山くんが席を立って大海くんの腕を引いた。その時、孝子が口を開いた。

「あ、ちひろ。掃除終わるまで待つから、今日遊ぼうよ」

「ん？」

大海くんが振り返る。なんだか違和感があった。大海くんがおかしいのではなく、孝子の話の運び方が、いつもとは違う気がした。

「こないだ言ってたビデオ、見たいから、家行っていい？」

――家。

海に行って、大海くんのお母さんと会った時に、孝子が大海くんの家に出入りしていることはもうわかっていたのに、何故だかこうして目の前で訪問を告げられると、どぎまぎした。村山くんも同じだったのだろう、孝子のほうを見てちょっと目を丸くした。しかし当の大海くんは、若干の間を置いて、「あ、いっすよ!」と言っただけだった。

ふたりが教室を出ていき、私と孝子が残される。掃除の邪魔になるので、廊下に出て、窓にもたれた。そこでやっと孝子が言った。

「あ、ごめんね沙織。こないだ、ちひろがめちゃめちゃ面白い芸人、深夜番組で見つけたって言ってて。それちょうど、昨日のラジオで話題になっててさ。急に気になってきちゃったんだよね」

だから今日はひとりで帰って。——そういうことだった。

「ん、いいよ別に」

そう返事をしたけれど、軽いしこりを感じる。そうだ、いつもの孝子なら、そういう場合はまず、私のほうへ先に話を通すんだった。「今日はちひろと行きたいとこあるから、先帰っていい?」とか。

「三人で、っていうのも考えたんだけどさあ。沙織、お笑いとか全然興味ないじゃん?」

孝子は機嫌よさそうに笑っている。でも、その笑顔が逆によそよそしく思えるのは、私の気のせいなんだろうか。

しかし孝子の意図がどうあれ、私はカップルと一緒にお笑い番組なんて見たくない。「うん、興味ない」と率直に答えた。

「勉強してく？　それとも途中まで一緒に帰る？」

孝子が訊いてくる。一緒に駅前まで出て、ひとりで本屋をぶらつくことも考えたけれど、数学の問題を当てられていたのを思い出し、「残る」と言った。いつもは孝子とふたり、教室で自習するけれど、たまには図書室に行って、受験生の先輩たちの空気を感じつつ勉強するのもいいかもしれない。図書室なら、気が向いたら本を借りて帰ることもできるし。

結局私はすぐに荷物をまとめ、教室の前で孝子と別れた。階段の手前まで歩いて、なんとなく振り返ると、孝子は教室の掃除が終わるのをそこで待つつもりらしく、廊下の窓にもたれていた。制服のポケットから出したイヤフォンを、耳に入れる。コードの根元には、ＭＤウォークマンらしい銀色の物体が覗いていた。

——孝子、あんなの持ってたっけ？

不思議に思ったけれど、孝子は私の視線に気付かない。自分のつま先辺りに目を落として、リズムを取るように首を動かし始める。

階段への角を曲がると、下のほうから、足首をつかむように冷たい風が流れてきた。思ったより寒い。私はカバンから毛糸の手袋を出して、手にかぶせた。

その週いっぱい、孝子は大海くんの家に寄り続けた。

口実は「ビデオが三回分くらいあるから」だったけれど、それが本当の理由ではない気がしていた。

孝子は私を避けている。

根拠は薄いけど、そう思った。朝、教室に入ってくれば、前と同じように一番に私に手を振り、声をかけてくる。お弁当も、大海くんと村山くんと固まって、四人で食べている。でもそれは、中身を取り出したあとの枝豆の莢《さや》みたいに、習慣という外殻が残っただけのものであるように、私には思えた。

「……で、あたし的には司会がロンブーっていうのが納得行かないわけ！　別にロンブーはロンブーでいいっすよ？　でもさあ、番組の色的には、もっと色の濃い芸人を起用したほうが……」

お弁当を食べる間、孝子は、私にわからないテレビ（主にお笑い）の話を大海くんに振り続ける。私が、「ロンブーって、ロンドンブーツなんとか、だっけ」と消極的に口を挟んだりすると、「うっそ沙織、マジテレビ見ないんだねー」とけらけら笑い、そしてまた元の話題に戻る。はたから見れば、会話をしていることになるのかもしれないけれど、実際私と孝子の間で循環する言葉は、ほとんどなくなっていた。

そしてさらにおかしいのが、大海くんの反応だった。

私は元々そんなに彼を頼っているつもりはなかったけれど、会話のバランスが悪くなってみると、こういう時大海くんがボケて話を持っていってくれるから面白かったんだ……と思うタイミングがいくつもある。そうして何故か、今の大海くんはそういうところで、無言でへらへら笑っていたり、箸をくわえたままあらぬほうに目をやっていたりするのだった。

「……貫井さん、最近テレビの話ばっかだね。俺、下宿でテレビないから、別世界の話みたい」

普段は食事中口数の少ない村山くんが、静かな声で口を挟んだ。けれども孝子は「あ、そっか、でも高校生でテレビない生活なんてすごいよねー！」と言っただけだった。

土日を挟み、また新しい週がやってくる。吹奏楽部の定期演奏会を見にいってから、まだ丸一週間しか経っていないことが信じられない。今日も私はひとりで放課後を過ごさなければならないんだろうか、と思うと気が滅入《めい》った。図書室で勉強するのは、教室で無駄口を叩きながらの自習より手が早く進むけれど、一息つこうとすると、空気いっぱいに、他の生徒の立てる筆記具の音が満ちているのが怖い。進学校のためか、うちの図書室は、図書室としてはあまり機能していない。特に受験前の今は、脇目も振らぬ三年生が何十人と机に向かっているせいで、気が向いた時にゆったりと読書などできる雰囲気ではなかった。

教室がある四階まで、階段をのぼりきった時には、足の重たさにすっかりうんざりしていた。あんまり足が重いから、今朝は、生徒がぎゅうぎゅう詰めになったいつものバスを見送り、一本遅いので学校まで来たのだ。隣の教室から漏れる騒々しい声に、さらに滅入りそうになった時、うちの教室の前に立つ村山くんの姿が目についた。彼は、廊下のコートかけに、グレーのピーコートをかけているところだった。

「おはよう」と言って教室に入っていこうとすると、村山くんに手首をつかまれた。

「ちょっと待って」

と、廊下に留められる。そこで、教室の中から、甲高い笑い声がするのに気付いた。孝子の声だった。

一瞬だけ覗くと、孝子が、身体をねじって後ろの席に身を乗り出していた。その先にいるのは野口さん、そして、もうひとつ後ろの原田さんも、一緒になって喋っている。野口さんと原田さんは、春からずっとふたりで行動しているようだったけれど（多分中学が同じなんだと思う）、そのふたりと孝子がなにか話しているのは、見たことがない。

それについて私がなにか考える間を置かず、村山くんが言った。

「変じゃない？　君と、貫井さん」

振り返る。孝子の声はまだ聞こえている。「先週のMステでしょ、あーあたしビデオ録《と》った！貸そっか？」——すごく楽しげな、興奮した声だ。

私は、自分の目線より少しだけ上にある村山くんの顔を見つめ、言った。

「変かも……」

「かも」じゃない、変なんだ。そう思うのと同時に、村山くんも「変だよ」と言った。

彼は私を、教室の光景からかばうように、ドアの見えない場所まで連れていき、ひそめた声で言った。

「なにかあった？　あの……病院見学のあと、喧嘩したとか」

後のほうは言いづらそうにして、村山くんは自分の口を軽く覆った。私は黙って首を横に振る。喧嘩はしていない。そういう、わかりやすいことだったらよかったのに。

「ほんとに？」

「本当。次の日は一緒に、公園に行ったもの。帰りに」

村山くんは何故か舌打ちをし、「じゃあ、ちひろか」とつぶやいた。なにがどうなって「じゃあ、ちひろか」なのか、私にはまるでわからなかったけれど、その時ちょうど、大海くんが階段の角を折れて出てきた。すぐに私たちに気付き「おーう」と声をかけてくる。私は軽く手を振ったけれど、村山くんは眉根を寄せて返事をしなかった。つかつかと大海くんのほうへ寄っていき、乱暴に肩をつかむ。

「おい。ちひろ、貫井さんになんかしただろ」

村山くんにしては乱暴な行動だったので、ぎょっとしてしまった。大海くんは「えっ？　なに？」と本気で慌て、「こ、怖いんですけどー！」と叫んだ。

「ハニー！　助けて～」

大海くんの声は結構廊下に響いたけれど、ちょうど、それ以上のボリュームで、教室からけたたましい笑い声が聞こえてきたところだった。孝子を含む、女の子たちの笑い声。

大海くんははっとしたように教室に目をやり、初めて私に目を向けた。背がでかいくせに上目遣いの、うかがうようなまなざしで。なんでそんな目でこっちを見るんだろう。

しかし村山くんはそれに気付かないらしく、コートかけの前まで彼を引っぱってくると、低い声のままでまくしたてた。

「お前、先週の放課後、貫井さんと家でなにしてた？」

「はっ？」

大海くんの声がひっくり返る。私も、なんでそんな質問になるかわからず、目を点にしてしまったのだけれど、村山くんは詰問をする刑事のように畳みかけた。

「なんかおかしいことしてただろ、小峰さんと貫井さんもおかしいけど、お前と貫井さんも微妙だし。家でなんか変なことしてたんじゃないの、それで貫井さんが俺らを避けてるんじゃないの」

「ちょ、親友に対してその質問はないんじゃないの！　しかも女子の前で！」

大海くんは苦笑したけれど、額まで赤くなっていた。笑ってるのか怒ってるのか焦ってるのか、よくわからない顔になっている。

私も気まずさに耐えかねて顔を伏せた。おかしいことって、そういうことか。私には思いもよらなかったことで、それを思いつく村山くんはやっぱり男の子なんだなあと思う。でも同時に、可能性としてその線は低いんじゃないかと感じても、いた。大海くんの挙動がおかしいのは確かだけれど、でも、孝子が避けているのはやっぱり私。そして引き金になっているのは、進路のことだろうと思う。

「どうなの。やったの、やってないの」

村山くんがなおも詰め寄ると、大海くんはわめいた。

「だからその語弊のある言い方をやめてほしいんですけど！　結論から言えばやってないし！」

――「結論から言えば」？

この間違った話がどこかに流れてしまうまで待とうと思っていたのだけれど、その、微妙に歯切れの悪い物言いに引っかかりをおぼえ、私は口を挟む。

「どういうこと？」

と、顔を上げて言うと、大海くんはまだ赤い顔をしたままで立っていた。村山くんの背中が硬い。

「や、だから。なにもないっすよ」

大海くんの目が、一瞬私に向いて、泳ぐ。なにか隠しているのはあきらかだった。村山くんが、一旦《いったん》離していた手で再び大海くんの肩をつかみ、揺さぶる。

「嘘ついてます、って顔に書いてあるんだよ～」

「あああ」

大海くんはうめき声を上げたけれど、やがてあきらめたようにうなだれた。

「……こんな、人目のあるところでは」

「教室まで聞こえないから。あと、もう人来ないから」

村山くんが早口に告げる。本鈴が鳴るまでもあと五分ない。ほとんどの生徒が教室に入っているせいで、各クラスから漏れ聞こえる声は大きく、逆に廊下に人気はなかった。曇り空を通した薄い朝陽が、膜を張るようにリノリウムの床に落ちている。

沈黙は意外と早く途切れた。

「俺じゃなくて、貫井さんが」

大海くんにしては最小限にひそめた声だったけれど、その一言を聞いた瞬間、私は、これから続く言葉を絶対他の人に聞かせまいと思った。無意識のうち、大海くんから教室のドアへつながる動線を、身体を動かしてさえぎっていた。

「はっきり言ったわけじゃないですけど。そうしたい的なそぶりを、こう、それとなく」

大海くんは、今まで見た顔の中で、一番泣きそうな顔をしていた。もちろん泣き顔までの距離はまだまだあったけれど、それでも、目の端を少し赤くしているような気がした。

「……でも俺は、貫井さんがなんかでやけになってるような気がしたから。そういうんじゃ、俺もやだったから……」

なにもしてません——大海くんの声が消え入るように話を締めくくると同時に、膝から力が抜けるのがわかった。ほっとしたから、じゃない。むしろ逆で、聞いてはいけないことを全部聞いてしまった気がしたからだった。

そうだ、孝子は「やけになって」いる。——もちろん、大海くんと孝子は付き合っているのだから、なにをしたっていけないこともないと思うけれど、「デザートは最後までとっておく主義」と話していた孝子が、このタイミングでそれをしようとするのは、わざわざ大事なものを壊そうとする行為に思えた。きれいに花を生けた花瓶を窓から投げ捨ててしまうような、わざとらしく捨て鉢な行為。そしてそれを、私の知らないところでやりきってしまおうとした孝子の気持ちが、見通せなくて恐ろしかった。

「もういい」

大海くんに向けて言った。声を小さくして言ったのに、その瞬間は何故か教室から漏れ聞こえる笑い声が遠くなって、自分の声の震えが、廊下を通り増幅されるような感じがした。

「私のせいだよ。大海くんじゃなくて――やっぱり私が、孝子とおかしくなっちゃったんだよ」

村山くんが振り返る。大海くんは、沈んだ顔でこちらを見ていた。

「どうして」

静かな声で、村山くんが言った。

「わからない」

と答える、私の声にチャイムがかぶった。


その日のお弁当の時間は、当然会話が少なかった。孝子がひとり、「なんか今日みんな暗くない？　くっらあ〜、葬式みたい！」などと言いながら笑っていた。

「俺、明日から部室で弁当食べようかな」

お弁当を片付け、孝子と大海くんが購買にデザートを買いにいったわずかな間に、村山くんが言った。

「え、なんで」

私が言うと、彼は机の上で頭を抱えるようにしてつぶやいた。

「今はあの人といるの、気詰まりだ」

「あの人」とはむろん、孝子のことに違いなかった。反射的にフォローの言葉を探そうとしたけれど、なにも出てこなくて、私は唇を噛んだ。

「小峰さんだけが知ってるあの人の事情っていうのがわからないから、本当は口出しするべきじゃないのかもしれないけど。俺の想像のつかない大変な問題を抱えてるのかもしんないけど。でも今の状態だと、彼女、俺たち——小峰さんとちひろに、助けを求めてるんじゃなくて、一緒にくじけてもらおうとしてるようにしか見えない」

村山くんの言葉は鋭くも的を射ており、彼の父親を思い出させた。宙に向けた睨むような視線も、車の中でバックミラー越しに見たものとよく似ている。

私が黙りこくったせいか、村山くんはふとこちらに目を戻して、意識したように眉根をゆるめた。「ああ、ごめん、『責めないで』って言われたのにね」と、軽く笑う。

「でも、小峰さん自身の意思も大事だと思うよ、俺は」

彼はそう言いきると、席を立った。「歯、磨いてくる」と言って、歯ブラシを持って行ってしまう。私はまだ半分以上残っている紙パックのジュースを持ち上げ、そして口をつけず下ろした。誰とも話さずに座っていると、教室の喧噪《けんそう》は、無遠慮に鼓膜を押してきたり、かと思うと心もとないほどあっけなく退いていったりする。一定でない波音を聞かされているようで、胸がざわついた。

——でもさ、あたしは、ホント言えばあたしから逃げたいんだよ。

——君が、なんに負けてどこから逃げたのか知らないが——。

ジャングルジムの上で聞いた孝子の言葉と、村山くんのお父さんの言葉が交錯する。孝子はきっと逃げてきた。二十七歳の世界から——つまり、二十七年生きた自分の人生から、ここに。でも孝子は「ここ」からも逃げたいのだろう。今は。

――どうしてこんなことになっちゃったの。

言っても無駄な言葉を呪文《じゅもん》のように胸の内で繰り返しながら、私が思うのは五月のことだった。小さな事件のあった調理実習が終わり、油屋さんにお礼を言われたあと、孝子は私を傍のトイレに引っぱり込んで、ひとりで笑った。

――最初の調理実習で買い出しをすっぽかしたのは、あたしなの。

あの時孝子は、本当におかしそうで、嬉しそうだった。自分の「未来」を変えた快感に震えていたんだろう。当時は事情をよく知らなかった私も、なんだか嬉しかった。いや、嬉しいというのとはちょっと違うかもしれない。まぶしかった。その時トイレの小窓から見た空が、その四角の中に凝縮されたようにぎゅっと光に満ちて見えたのを憶えている。

球技大会、学祭、海への旅、毎日の放課後――私にとって楽しかったことは、孝子にとっても多分「前」より楽しかったことだと確信できるのに、どうして今、孝子は、私に背を向けてしまっているんだろう。

とても足の遅い一週間が過ぎる。体育の時間、私は孝子とペアを組んで柔軟運動をし、お弁当はいつもの四人で食べ(村山くんは結局まだ抜けていない)、放課後は私ひとりで図書室に行く。大海くんは、口数が減った。孝子と、駅前の歩道でもめているのを、一度バスの中から見かけた。孝子が一方的にまくしたてて、大海くんは黙ってそれを聞いているみたいだった。

孝子は急速に、野口さん原田さんのふたりと仲良くなり、授業中は彼女たち三人の私語やくすくす笑いが目立つようになった。定年間際で気の弱い英語の先生の時間には、教壇まで聞こえるような声で、彼の発音を冷やかしたりしていた。最初にそれを始めたのは野口さんだったけれど、孝子もそれに乗って、声を立てて笑った。

「……うるさい」

小さく、しかしはっきりと、村山くんの声がした。それで教室は水を打ったように静まり返る。「は?」とすかさず野口さんが言ったけれど、私は教科書を見つめながら、強く目をつむっていた。なにも感じたくない、今すぐこの冷たい沈黙の消えた五分後の教室に飛びたい、と思う。


初雪の降った月曜日の放課後、孝子が久しぶりに私を居残りに誘った。野口さんたちに「ね、カラオケ行かない?」と誘われたのを、「今日お金ないんだ」とわざわざ断って、私のところに来たのだった。

「ごめーん、なんか久しぶりになっちゃったけどさ。今日、放課後自習付き合ってくれない?」

何日ぶりかわからない、教室でふたりきりの放課後になった。孝子は、今日の数学で当てられた問題を、半分も解かないうち、わからないと言って私に押し付けた。いい加減気持ち悪いし腹も立っているしどうにかしたいのに、何故か、嫌だと言うことができない。この一問だけ、と思ってシャープペンを動かしてしまう。

私が問題を解いている間、孝子はぼんやり窓の外を見ていた。最後まで解いて、その目線を追うと、外は雪だった。三時間目くらいにぱらぱらと降り出し、昼休みには雨に変わっていたのに、いつの間にまた雪になったのだろう。ほとんど雨みたいな、直線を描く雪だった。

「あのさ、お弁当さ、明日から三人で食べてくんない？」

孝子が言った。雪を眺めたまま、なんでもないことのようにして。

私は黙って、孝子の横顔を見る。「どうして？」と、やっぱりなんでもなく聞こえるようにして言うと、孝子がすました顔で微笑した。

「まいちゃんとみーちゃん。文系なんだよね。来年の選択科目も同じだった」

「まいちゃんとみーちゃん」が野口さんと原田さんのことであると気付くのに、少し時間がかかった。そういえば、彼女らの下の名前は「まいか」と「みき」とか、そんな感じだったかもしれない。でも孝子の呼び方には、口にし慣れない流行語を頑張って使ってみたような、もたつきがあった。


――来年同じクラスになるから、そっちと仲良くするってことね。

理系に進む私とは、仲良くする必要はない。孝子はそう言っているのだ。

つまんないこと言う、と思いながらも私は、まったく関係ないことを口にしている。

「まいちゃんとみーちゃんって、なんか英語の一人称みたくない？」

孝子は一瞬、ははっ、と声を上げて笑って、それは私がよく聞いた、素の孝子の笑い方だったのだけれど、目の前の雪がひとひら、窓から消えていくのと同じくらいのスピードで、笑いでできた空気もかき消えた。一秒もなかった。

「孝子、『あい子』に改名すれば？」

思ったより冷たい声が出た。孝子は少し黙ってから、やっとこちらに顔を向けた。

「ごめんね」

と言って力なく笑う、その力なさすら、演技みたいに計算し尽くされていて、なのに私には、その演技の隙間から孝子の優越感だとか構ってほしい欲求などが漏れ出すのがわかってしまう。ぷつんとなにかが切れる音が聞こえた。私はさっきまで数式を書き入れていた孝子のノートをひっつかみ、高く持ち上げていた。

頬を張るところだった。それをなんとか耐えて、私はノートを孝子の胸に投げつける。途中で力が抜けたせいで、ノートはばっさと間抜けな音を立てて孝子の胸に当たった。

孝子は顔をかばった体勢のままで、呆然としていた。

その顔に、私は無数の言葉を投げつける。「ごめんね」なんて思ってないくせに。本当はただ追いかけてほしいだけのくせに。村山くんが指摘した通り、孝子は私に折れてほしいだけなんだ、自分と一緒にだめになってほしいだけなんだ。ばかみたい。そんなのに私が付き合うわけない。

――いやそうじゃなく、私はそうしたくないし、孝子がふてくされることも許したくはない、一緒にちゃんとしたいんだ。それで前みたいに楽しく――。

胸の中で投げつけた言葉に、口は追いついていかず、私が実際孝子に言えたのは一言だった。

「……また、春からやり直せば？　そうやってずっと回ってればいいんだ、同じとこで永遠に」

孝子がどんな顔になったのかは見なかった。すぐに背を向けて、机の上の筆記具をカバンに投げ入れ、席を立って、そのまま玄関まで走った。開け放した玄関から風が吹き込むので、校舎の中は下に行くほど寒くなり、一階に着くと、スカートから出た膝頭《ひざがしら》が鋭く痛んだ。下駄箱から半分折れたブーツを取り出し、上履きと履き替える。その間に孝子が追いかけてくるんじゃないかと、少し思ったけれど、それはただの希望的観測だなとすぐに思い直した。実際孝子は追いかけてこなかった。

雪の中を走って、結局行き場がバス停しかないことに気付き、呆れた。でもバス停までは走った。

今バスが行ったばかりなのか、人の姿がないバス停に辿り着き、古びた案内板にしがみつくと、鼻の先で鉄のにおいがした。時刻表を打ち付けた案内板は鉄製で、あのジャングルジムと同じにおいだった。私は慌てて手を離し、でも走ってきた息苦しさからその手を口に近づけてしまい、結局鉄くささをもろに嗅《か》ぐ。頭が痛む。

ぐったりと折れそうになる身体とバランスを取るようにして頭を上げると、顔に雪がかかった。灰色の空から落ちてくる、水っぽい雪に打たれながら、私は一瞬気が遠くなるのを感じる。孝子が目を閉じて過去に戻れたのなら、私が目を閉じて未来へ進むことだってあるんじゃないか。なら、今すぐ次の春に行って、私は村山くんと同じクラスで笑っていればいい、孝子が他の教室でどうしているかなんて関係ないんだから——。

でも、目を開けても当然時間は進んでおらず、雪の冷たさが点々と顔に降りてくるだけだった。そして自分が、たとえ可能であっても本気で春にワープしようとは思わないことも、わかっていた。

息をつくと、白く湿ったもやが左に流れていく。指先が痛むのを感じながら、私はそっと、バスの案内板に触れ直した。

## 13

四時間目終了のチャイムが鳴ったあと、私は席から動けずにいた。

固まっているというよりは、ネジが取れて身体が動かなくなったみたいだった。

——あのさ、お弁当さ、明日から三人で食べてくんない？

孝子は昨日の宣言通り、野口さん、原田さんと一緒にお弁当を食べるのだろう。でも私がさしあたってすべきことに変わりはなく、いつも通りお弁当を持って村山くんの席のほうへ歩いていけばいいはずだった。そこで、孝子が私たちに交じらないこと、私が置いてけぼりをくらったことは、おのずと村山くんと大海くんに知れるだろう。ふたりがどう反応するかはわからない。怒るかもしれないし、「じゃあ仕方ないね」と言うかもしれない。ともかく話はそこからだ——。

そう考えることはできるのに、手足は動かない。私はただ、机の脇にぶらさがったお弁当の包みが、視界の端に見えるのを、疎ましく思っているだけだった。

教室が騒がしくなっていく。日直らしき男子が前に出てきて、黒板ふきを取ろうとすると、「ばっか、弁当に粉入る～」「まだ消すな！」などと声が飛んだ。孝子の声が、どこにあるかはわからない。

「小峰さん?」

声をかけられて、私はようやく机の上に落としていた目線を上げることができた。目の前に、お弁当とパンを持った大海くんが立っていた。すぐ脇に村山くんもいて、青いチェックの包みをぶらさげている。

「あの、訊きづらいんですけど、なにかあったんですか……」

大海くんが、消え入りそうな声で尋ねてくる。ちらと目線が教室の真ん中らへんに向けて泳ぎ、私はそこに孝子がいるであろうことがわかった。同時に、声も耳に入っていた。

「うっそ、みーちゃん、それ桜でんぶ? 今どき珍しくない?」

「は? 鶴賀ではコレが最ッ先端ですから!」

孝子は「みーちゃん」——原田さんのほうに呼びかけているのに、答えたのは野口さんの声だった。直後、三人分の笑い声がいっせいに弾ける。見えないのに、三人が机を突き合わせてお弁当を覗き合う姿が、目の前に浮かんだ。

なにを言えばいいのか、どう言葉にしたらいいのかわからず、私は口を半分開いたまま黙っていた。大海くんが、再び尋ねてくる。

「貫井さんと、喧嘩、したんすか……」

自分が迷子みたいな、弱々しい声だった。きっとこの人も、どうしたらいいかわからないに違いない。そう思った時、私の机に、音を立てて弁当箱が置かれた。村山くんのものだった。

顔を見て初めて気付いたのだけれど、村山くんは苛立ちをあらわにしていた。眉根をぎゅっと寄せて、孝子がいるほうを睨んでいる。

「もういい。手っ取り早く訊く。小峰さんは俺たちと教室で弁当食べるのと、これから音楽室に行って吹奏楽部の女子と弁当食べるのと、どっちがいい？」

「えっ……」

咄嗟《とっさ》には答えることができない。でも、そうだ、私が選択できるのは、男子ふたりをはべらせるようにして教室でお弁当を食べるか、この教室以外でお弁当を食べるか、ふたつにひとつなのだ。まさか、この教室の隅の席でひとりでお弁当をつつくなんてことは——。

そこまで考えた時、後ろから「あのさ」と声がした。

「さっきから、超邪魔なんだけど。そこの人たち」

振り返ると、車谷さんが、村山くん以上に機嫌の悪そうな顔でこちらを睨んでいた。こちらというか、大海くんと村山くんのさらに向こうにある黒板を、なのかもしれない。彼女の机には、四時間目の政治経済のノートがまだのっかっていた。

「あ、ごめんなさい」

大海くんが窓に貼り付くようにして身体をどけ、村山くんもそれにならう。車谷さんはかりかりとシャープペンを動かし始め、私は自然と、教室の後方にいる孝子のほうに視線を引っぱられていた。さっき思い描いた絵の通りに、孝子は野口さんたちと机をくっつけて、お弁当を食べている。野口さん、原田さんが机を並べてこちらを向き、孝子は後ろを向いている。どんな顔をしているか、私には見えない。

誰も口を開こうとせず、喧噪だけが耳の周りを流れていった。私は見るともなしに、孝子の後ろ頭を眺めていた。

間もなく車谷さんがペンを置き、ノートを机にしまった。同時に村山くんの声がする。

「小峰さん。教室じゃ目立つかもしれないけれど、貫井さんが抜けたからって、俺たちも急に離れるのって、おかしいでしょ。一緒に食べよう」

「え！」

答えたのは私じゃなく大海くんだった。

「ちょっとお前、それは……。なんちゅーか、女子ってそんなに甘くないよ？　い、いくら俺みたいなのとはいえ、男子はべらせて飯食ってたら要らぬ妬《ねた》みを買うんじゃないの？　ましてモトカズは王子様フェイスだし」

「じゃあどうしろって言うんだよ、お前は小峰さんと弁当食べたくないのか」

「な、なにその質問！　反則じゃね？」

私がぼうっとしている間に、男子ふたりは言い合いになってしまった。これって、いわゆる「私のためにけんかはやめて」状態なのだろうか。冷静に客観的に見るとおかしいような気がしたけれど、もうなにを言う気力もない。別にお弁当も食べなくていいような気がしてくる。食べたく、ない。

そこまで考えた時、低い声が割り込んできた。

「くだらない……」

それまで睨み合っていた大海くんと村山くんが、いっせいにこちらを向いた。こちらというか、私の後ろにいる、車谷さんを。

彼女は机の脇にかけたデニムのミニバッグを手に持ち、席を立とうとしたところだった。

「弁当ひとつで、なに世界の終わりみたいにもめちゃってんの？」

その一言で、急に目が覚めた。本当だ、と我に返ったことに加え、クラスの女子でどこのグループにも所属しておらず部活にも入っていない車谷さんが、どこでお弁当を食べているのか、今まで考えもしなかったことに気付いたからだった。

彼女は、昼休み教室にいない。どこか別の場所で、ひとりでご飯を食べているのかもしれない。羞恥《しゅうち》にかっと頰が火照るのがわかった。私は「ごめんなさい」と謝っていた。男子ふたりは、雰囲気に負けたように押し黙っている。

車谷さんは「謝んなくていいし」とだけ言うと、ミニバッグを抱えて机の間をすり抜けていった。私は自分のお弁当に目をやる。

やっぱりひとりで食べよう。大海くんの言う通り、人の感情というのはそんなに甘くないと思う。男女ふたりでお弁当を食べる人すらいないこの教室で、男2女1で毎日昼ご飯を囲むなんて悪目立ちは、もし陰口を叩かれないとしてもしたくない。

「あの、私……」

お弁当の包みを取って口を開いた時、机の上に、乱暴にミニバッグが置かれた。村山くんのチェックのお弁当包みを押しのけるようにして置かれたそれは、車谷さんのものだった。

「ねえ」

踵《きびす》を返してきたらしい彼女が、細い目で私の顔を覗き込む。

「そんなことで、ほんとに困ってんだったら、あたしと来れば」

あまりに予想外のことで、声が出なかった。村山くんが「え」と小さな叫び声を上げる。大海くんが「シッ」とそれをたしなめると、車谷さんは疎ましげな視線を男子ふたりに投げた。

「いや、困ってないんだったらいいけど」

とそっけなく言って、また行ってしまおうとする。私は慌ててお弁当を抱え、「待って！」と叫んでいた。

「行く」

そう告げると、車谷さんは「そう」とうなずいて、大股《おおまた》に歩き出した。私は彼女の背を追いかけて席を立つ。教室を出る前に振り返ると、窓辺で、村山くんたちが呆然と立ち尽くしていた。ごめん、ありがと、と口の動きだけで告げて小さく手を振った。

数分後、私はお弁当を持って声をなくしていた。

「適当に座ってよ」

車谷さんが案内してくれた場所に、先客がひとりいたからだ。しかも、男の。

「尾形《おがた》。これ、うちのクラスの子だけど、一緒に弁当食っていいよね？」

おがた、と呼ばれたその人は、大海くん以上の巨体をストーブの前に縮こまらせて、こちらを見た。目が合うと「うす」と言われる。「うす」に相当する返事が思い浮かばず、私は「……っす」と語尾だけの挨拶をしていた。

体育館の裏にある、道場の隅。剣道部と柔道部の汗をしみ込ませたらしい床と壁、防具などからにおいの立ち上る場所で、しかも辺りはきんきんに冷えていた。どういう特権なのか、石油ストーブがひとつあって使用されているけれど、火の当たる側しかあたたかくない。

——親が剣道の師範って、言ってた。確かにそう言ってた。

球技大会で車谷さんが大活躍した時の、小島さんのコメントを思い出した。忘れていたわけじゃない。何故、教室から出た時点で、道場に連れてこられることを予想しなかったのだろう。汗臭さと寒さに閉口しながらも、お弁当の包みを開ける。車谷さんは既にバッグを開け、中から大玉のおむすびを取り出していた。短いスカートから伸びた脚であぐらをかき、無言でおむすびにかぶりつく。

一方尾形さんのほうは、きゅうくつそうな体育座りのまま、やはりもくもくと弁当を食べていた。ストーブの上に輪切りのサツマイモがのせてあり、おもむろにそのひとつを箸で刺したかと思うと、ひとくちでがぶりと食べたりする。身体つきもそうだけれど、たたずまいも生粋の体育会系という感じで、無駄口を叩く気配がない。頭は坊主、目は細いが顔の他のパーツは大づくりで、耳が特にでかかった。太い首の通った襟元に、三年の学年章が光る。

——どこから……突っ込めばいいの？

私はさっきまで教室で味わっていた嫌などきどきとは、また別な戸惑いに身を浸していた。

「あのっ……ふたりはどういう知り合いなの？」

実は彼氏彼女とか言われるんじゃ、と思いつつ尋ねてみると、車谷さんがそっけない声で答えた。

「道場同じ。まあ高校に入ってからは、尾形は部活中心だけどね。週末はウチに来てんの」

それまでほうれん草のごまあえをつまんでいた箸で、尾形さんを指す。しかし尾形さんはなにも言わない。本当にもくもく、もくもくとお弁当を食べ続ける。

「あー、車谷さんち、剣道の道場ってほんとなんだ？」

「うん」

それはわかる。そして尾形さんがそこの門下生であるのはいいとして、この事態はなんなのだろう。

私の沈黙を察したのか、珍しく車谷さんが自分から口を開いた。

「あのさ、こいつほっとくといくらでも食うんだよね」

「うん？」

言っているそばから、尾形さんは新たなイモを口に運んだ。ストーブに置いた面がだいぶ焼けて、茶色い焦げができている。においがこうばしい。

「だから、学校でも飯どき見張ってろって、親父が」

――そんな理由で無言の昼食を!?

脂肪はやっぱり運動に余計だよ、剣道は重量制限とかないけど食事の管理はある程度すべきだし、尾形はうちのホープなんだ……とかなんとか車谷さんは説明したけれど、とうてい納得できない。

私が唖然《あぜん》としていると、尾形さんが口を開いた。

「かな子」

と、言う。車谷さんが呼ばれたのだと私が気付く頃には、彼は最後のサツマイモに箸を刺し、車谷さんに差し出していた。

「あ、いいの？　やりぃ、おいしそーとか思ってたんだよね～」

彼女は箸ごとイモを受け取ると、それをそのまま口に運んだ。なにげない動作だったけれど、どきっとした。

——同じ箸、平気なんだ。

それくらい、一緒にいるんだ。

車谷さんは特にお礼も言わず尾形さんに箸を返したけれど、「あつっ。うまっ」と口を押さえて言う顔はちょっとだけ笑っていたし、尾形さんのほうも、それを見てかすかに眉を下げていた。

幼なじみ、というのが、ふたりの関係を表すのに一番近い言葉なのかもしれない。

「あっ、ごめん。あんたがお客様なのに、分けなかった。イモ」

はっとした車谷さんが、教室とはまるで違う素の顔になっているのを見て、私は笑ってしまった。ふたりの間に入っていけないことがわかって淋しい気持ちがないでもなかったけれど、よかった、という思いがそれに勝った。

さっき「ごめんなさい」なんて言ってごめん、と私は心の中で彼女に謝る。

それからは、車谷さんについてお昼を食べるのが習慣になった。お弁当が別々になると、孝子との距離はまた一段と開いた。朝の挨拶も休み時間のお喋りも、孝子はすっかり野口さんたちと馴染み、体育の柔軟運動も無理やり三人組でするようになった。

不思議なのは、私と村山くんたちの距離も、それにつられるように開いてしまったこと。さすがに、登校時顔を合わせると挨拶くらいはし、教室まで一緒に歩いたりはしたけれど、休み時間に誰かの席に集まって喋る、ということは全然なくなった。私にとって、大海くんと村山くんは、「友だちの彼氏、とその友だち」に過ぎなかったんだろうか。

「ねえねえ、貫井さんと大海くんって、別れたの?」

と、休み時間にわざわざ私の席へやってきた小島さんに訊かれたりもしたけれど、私は孝子と大海くんが今どういう関係だか知らない。ふたりはすれ違っても挨拶さえしない。「なにも聞いてない」とだけ返事をすると、小島さんは声をひそめて言った。

「結局、大海くんが小峰さんを好きだったから、ふたりは別れて、小峰さんと貫井さんが仲悪くなったとか言ってる人もいるけど……違うよねえ?」

心配しているような口ぶり、でも彼女の目には興味がらんらんとたぎっていて、私は胸を悪くした。話の内容が、完全に孝子に失礼であることにも腹が立つ。でも噂はどうすることもできないので、極力気にしないことにした。

車谷さんとは、教室でべったり過ごす関係じゃなかったけれど、やっぱり少し仲良くなった。プリントを後ろへ回す時にも、ちゃんと目が合う。朝、遅刻ぎりぎりで教室に入ってくる彼女に苦笑を向けると、「昨日稽古《けいこ》やばくてさー、超筋肉痛」なんて短い言い訳を聞けた。車谷さんは今も現役ばりばりの剣道少女で、放課後はすべて、その稽古に費やしているらしかった(したがって部活も寄り道もしない)。

時間が、滑るように過ぎる。放課後ぶらぶらと寄り道をしなくなった、だから一日に起こる出来事は時間割通りで、規則正しく予復習をする私には、月曜と金曜は違っても、金曜と金曜は同じだった。同じ七日を重ねているだけなのに、雪が降って街を埋めていく。駅前の歩道は白くなり、レンガが見えなくなった。

音楽の時間、合唱をすることになり背の順で並ばされて、私はたまたま、村山くんの隣に立った。並ぶのも久しぶり、と思った時に彼が囁いた。

「小峰さんの顔、なんか懐かしいや」

譜面から顔を上げると、村山くんは笑っているのにどこか途方に暮れた顔で、私は泣きたくなる。いつでも会えるのに、会って話しかければいいのに、とても遠い。

それは孝子にしても同じことだった。孝子はその時、野口さん原田さんのふたりから離れて、ぽつんと私の前に立っていた。形のいい頭が、ひな壇の段差によって私の胸ぐらいの場所にあった。小突いたり、触れてみたり、あまりにも簡単にできそうな位置にあるその頭を、私はただ眺めていた。

三階の音楽室の窓からは、白い色しか見えなかった。夏は遠く見えていた山が、雪の幕でかすむ。しんしんと降る雪だけがあり、私たちの歌声を吸い込もうとしている。私はその中から、傍にあるはずの孝子の声と、村山くんの声を拾い出そうとしていた。

二学期が終わる。期末、クリスマス、なんていうものも過ぎて、冬休みになった。お正月には従姉のお姉ちゃんが来て、東京の大学の話をしてくれた。

「沙織ちゃん、医学部志望ってマジ〜？　でもまあ、沙織ちゃんだったら行けるかー。真面目だもんね」

「真面目だもんね」を、従姉は慌てて「真面目に、勉強してるもんね」に言い直したけれど、私は、その言葉から言外の意味を汲んで、不安に身を包まれた。

——なんか、大丈夫なのかな、私。

光が遠い。ゴールは同じところにあり、私はちゃんとそこに向かう道の上を走っているはずなのに、雪が降る前に見えていた、わくわくする感じ、満たされた感じが、もう腕の中にない。

春が来れば、春さえ来ればと、逃げるように思ってしまう。

三学期早々、スキー教室のスケジュールがホームルームで言い渡された。

「えー、二月の、十六日十七日。一泊二日で、なんと北田湖スキー場滑り放題」

教室が、主に運動ができる男子の声で色めき立つ。

「だが合宿所のショボさは先生お墨付きです。すきま風が寒いレベルです」

はあー？　と、今度は女子が声を上げげた。超行かねーぜってー行かねー、と野口さんがひときわ大きな声で言うと、先生が口を歪めて笑う。

「強制参加に決まっとろーが。学校行事です、体育の授業時数に含まれます」

さいあく〜、とブーイングが上がる。平日の丸二日が体育になる分、その前後一週間は体育が数学などに変わるという連絡がなされると、ブーイングはいっそう大きくなった。

「はいはいはい。いいから、今バスの席決めてな。男子は男子、女子は女子で二人組組んで、その後アミダね」

一瞬、教室の空気が凍り付き、その後一気に膨れ上がる。「二人組」をつくるのは大仕事だ。小学生みたいにきゃあきゃあ騒ぎながらコンビを組むわけじゃないけれど、やっぱり声にならない熱が巡り、空間が暑苦しい気まずさに満ちてしまう。席を立つ音が不規則に聞こえ、小走りに、迷いながら誰かのもとへ向かう曲線が、あちこちで絡み合う。

私は無言で振り返ってみた。車谷さんは、だるそうに机に顎を乗せていたけれど、私を見上げてにやりと笑った。

「悪いね〜。あたしこういう時、芳子と組むって協定結んでるから」

協定ってなんだ、と思ったけれど、言葉通り、油屋さんがやってきて、車谷さんの横に立った。ふたりがつながっているなんて思いもしなかったけれど、私が車谷さんとお弁当を食べているように、どこかに接点があったのかもしれない。

迷った末、教室に視線を泳がせると、孝子と目が合った。ふたりで向き合ってきゃあきゃあとはしゃぐ野口さんと原田さんの横で、孝子は所在なげに突っ立っていた。

「はい、二人組のうち片方、名前書きにきて～。こっちが男子で、こっちが女子な！」

先生が黒板にアミダを書いている。上は空白、下は番号のアミダだ。

黒板に向かって流れていく人波の中で、私と孝子はしばらくじっとお互いを見ていた。やがて、孝子のほうがこちらに近づいてきた。

私の席のすぐ横まで来て、つまらなそうな調子で言う。

「……名前、書くよ」

なにその言い方、むかつく。そう思う一方で、ほんのちょっとのくすぐったさが胸の隅にあることを意識した。

「うん」

私がうなずくと、孝子が早足に黒板の前に歩いていって、チョークを手に取った。「貫井・小峰」という文字が記入されるのを見届けたあと、私は顔を伏せた。孝子はまっすぐ自分の席に戻った。


三学期が短いので、一月も二月もそれぞれやっぱり短い気がする。定期テストごとにあった席替えも、二学期期末のあとは行われなかった。三学期は一年のオマケみたいだ。

二月が来ると、お昼どきの道場から、尾形さんの姿が消えた。三年生は、受験を前に自由登校期間に入ってしまうのだった。車谷さんが、剣道部の顧問に顔がきくため、道場とストーブは相変わらず使わせてもらっていたけれど、学ランにくるまれた大きな身体が消えてみると、空間が広すぎて淋しい。

「尾形さんってさ、大学どこ受けるの」

ふたりきりでお弁当を食べながら、車谷さんに訊いた。「もう指定校推薦で受かってるよ、法政」という答えが返る。剣道の名門なんだ、というコメントも加えられた。

「じゃあ、車谷さんもそこに行くんだ?」

ちょっと冷やかすつもりで言ってみたのだけれど、返事はあっさりと「うん」で、冷やかしにもならなかった。

「あたしは推薦じゃやばいな。でも数学と理科がないから、地道に勉強してなんとかするよ」

車谷さんは、そう言うと大きなおにぎりにかぶりついた。無心な横顔を、私はぼうっと眺めてしまう。剣道の名門だから行くのか、尾形さんと同じ大学だから行くのかわからないけれど、今から目指せるところがあるだけでうらやましい。

そんなことを考えて、ふと、孝子の言葉を思い出した。「あたしも、好きな人と同じ、立派な目標のために勉強する子に生まれてきたかったたな」。あれは、私に向けられた言葉だった。——たった、三ヶ月前に。

スキー教室の日は、ウエアと体育着着用の上、七時半に学校の駐車場集合だった。

寒い、眠い、という愚痴が飛び交う中、バスのお腹についたトランクに、スキー板が次々と積み込まれていく。借り切った観光バスの乗車口では、級長の中川くんが「スキー教室のしおり」を配っていた。私はそれを受け取り、末尾の座席表で自分の席をチェックする。アミダの結果でわかっていたことだけれど、いわゆる「酔いやすい子の席」、運転席の真後ろだった。隅っこすぎてどことなく居心地が悪い。

ほどなく孝子がやってきた。通路側に座った私の脚をまたいで、窓際の席につく。スキー用の大きなリュックを荷棚に置くと、きゅっと自分の肩を抱くように身を縮めた。窓に寄りかかり、眠る体勢を作ってしまう。

なにさ、とふてくされた気分になりかけた時、通路から伸びた手に肩をつつかれた。大海くんだった。

「ハニーをよろしく」

と、耳元で囁かれる。後ろには村山くんが、むっとした顔で立っていた。私は返事をせず、黙ってふたりに手を振った。座席表を見ると、ふたりは最後尾の席だった。ロングシートに、先生、女子ふたりと並んで座ることになっている。

遠足と違って、バスガイドはつかなかった。片道一時間半とはいえ、同じ県内。そっち方面から通っている子たちにとっては地元のようなものだ。村山くんの家なんかはかなりスキー場に近いほうで、途中、病院見学に行く時の道をなぞることになった。車窓には山あいの景色が続く。バスは思ったよりも静かで、ひそめた女の子たちの声が少し聞こえる他は、男子のでかいイビキくらいしか車内に響くものはなかった。

孝子も、バスが出るとすぐ眠り始めた。寝たフリではなく、本当に眠っているのが、間の長い寝息からわかった。

窓の外でぎらぎら光る雪とは対照的にひっそりとした車内で、私はまじまじと、孝子の寝顔を見てしまう。口を半開きにしたちょっと間抜けな顔、でもこうして眠る顔を見ていると、なんだか私たちは変わらず友だちなような気がしてくる。慣れない場所で目を覚ましたら、孝子は寝ぼけて、私におはようと言うんじゃないだろうか、「沙織、なんでいるの？」「てか、ここ、どこ！」なんて言ったりしないだろうか。

しかし孝子は、バスがスキー場に着くまで、眠り込んだままだった。バスが停まるとやおら目を開け、私を見た。そのまま寝ぼけたようにこちらを見ていたけれど、野口さんたちの声が聞こえてくると、はっとしたように目を見開き、腰を上げた。

「マジ寝しちった～」

と、通路を通りかかる彼女らに、私の頭越しに声をかける。野口さんと原田さんは「孝子、よだれっ」「なーんてうっそー」と軽く騒いだあと、バスを降りていった。孝子はそれを追いかけるように、慌てて荷棚のリュックを下ろし、私の脚をまたいで出ていく。

ひとり残された私は、無意識に前髪ごと額を掻いていた。

――ばかみたい、私。

変わらず友だちみたい、なんて思った自分を恥じた。いや、恥ずかしいというより、ただくだらなく思った。

「どうした小峰、酔ったか」

先生に声をかけられ、私は慌てて荷物をまとめる。先生の後ろから、村山くんと大海くんがこちらをうかがっているのがわかったけれど、気付かないフリをして早足でバスを降りた。


スキーは嫌いじゃない。

この一回こっきりのスキー教室は、生徒の自己申告で難易度別の班がつくられるのだけれど、私は上から二番目の班に入った。男女別なので、男子はいない。同じクラスからは、原田さんと真木《まぎ》さんが来ていた。ふたりとも今まで話したことがなかったけれど、リフトで上にのぼってから、「高くない？」「てか、斜面急すぎ！」なんて言い合ってみた。

けれどそうやって半笑いを向け合っているのも、滑る前だけ。ひとたびコースに入れば、あとはひとりの世界だ。

よく晴れて、なおかつ雪の状態も良かった。まだ人の滑った跡のない雪の上に差しかかると、足の裏に、雲を踏んだようななんとも言えない感覚が生まれる。冷たい風が心地よく頬を切る。乗り物に乗るのとは違うスピード感が、胸をさらう。

カーブがうまく切れると、自分が、すごく上等なレーシングカーのタイヤにでもなったような感じがした。純粋に走るための一部品になる満足感は、自分の足で走る時とは、また別物だと思う。走らされている感じが、気持ちいい。

このスキー場は初めてだけれど、よく大きな大会の会場になるところなだけあって、コースも雪質もよかった。上級者クラスでは指導というほどの指導もなく、先生の後について何度か滑ったあとは、自由時間になる。解散させられた女の子たちは、馴《な》れ合うことなく、それぞれ好きなコースに向かっていった。「今夜から吹雪《ふぶ》くらしいから、明日は滑れるかどうかわからんぞ」という先生からのコメントがあったから、なおのことだっただろう。

私も、いろんなコースを滑ってみた。林の間を抜けていくところも、スピードを感じられて気持ちいいけど、結局正面の、一番開けたコースが好きだと思った。

空が、夏の青とはまた違った青色になって、雪の色によく映えている。高いところまでのぼると、他の山や通ってきた道路が下に行き、空の面積が広くなる。コースから少し外れてぽんと飛び出せば、そのまま空に吸い込まれていきそうな気がする。

夢中になって、上と下とを往復した。お腹が空いたことに気付いた時には、もう二時で、人影まばらな食堂でお昼を食べることになってしまった。他のクラスのゼッケンをつけた子にしか会わなかった。

パスタとスープであたたまってから再びゲレンデに出ると、リフトの列で、車谷さん、油屋さんのふたりと会った。「もう寒いし、帰りたいよ～」と震える油屋さん、げっそりとした顔で黙りこくっている車谷さん、ふたりとも最下位クラスらしい。すぐ後ろに孝子がいて、見慣れない別のクラスの子と何か話していた。この教室で仲良くなった同じ班の子だろう。

集合になる四時半まで、私はひとりで滑った。夕暮れが近づくと、空が下のほうから濃い夜の色に染まっていき、足元の影が長くなった。オレンジがかった影とくっついて斜面を滑降しながら、私はなんとなく、迫ってくる夜を怖いと思った。すぐ背後にある山が、ぬっと立ち上がって全部を潰すような錯覚にとらわれる。こんなふうに人の子を滑らせてやっているのは昼間だけで、夜の山はもっと違う顔なんだ――そんな空想が頭をかすめたけれど、そうじゃなくって私はただ、みんなと過ごす一夜が怖かったのかもしれない。――みんなといるのに淋しい、そういう一夜が。

給食のような夕ご飯を終え、クラスごとに交代で大浴場に入り、大部屋に布団を敷き終えてもまだ九時だった。部屋は男女別だけれど二クラス合同なので、三十人以上の女の子が畳の上にいる。布団は隙間なくびっしり敷き詰められ、部屋のどこもよれたシーツに覆われていた。

修学旅行だと、枕投げだの恋の打ち明け話だの始まるところかもしれないけれど、みんなわりに静かにしている。私も、車谷さんと油屋さんと三人で、部屋の隅に場所を取ったものの、眠たいし疲れたしすきま風が寒いしで、すぐ布団に入ってしまった。「小峰、半目!」と車谷さんに笑われ、油屋さんが「まだ眠くないし、本でも読もうかな~」とつぶやくのは聞いたけれど、あとは意識が遠ざかっていった。くすんだ蛍光灯に照らされた部屋で、スキーの滑走感を三半規管の中に残したまま、不安定な眠りに落ちる。身体が右から沈んでいくような、おかしな眠りだった。

次に目を覚ますと、辺りが薄暗かった。床の間(なんで合宿所にそんなものがあるのかわからないけれど)の灯りだけを残して、すべての蛍光灯が消されている。畳んだスキーウエアと一緒に枕元に置いた腕時計を手探りでつかみあげたところで、小さな声が耳に入ってきた。

「ねえ、ほんっとのところさ、あんた菓子屋のせがれとどこまで行ったの」

野口さんの声だった。蓄光《ちっこう》塗料を塗った腕時計の針は、午前零時過ぎを指している。私は心の中で舌打ちをした。どうしてこんな中途半端な時間に目が覚めてしまったんだろう。

すぐ隣で、油屋さんがすこやかな寝息を立てている。暗さに慣れてきた目で、枕元に開きっぱなしの文庫本が落ちているのが見えた。その向こうにもそのまた向こうにも、眠る女の子たちの気配が連なり、その一番果て、床の間の前に、起きている集団がひとつだけある。

「ちゅーはしたんでしょ？　ちゅーは」

「やーだ、やめてよー」

野口さん、原田さん、そして孝子。すぐに目を閉じ直したので、顔を見たわけではないけれど、声でわかる。いわゆる「恋バナ」の真っ最中らしい。

――最悪。

距離が遠いので、私が起きていることは向こうにわからないだろう。だからこそ、再び眠るまでこの話を聞かされ続けるのかと思うと、うんざりした。目を閉じたまま、寝返りを打つ。

孝子はなかなか喋ろうとしなかったが、大海くんとどこまで行ったかという話題はしつこく続いた。なるべく聞かないようにしていたのだけれど、寝息しかない静まり返った部屋では、ひそめた声でも余裕で耳に入ってきてしまう。

三分くらい質問責めにされた孝子が、あきらめたように「キスはしたよ」と言った。他のふたりが殺した声でキャアアとはしゃぐ。これ以上生々しい話は本気で聞きたくない……と思った時、孝子が話の矛先を変えた。

「はい、あたしの話は終わり。次まいちゃんね。中学ン時の彼の話、あたしまだ全然聞いてないんだから」

水を向けられた野口さんは、「あれはさー、もうさー」とうざったそうに話し出す。孝子から話題が逸れて、私は密《ひそ》かにほっとした。

が、それもつかの間に過ぎなかった。

「てかさー、お腹へんない？」

本題に入る前に、野口さんが唐突に言った。「へった」「夕食五時半だったもんね」と、孝子と原田さんが賛同する。お菓子でも出すのかと思っていたら、野口さんが言い出した。

「ねえねえ、じゃんけんしよ。負けた人買い出し」

「うそ〜」

原田さんが甘ったるい声を出す。

「やだやだ、こんな夜中にありえないよー。てか、周りなんもなかったじゃーん」

その通りだ。私もさすがに冗談だろうと思った。合宿所は、スキー場のすぐ裏手にあるけれども、周りにコンビニなどはない。スキー場自体、国道から少し入った場所で、人里からは隔離されている。けれども野口さんは平然と言った。

「スキー場の、ロッジの入り口に自販機あったっしょ。お菓子のやつもあったの、さっき見たもん」

　冗談ではなかったらしい。「もし、負けた人が怖くて行けなかったらあ、罰ゲームとして、訊かれたことなんでも喋る」と、もうひとつ条件を加える。もしかするとこっちが野口さんの狙いなのかもしれない。

　私は、三人の声と気配に意識をごっそりと持っていかれ、完全に目が冴えていた。嫌な予感がする。

「はい、さいしょはグー！　じゃんけん……」

　野口さんのかけ声の後、三人の声は途切れた。一度あいこがあったらしい。長めの無言の間のあと、安心したようなため息がふたりぶん聞こえた。

「はい、孝子、大海との初キスの詳細を語るか、買い出し～」

　野口さんが、笑みを含ませた、心から楽しそうな声で告げる。やっぱり、と私はどこかで思った。孝子の声はしばらくなかった。呆然としていたのかもしれない。

「……買い出しにする」

　やっと返事が聞こえた時、私は布団の中で肩をすくめた。まさか、そんな。

　野口さんも「はあ？」と言った。原田さんがすかさず止めに入る。

「やめなよー、外、多分、吹雪いてるよ？」

「だいじょぶだいじょぶ。てか、あたしもめっちゃお腹へってるもん。このままだと腹ぺこで眠れなそうだし、ちょっくら行ってくるよ」

布団から、孝子の影が立ち上がる。焦った時ほど軽い口調で喋るのは孝子の癖だ、と私は思ったけれど、どう言って出ていけばいいのかわからない。

「お菓子、なにがいい？　てか、なにがあんの？」

スキーウエアを着るようなシャリシャリした音の陰で、話はどんどん進んでいった。野口さんはカールが食べたいと言い、原田さんはおずおずとながらも、ポッキー、できればいちごポッキーがいい、と言った。孝子は「オッケー。あたしはしるこかな」と言い残すと、あっさりと部屋を出ていってしまった。

ふすまがトンと閉まり、孝子の足音が遠ざかっていく間、残されたふたりは押し黙っていた。そうしてしばらくしてから、「……おいおいマジか～」と、野口さんのつぶやきが聞こえた。

「カールじゃなくて、大海の話のほうが本命だったんだけど！」

「あ、やっぱり？」

原田さんが冷めた声で言う。孝子と三人の時より、微妙にそっけない話し方だった。

「まいちゃんが止めてくれりゃよかったのに」

「あ、ちょっと、なに自分だけ責任逃れしてんの。もしものことがあったらあんたも連帯責任だよ」

野口さんが、少し焦ったような早口で言う。原田さんが「もしものことって？」と尋ねると、「だから、遭難とか凍死とか」という答えが返った。私は唾《つば》を飲みそうになり、その音を隠すために、そっと布団を首に巻きつける。

「ちょ、だーかーら止めてって言ったのに」

「あんた言ってないっしょ、てか、そんな言うならみーが止めればよかったじゃん」

なんだこのノリは。きっとこうして世の中の大事故とかは起こってしまうんだ。

せりあがってくる寒気《さむけ》に身震いした時、野口さんが再び口を開いた。

「……コレ考えんのやめよーよ。子どもじゃないんだから、マジ吹雪やばかったら引き返してくるって」

「だよねー。つか、スキー場ってほんとすぐ裏だったじゃん？　無理して行っても十五分ありゃ帰ってくるよ」

無責任な言い草。でも私も、心の中ではそれを望んでいるのだった。原田さんの言った通り、この合宿所はスキー場のすぐ裏手にあり、さっき徒歩で移動したけれど、片道十分かからなかった。もしかすると五分くらいだったかもしれない。仮に吹雪の中を、孝子が意地で自販機まで歩いていっても、スキーウエアを着ているのだし、行き倒れるなんて考えがたい。もちろん舗装された一本道だから、迷うこともありえない。

私がこうして目を覚ましてしまい、成り行きを聞いてしまったこともただの悪い偶然で、いくら心配したって、明日の睡眠不足のタネにしかならないのだ。どうせ朝が来たら、孝子は何事もなかったように野口さんたちの隣で寝てる――そう思う。思う他ない。

「ねー、今さらだけどさ、まいちゃんって、小学校の頃、大海のこと好きだったよね？」

長かった沈黙の後で、原田さんがころりと声を変えて言った。

「は？」

「だから孝子ちゃんの話にこだわってんでしょ。今もちょっとは気になるんじゃないの」

「やめてよ。ないし。誰か起きて聞いてるかもしんないじゃん」

野口さんはぶっきらぼうに返事をしたけれど、それで話は逸れていった。ふたりは、長い付き合いの人間同士特有の、間の長い、どこか投げやりな会話を続け、時々声を殺して軽く笑った。

今まで意識したことはなかったけれど、彼女たちは大海くんと同じ小学校の出身だったらしい。小学校高学年の思い出話が長く続いた。それはそれで、昼の教室で盗み聞きしていたら興味深い話だったかもしれないけれど、今は気が気ではない。

「あの頃ってさ、さりげに大海モテてたよね〜。みのりと、長浜も好きじゃなかった？」

「長浜！　あいつ、マジうざかったわ。あたしが大海の隣の席の時、やたらからんできてさあ……」

――なに、呑気に喋ってるんだ、この人たち。

布団にくるまって、身じろぎもせず耳を澄ましているからか、私と向こうで、時間の感じ方が違うみたいだ。もう十分は経ったんじゃないか……そろそろ十五分……そう思っても、振り返ると十分前と十五分前の差があやふやで、体内時計の針が止まっているような気がしてくる。野口さんたちは平然とした様子だから、まだそんなに時間は経っていないのだろう。何度もそう思ったけれど、ついにしびれを切らして、そっと再び腕時計に手を伸ばして針を確認した時、私はあっと声を上げそうになった。

零時四十分。孝子が部屋を出てから、ゆうに三十分は経っている時間だった。

「……ん？」

野口さんが、なにかに気付いたような声を立てる。

「今誰か動いた？」

原田さんが「寝返りじゃない？」と答え、つぶやいた。

「……でも、そろそろやばいかな」

「やばいかもね」

ふたりが、息を止めたように気配を小さくした。ひときわひそめた声で、原田さんが続ける。

「寝ちゃおっか」

野口さんは「マジ？　悪いなあんた」と言ったけれど、間を置いてため息をついた。

「ま、よく考えてみりゃ、起きててもしょうがないか」

「そうだよ。先生に言うとかありえないっしょ。つか、そのうち戻ってくるって。寒さで腹壊してトイレとか行ってんだよ、きっと」

――うそっ。

本当に寝る気か、この状況で眠れたら人でなしだ。そう思ったのだけれど、もぞもぞと布団をかぶるような音とともに、「おやすみ」と言う声が聞こえたので、私は反射的に身を起こしていた。

「待って」

床の間のほうから、ふたりぶんの視線が飛ぶ。野口さんは半分布団の中に身を沈め、原田さんは長い髪の先にカーラーを巻こうとしていた。

「き、聞いたから……」

そう口にした瞬間、私はもう、しまった、と思っていた。これを言ったからといってなんになるのか。むしろ、ふたりが眠ったところを見計らって、ひとりで職員の寝室に走ればよかったんだ。

完全な判断ミスだった。でも、もう戻れない。

「え、なにが?」

原田さんが首を傾げる。しらばっくれる気なんだろうか。

「孝子を買い出しに行かせたとこから、ずっと聞いてたんだから……」

私が震えそうな声を振り絞って言うと、床の間から注ぐ灯りを背に、原田さんが少し眉をしかめるのが見えた。野口さんと、顔を見合わせる。

次に口を開いたのは、野口さんだった。

「夢じゃない?」

原田さんが、きゃっと短く笑うような声を立てる。「笑ったらだめだろ〜」と言って野口さんが彼女の肩を叩いたけれど、困っているようにも見えなかった。

「ていうかさ、ありえないよね? この状況で、わざわざ先生ンとこ行くとか」

ふたりの視線は冷ややかだった。薄暗いのに、そして大部屋の隅と隅で距離があるのに、向こうが、完全に私を下に見ているのがわかる。私を、余裕で黙らせることができると信じている。

「あたしらが寝てからチクりにいくべきだったね。そしたら誰の仕業だかわかんなかったのに」

私が考えたのと同じことを、野口さんが言った。

「もう完全に、なんかあったら小峰さんが言ったんだなってわかっちゃうよ」

既にわかりきった情報を、余裕のある口調で繰り返す。間違いなく、脅迫だった。チクったら、あんたの立場は今後ない。そういうことだろう。

「だいたい、心配しすぎだよ。あの距離で戻ってこないなんてこと、ありえないんだから、今騒ぎをでかくしてもいいことないし。小峰さんにとってね」

今度は原田さんが私を見て言った。昼に、スキー場の頂上で少し話した、小さくかわいい女の子とは別人のように見える。

「大丈夫だよ、小峰さん」

ふたりとも、顔は笑っていたけれど、声は嘘をついていなかった。威圧感しか感じない声色。怖かった。思わず、周りを見渡してしまう。妙にいい顔で眠る油屋さん、脇には掛け布団をはだけた豪快な寝相の車谷さんがいるけれど、ふたりとも深く眠っているらしく、目覚める気配はない。他に目撃者たる人間を探して、布団から出た頭に目を凝らしてみたけれど、ひとり残らずすやすやと寝息を立てているようだった。

私は意を決して立ち上がる。ジャージの上に古びたセーターをかぶった、変な格好のまま、シーツの余白を踏んでふすまのほうへ向かう。

「待ってよ。慌てないでよ」

靴脱ぎ場へ続くふすまに手をかけた時、横から野口さんの声がした。

「もうじゅうぶん待った」

すぐ、先生のところへ行こう。私はどうなったっていい、孝子がもし帰ってこなかったらということを考えると知らないふりなんてできない。

しかし、私がふすまを開けようとすると、原田さんが小走りに近づいてきて、ぐっと私の肩をつかんだ。細い手のわりには、それなりの力があった。

「小峰さん。話聞いて」

振り返ると原田さんが、私の目を下から覗き込んでいる。

「あなたの、王子様たちにまず助けを求めればいいじゃない。そうすれば、穏便に解決できるかもよ?」

王子様たち——村山くんと大海くんのことをわざとそう言っているのだ。いらっときたけれど、私は原田さんの言わんとしていることを考えてみた。先生に言われちゃ騒ぎになるからマズいけど、まず男子ふたりと一緒に孝子を捜しに出ればいい。それで孝子が見つかった場合は、騒ぎにならないから、原田さんたちも私に「報復」をしない。一種の交渉だった。

そんなのに乗らないで、すぐ先生のところに行くべきだ——そう考えはしたけれど、一度彼らの名前を出されてしまうと、まずそちらに頼りたくなるのは事実だった。先生にチクりにいくとしても、ついていってもらったほうが心強い。

私は原田さんの目をじっと見つめ返してから、踵を返した。自分の布団まで戻って、枕元にあるスキーウエアを着込む。そして再び、ふすまを通せんぼしたままの原田さんの前に立った。

「……男子部屋に行く」

原田さんはにっと笑うと、「あ、そう」と言った。

「あたしら、もう眠いし、寝てるわ。頑張ってきてよね」

私を廊下に押し出すと、原田さんは音もなくふすまを閉めた。部屋からの薄明かりが途切れ、私はドア下から漏れる廊下の灯り以外の光をすべて失う。誰の靴だかわからない靴が、とりあえず左右揃っているのを確認して足を突っ込み、ドアを押した。

廊下は照明を落とし気味にし、天井で点いている蛍光灯より、足元の非常灯のほうが目立つような状態になっていた。周りが見えなくはないけれど、薄暗い。

さっそく、冷えた空気が襟元に忍び寄ってくる。廊下の窓は部屋のものより古いらしく、強い風に呼応してがたんと枠を鳴らしたりした。窓には絶えず、横から吹き付ける雪が当たり、ばちばちと音を立てている。私はジッパーを喉元まで上げて、襟に首を埋めると、足音を忍ばせて廊下を歩き出した。

14

男子の部屋は、食堂と同じ一階だった。どこがうちのクラスの部屋なのか、「スキー教室のしおり」を見て確かめることもできたけれど、食事の後、同じクラスの合田くんたちが、「ちょ、俺らの部屋『おとめ座』」と言って笑っていたのを憶えていたので、そうする必要もなかった(合宿所の部屋には、全部星座の名前がつけられている)。男子は一クラス一部屋だから、うちのクラスの男子は全員「おとめ座」にいる。間違いない。

壁に手をつきながら慎重に階段を下りる。薄闇に目を凝らして、端から部屋のプレートを見ていくと、三つ目で「おとめ座」の部屋に当たった。

ドアに触れてから、一瞬どきっとする。ここから、どうやって村山くんと大海くんを呼び出せばいいのだろう。ふたりだけが目を覚ましているなんて都合のいいことはありえない。きっとドアの傍で起きている誰かに言って、村山くんたちを呼び出してもらう(もしくは、起こしてもらう)ことになるだろう。こんな夜中に、どんな言い訳が通るのか——いやそれより、全員が眠ってもう真っ暗だったらというのが一番怖い。寝ている男子二十数人の中に分け入って、ふたりを捜し出すなんて……。

どんな展開にしろ、スキーウエア姿で乗り込んでいくのは不自然だと気が付き、私はとりあえず着たばかりのウエアを脱いだ。余計な時間を食ったことになるけれど、仕方ない。どうせ暗いので、足元に放っておく。

それから、勢いでドアノブに手をかけた。あれこれ考えているうち足が動かなくなりそうだった。でもここまで来て引き下がることなんてできない。それなら、もう考えないほうがいい。

一歩踏み込むと、乱雑に脱ぎ散らかされた靴が目に入ってきた。すぐ先の内戸の隙間から、光が漏れている。さっきまでいた女子部屋と違って、あかあかと照明が灯っていた。続いて賑《にぎ》やかな空気が流れてくる。

「ちょ、ざけんな、妨害しすぎっすよ級長！」

大海くんの声。それに、無数の男子の笑い声がかぶっている。「あーだめだ」「実力差ありすぎ」「級長無敵だな」

——……なにやってるんだ？

かなりの人数が目を覚まし、かつみんなでなにかをしている、というのは察せられたものの、なんなのか想像がつかない。とりあえず、大海くんが起きているということに安心して、私は内戸を叩いた。ノックのつもりだったのだけれど、中が騒がしすぎるせいか、返事がない。

「あー、埋まるっ！」

ひときわ大きな大海くんの声がしたあと、ふすまの向こう側がわっと沸いた。

「勝者、中川祐介《ゆうすけ》～！」

もうノックぐらいではどうにもならなそうだったので、私は少しだけふすまを開けた。女子部屋と同じ、布団が敷き詰められた和室の中央に、ジャージ姿の男子がのっちりと固まっている。赤ちゃんの顔でも覗くみたいに、上から横から、大海くんの手元を覗いている人たちがいる。大海くんだけじゃない、そこからのびた黒いケーブルでつながった中川くんも、人に囲まれていた。

声の中に電子音が混じり、私は初めて、そこで行われているのがゲームの対戦だったらしいことに気が付いた。

「では、級長中川氏に、一年五組テトリスキングの称号を授けます！」

いつも無表情の級長が、お調子者の夏川くんに腕を持ち上げられ、ぎこちない微笑をつくっている。どうも決勝戦だったようだ。大海くんが布団の上にゲームボーイを投げ出し、「ちっくしょー、あと少しだったのに！」と叫ぶ。

この状況では、ここから目配せしても手を振っても誰が気付くとも思えなかったので、私はふすまから頭を出し、「あのう」と呼びかけた。

一瞬で場が静まり返り、視線が刺さるように顔に浴びせられる。沈黙が重く、私は自分のいたたまれなさに汗をかいてしまった。こんな時間に女ひとりでここに乗り込んできたんだから、当たり前だ。

もう顔から火が出る、と思ったところで、輪の中から立ち上がった大海くんが、猛然とやってきてふすまに手をかけた。何故か私を押し出して、ふすまを閉めようとする。

「騙《だま》されないぞ！　小峰さんに化けた雪女め！」

途端に、部屋の中で爆笑が起こる。「大海、いかれすぎ」「それはない」と誰かが突っ込んだけれど、大海くんは調子を変えることなく、むしろいきりたって演説した。

「雪女じゃなければ、この部屋にいる男どもの邪念が生んだ幻だねこんなものは！　小峰さんがひとりでこの部屋に来るわけがないじゃないか！　誰だ邪念を抱いているのは～」

この人のことだからマジボケかもしれない、とちょっと思ったけれど、戸の隙間から目を合わせて、そうではないとわかった。弾ける笑い声を背に、大海くんが心配そうな目を私に向ける。

何故？　なにかあったのか？　そういうふうに訊いてくれているように見えた。

私は男子たちが笑っている間に、一生懸命言い訳を考える。孝子が呼んでる……だめだ、そんな言い訳はあとで噂になるだろうし、村山くんも一緒に呼び出す理由にはならない。もっと、他の男子の興味をそそらないこと、みんながどうでもいいと思う理由を考えなくちゃ。

「……部屋のトイレの、電球が切れちゃってて！」

私はよく聞こえるように、できる限り大きな声で言った。

「替えはあるんだけど、誰も天井に手が届かないの。踏み台みたいなのないし、先生たちを起こすのもアレだしっ、大海くんちゃちゃちゃっと……」

——あー、嘘っぽいかも。

何故他のクラスのでかい女子を呼ばないかとか、第一、替えの電球がどこから出てきたのかとか、不自然な部分は山ほどある言い訳だった。それでも、「行ってやれよ大海～」「おいしすぎ！」とすぐさま冷やかしの声が飛び、大海くんひとりは、ひとまず部屋から出られそうな流れになる。

「うむ、おいしすぎだ！　でかく産んでくれたかあちゃんに感謝だ！」

とか言いながら、大海くんは靴を履いて廊下に出た。私も少しだけほっとしながら、それに続く。

ドアを完全に閉めたあと、大海くんは私を振り返って真顔になった。

「……電球じゃないよね」

すごい。どうしてこんなに察しがいいんだろう。――そう思ったけれど、その「どうして」はすぐに飛んだ。

「貫井さんになにかあった?」

――ああ、この人は、孝子のことをほんとに気にかけてるんだ。

だから、私が部屋に来ただけで、孝子の身になにかあったんじゃないかと考えたのだ。納得しながら私がうなずくと、大海くんは顔色を変えた。

「どうしたの」

「罰ゲームで外行って、帰ってこないの。三十分……もう四十分くらいかも」

多分予想外の出来事だったんだろう、大海くんは声をなくしたように黙ってしまった。私は慌てて説明を付け足す。

「あ、でも、罰ゲームって言ってもそんなに悪意のあるものじゃなかったし、女子部屋は野口さんと原田さんしか起きてないから、騒ぎになってはないよ。まだ建物の中も確かめてないし、もしかして外に出てもいないかも――」

それは少しでも大海くんを安心させたくて言ったことだし、私の希望的観測でもあったのだけれど、彼は表情を硬くしただけだった。

「小峰さん、なんでそれ止めてくんないの」

ずきりと胸が痛んだ。正論だから、だけじゃなくて、大海くんに言われたのがつらかった。

私が押し黙ると、意図的にだろう、大海くんはすぐに表情を崩した。「なんて、言ったってしょうがないっすよね、場の空気とかあるし」と言葉をつなぐ。

「そうだ、言いにきてくれただけでも、だいぶっすよね。小峰さんが男子部屋にひとりでなんて……」

私へのフォローというより、自分に言い聞かせている言葉のようだった。ますますやりきれなさが滲む。でも、後悔している場合じゃない。

「いいの、そんなこと。それより――」

私が話を進めようとすると、大海くんは今出てきたばかりの部屋を振り返った。

「モトカズ、いたほういいよな。捜しに出るにしても他のアクションするにしても、人いたほういいし」

本当に話が早い。私がうなずきを返すと、大海くんはすぐに、ドアノブに手をかけた。

「えっ、すぐ戻って平気？」

思わず訊くと、「大丈夫だよ」という声が返った。

「あいつさっさと寝てたけど、寝起きよさそうだし起こせば起きるだろ。それに――」

俺だけだと、冷静な判断ができなそう。そう言うか言わないかのうちに、大きな背中がドアの中へ滑り込んだ。私はまた、胸の奥に刺されたような痛みを感じる。

――孝子。こんなに心配されてるのに、あんたどこ行っちゃったの。

ひとりになると、窓枠の鳴る音が大きく聞こえてくる。無数の手が外から窓を叩いているみたいだ。寒気に身をすくめ、私はぎゅっと目を閉じた。

孝子は本当に、今どこでなにをしているというんだろう。自分の意思で身を隠しているんだろうか、それともなにかの事情で、雪道で動けなくなったりしているのだろうか。どちらも想像がつかない――というより、どちらにしても、孝子の気持ちが、闇にふっつりと消えたように追っていけないのが怖かった。たとえこけて足をくじいて雪道に座り込んでいるのだとしても、今の孝子は、私や大海くんを思い浮かべて「助けて」とは思ってくれない気がする。

――こんなこと考えるなんて、私もだいぶヘンなのかな。

友だちが行方不明になっているのに、百パーセント、「私が助ける!」という気持ちにはなっていないのが不思議だった。もちろんどうにかしなきゃとは思っているけれど、孝子は私じゃないものに救われたいんじゃないかな、という遠慮のようなものを、ほんの少しだけ感じてしまう。そのせいで、不安と緊張すらつかみどころのないものになり、私はただ、暗闇に立ち尽くしているような気分だった。

どう話をつけたのかわからないが、ほどなく大海くんは村山くんを連れて部屋から出てきた。村山くんは珍しく眠たそうで、うんざりとしたふうに首を回していたりしたけれど、私と目を合わせた途端、はっとしたように背を伸ばした。

「小峰さん? なんで……」

わたしが口を開くより先に、大海くんが一言で告げた。

「貫井さんが消えたらしい」

みるみるうちに、村山くんの目つきが変わった。眠たげなまなこが、いつもの鋭い瞳に戻る。私はそれを見届けてから、改めてふたりに状況を説明した。

孝子は、野口さんと原田さんに買い出しの罰ゲームを課されて部屋を出た。目的地はスキー場のロッジ前にある自販機。四十分くらい経つが戻ってこない。先生に助けを求めてもいいが、それで事が大きくなった場合、私に仕返しをすることを野口さんと原田さんはにおわせている。

「仕返しって？」

村山くんが、不可解そうな顔で言った。「だから、シカトしたりとかでしょ。女子には直接バトらないやり方が色々あるんだよ」と大海くんがフォローしてくれる。お姉さんがいるだけあって、女子の事情には詳しいみたいだ。

「仕返しされるのが、小峰さんは嫌なの？」

村山くんが、こちらを見て訊いてくる。言い方は率直だけれど、悪気はないとわかった。彼は、純粋に私の意図を尋ねているんだろう。

「別に。あのふたり、文系に進むらしいから、あと一ヶ月くらいしか同じクラスにいないし」

「そうか」

だったら小峰さん一ヶ月我慢して、と村山くんなら言うと思った。今まで付き合ってきて、彼がものすごく論理的にものを考え判断することはわかっている。今回も、三人で孝子を捜索するなんて無謀なやり方は取らないだろう。私が「仕返しが怖い」と言ったならまだしも、そうじゃなければ、迷わず先生にチクるほうを取るはずだ——。

漠然とそう予測していたのだけれど、村山くんはそこで一度黙った。

「どう思う」

と、さっきから一言も発していない大海くんに話を振る。大海くんは、いつもよりずっと白い顔をして、立ち尽くしていた。「俺は……」と震えた声で言いかけて、やめてしまう。

「いや、いいよ。俺、なんか、貫井さんに寄ったことしか考えられないし」

大海くんが下を向いて言った。すぐさま村山くんが口を開く。

「それでいいんだよ。貫井さんの気持ちを推定できるお前だから意見を訊いてるんだよ、俺は」

きっぱりとした物言いだった。私は、村山くんの潔さを少し間違って見ていたことに気が付く。孝子や私の事情はさておいて客観的に判断する――そういうやり方を、彼は取るつもりがないらしい。

大海くんも、はっとしたように村山くんの顔を見た。続いて、おずおずと口を開く。

「俺は、先生とかに言うのはちょっと待ったほうがいいと思う」

それもまた予想外の言葉だった。大海くんなら、すぐ孝子を助けよう、先生に言いにいこう、と息巻くかと思っていたのに。

「小峰さんは――こんな言い方して悪いけど、結局別のクラスだから、野口たちにあんま影響受けないかもしれない。でも貫井さんは、文系で、来年以降も野口たちと一緒のクラスになるかもしれないんでしょ。その時、こういう騒ぎを引っぱってたら、マズいよ」

――ほんとだ。

今騒ぎを起こした場合、野口さんたちが逆恨みするのは、私だけじゃない。多分、孝子のことも、だ。そうして、その影響を被るのは、あの子たちとクラスが一緒になる可能性がある孝子のほうに決まってる。

私は驚いたのだけれど、横目に見える村山くんは、表情を変えなかった。

「なるほどな。まあ、そうじゃなくても、先生たちから見たら、罰ゲームにほいほい乗った貫井さんも悪いってことになるだろうし……」

考えるような間を置いてから、村山くんが冷静な声で言った。

「じゃあ、どうする」

それに答えて、大海くんが、自信なさげな口調ながらも言いきった。

「まず、俺たちで捜そう」

目が合う。続いて彼の視線は、隣にいる村山くんのほうに向く。私たちふたりと視線を交わすくらいの間を置くと、大海くんは話し出した。

「俺は、貫井さんが外に出て、なおかつロッジまでの道を外れてるってことはないと思う。なんらかの理由で途中で動けなくなってるか、あとは、拗《す》ねて隠れてるんだったら、この建物の中か」

拗ねて隠れてる、というのはすごい言いようだったけど、私も、孝子ならその可能性がいくらかあると思う。自分で罰ゲームを引き受けておきながら、嫌気がさして、ちょっといなくなったフリでもしてやろうと思ったのかもしれない。――まあ、だいぶ低い可能性ではあるけれど。

「確かに。この吹雪の中で失踪《しっそう》する根性はなさそう、孝子って」

私が同意すると、村山くんだけが「はは」と乾いた笑い声を立てた。大海くんは表情を変えず、話を続けた。

「だから、建物の中と、ロッジまでの道のりだけ捜せば、貫井さんは見つかると思う。逆に、それでダメだったら、その時は先生たちに言うしかないとも思うけど」

「……よし」

村山くんが、仕切り直すようにため息をついて言った。

「決まりだ。とりあえず三人で貫井さんを捜そう」

私がうなずきを返し、続いて大海くんも深くうなずいた。

「じゃあ、俺とちひろで外を――」

村山くんがこちらを向く。しかし、はっとしたように口を塞《ふさ》いだ。遅れて、私も気付く。スキーウエアがあるのは私だけ。村山くんは、私が廊下に脱ぎ捨てたウエアを見てはっとしたのだった。

「……ウエア、取ってこれると思う?」

村山くんがつぶやくと、大海くんも「あっ」と声を上げた。

耳を澄ますと、「おとめ座」の部屋からの声がかすかに聞こえる。中ではまだ大勢が起きて、騒いでいるようだった。

騒ぎにすまいとして三人で行動するのに、クラスの男子に外に出るのを知られてはマズすぎる。

「電球を付け替える」という言い訳で出てきているのに、スキーウエアを持ち出すなんてありえない。

大海くんも村山くんも同じことを考えたらしく、部屋のほうに恨めしげな視線を投げていた。

「女子部屋はみんな寝てるっていうなら、誰かの借りてきてもらうか！」

大海くんが、冗談めかして言う。村山くんは眉間に露骨なしわをつくってつぶやいた。

「お前はサイズがないだろ。っていうか、そんなんするくらいだったら、このフロアで全員寝てる部屋探して、男物かっぱらってくるほうがマシ……」

場が静まり返り、遠く風のうなり声が聞こえた。だん、と大きく窓枠の鳴る音がし、私は反射的に身をすくめてしまう。男子ふたりも、音のしたほうを振り返った。

こうして迷っている間にも、時間は過ぎていく。どこにいるのであれ、孝子がひとりきりでいる時間が。

そうひらめいた瞬間、私は、廊下に脱ぎ捨てたスキーウエアに手をかけていた。

「私が外を捜す」

わずかな間のあと、村山くんが口を開いた。

「無茶だよ。女の子ひとりで」

「孝子はひとりで出たかもしれないんだよ！」

思ったより大きな声が出て、私は慌てて口を閉ざした。あまり意味のないことを言ったな、と思う。私が黙った間に、村山くんが諭すように話し出した。

「俺たちふたりなら、貫井さんがコケて捻挫してても背負って帰ってこられるけど、小峰さんひとりじゃなにもできないでしょ。そしたら、君は貫井さんを追っていくだけになるよ」

村山くんは珍しく、「な、ちひろ」と大海くんに同意を求めた。大海くんは、「あ？　うん……」と曖昧な返事をする。

「この部屋の奴も、さすがにそろそろ電気消して寝始めるだろうし、じゃなくてもどこからかウエア調達するから……」

村山くんは、私を外に行かせたくないらしかった。でも私は、そういう態度を取られれば取られるほど、外に行かなければならないような気がしてくる。「それに何分かかるっていうの？」と、突っかかるようにして言ってしまった。

「五分あったら、私、ロッジまで行けるよ。その間の道に孝子がいるなら、見つけられる」

ウエアの裾に足を通し、腰まで引っぱり上げる。村山くんは私の勢いに気圧されたように少し黙った。

「ふたりは、建物の中捜して。それで、ウエア調達してから追いかけてきて」

上着を羽織り、首までジッパーを上げて私が言うと、村山くんは頭を抱えてこちらを見た。

「ほんと、無茶だよ。こんなこと言いたくないけど、犯罪とか人為的なもののせいな可能性だってゼロでは……」

「こんな吹雪の山に、強盗も変質者も出るわけないじゃん」

私がさっくりと言い返すと、彼はまた論拠を連ねた。

「だから、さっきも言ったけど、女の子ひとりで行って対処できることはあんまり……。第一、外で動けなくなってるなら、足をくじいたりしてる可能性が一番高いだろ」

「そうだけど。でも一緒に、あなたたちの助けを待つことはできるよ」

行かなきゃ、と、やっと思った。やっぱり私が行かなくちゃ、と。

村山くんの言うように、私ひとりが孝子を先に見つけ出せたとして、あまり実際的な意味はないかもしれない。孝子が建物の中に留まっている可能性だって相変わらずあるし、そうしたら往復の道のりはただのリスクになる。

でも私は、もう五分だって、ぼうっと待ちたくなかったのだ。まだ私の手の届くところにいるかもしれない孝子を、ひとりにしておきたくなかった。

薄暗い廊下でも、目が慣れたせいで、村山くんが不安をあらわにしているのがわかる。端整な眉がぎゅっと寄っている。私は一歩、彼に寄って言った。

「見つからなかったら、一往復だけで戻ってくるから。絶対」

まだなにか言いたげにしている村山くんの肩を、後ろから手が叩いた。大海くんの手だった。

「モトカズ。行ってもらおう」

今まで長いこと沈黙していたにもかかわらず、彼の口調はしっかりとしていた。

「今この瞬間に俺たちが動けないことは事実だし、それに――」

大海くんの目が、こちらへ向く。

「誰かひとり貫井さんの横についてるなら、小峰さんが一番いいような気がする」

彼氏である自分を差し置いて……という卑屈なニュアンスは、その言葉には含まれていなかった。ただ、純粋な信頼。それを感じて、私はどこかありがたくさえ思った。

ポケットに詰めていた手袋を出し、指を通す。玄関のほうへと踏み出す。

「気をつけて」と大海くんが言う、その言葉に続いて、村山くんの声がした。

「建物ン中見たら、すぐウエア調達して追っかけるから！　もし小峰さんが先に戻ったら、この部屋の前にいて！」

一度振り返って、うなずいて、そこからは走った。ふたりの気配が、背中に消えていくのがわかった。消えても、見守ってくれているような気がした。

――違うクラスになっちゃうね。

最後にまともに話した日、孝子は私になにを言ったんだっけ、と考えて、一番に思い浮かんだのはそれだった。「文理選択希望書」を見せ合って、提出した日の帰り、ジャングルジムの上で孝子はそう言った。不安定な足元、夕陽、赤茶色の水たまりと鉄錆のにおい。背景を思い出したあと、何故か私は、その時考えていた、孝子とはなんの関係もないことを記憶から引きずり出してしまう。あの時私は、お父さんのことを思い出していた。芝生のある公園で肩車されたこと、お父さんが夕日に向かって歩いていたこと。

そこから連想はさらに遠くへ飛ぶ。同じことを、学校帰りの電車の中で思い出していた日があったな。ものすごく大きな夕日が沈むのを、シートにもたれてひとりで見ていた。早くも記憶がとっちらかって、正確にいつの頃か思い出せない。夏休みよりは前だった気がするけど、衣替えより前か後かはわからない。ただ強烈に憶えているのは、夕日の沈む速度に、私たちの過ごす時間の流れるさまを重ねていたこと。こうして夕日を見ていたことも忘れるだろうな、と思ったのに、案外、そう思ったことは強烈で消えない。前後は憶えていなくても、あの時の不安、途方もない未来を持て余す気持ち自体は、肌に焼き付いている。

私たちはなにを忘れてなにを持っていくんだろう。案外そこは、自分で選択できないのかもしれない——なんて気弱な考えすら浮かぶ。

夕日が落ちるよりもっと速いスピードで、私は記憶の海に落ちる。この一年のことが目の前を通り過ぎていく。

計算上の、太陽の沈む速さっていったいどれくらいなのだろう、それより速いものってなにがあるんだろう。他のどこか遠い星、くらいしか浮かばない。

——じゃあ、二〇〇九年までに起こる、世界で一番大きな出来事ってなに?

駅前のショッピングビルが更地になる幻。家に帰り着いた時の心もとない気持ち。風邪っぴきのお母さん。

——……そう思うと、なんか、自分のこの高校での時間って、果てしなく自由な猶予のような気がしてくるんだ。

自転車のカゴからぽんと弾き出される猫。裏山の松の落ち葉の踏み心地。ボートのような小さいベンチ。

――じゃんけんターイム！

学祭準備の面倒さ。バドミントンのラケットとクローバーの花冠。孝子が大海くんを雑踏の中でつかまえた、瞬間の光景も思い出した。

続いて頭に浮かんだのは、入学式の日の教室だった。斜め後ろの私を振り返って、孝子が話しかけてきた、最初の一言はなんだったんだっけ。他愛のないことすぎてもう思い出せないけれど、私が自己紹介をしたら孝子がふにゃりと笑ったこと、その表情の変化に対する違和感は深く刻まれている。

記憶は日だまりの中の塵《ちり》のように、一瞬光っては消えていく。全部回収してつかまえてはおけない、だって塵だから。

私にとっては、春からの記憶ですらこんなふうにいっぱいで散らかって、つかまえようがないのに、孝子にとっては、もう十年以上ぶん余計に記憶があるのだ。そしてそれだけじゃない、孝子は――。

――あたしは、ホント言えばあたしから逃げたいんだよ。

捨てたんだ。その「十年以上ぶん」を。

事実、本当の事実がどうだかはわからない。「十年以上ぶん」が事故の後遺症である可能性も依然として残る。でも孝子の中で、それは自分の選択によって捨てたものになっているのだ。

どうせ残るものなんて少ししかないのに。せっかく残ったものなのに。

それがあなたなのに。

なんだか変なことを考えているな、と思った。

でも私は、案外冷静にスキー場までの道を歩いていた。

除雪の後、新たに積もった雪があるので、走ることはしなかった。下手に走ると滑って転ぶ。ごうごうと鳴る風の音の陰に、私は水の流れる音も耳に入れていた。夕方歩いた時は気付かなかったけれど、右手に側溝がある。斜面を流れていく水を見て、私はすぐさま、みねのことを思い出し、眉をしかめてしまった。深さも水かさもあまりなく、落ちたとしてもすぐ這《は》い上がれるくらいの側溝だ。でも自然と、警戒が強まる。

風は強いものの、雪自体は思ったほどひどくなかった。一粒一粒が細かい。それゆえに、真正面から風が吹き付けるところでは、ガラスの破片をぶつけられたような痛痒《いたがゆ》さがある。息を吐くと、白いもやは見送る間もなく後ろへ走り去った。つま先が痛むのは、寒さのせいなのか、灯りのない場所で適当に選んだ靴が小さめのサイズだったからか、よくわからない。

暗い。道自体は間隔を置いて街路灯に照らされているのに――しかもそれを白い雪が反射しているのに、辺りの林が、その光をものすごい勢いで吸い取っているかのようだった。吹雪に揺れもせず立つ杉たちは、無言のままにこちらを威圧してくる。

夕方のスキー場で感じた怖さが、背中で膨らんでいく。思わず唾を飲む。音はしなかった。遠くでぼうと汽笛のように山が鳴る、その音のほうが大きく聞こえた。

ここに孝子がいませんようにと思う。今頃、合宿所のトイレから出てきたところで、大海くんと鉢合わせでもしていたらいい。野口さんたちが言っていたように、寒さでお腹の具合を悪くしていただけなら一番いい。

本気でそう思ったのに、私の目は、吹雪の先にある人影らしきものをとらえていた。影は、座り込むような形で、道の右端にくっついていた。

歩みを落とさずに近づいていく。もし孝子じゃなかったら大変なことだろうけれど、その可能性は少し近寄っただけで消えた。その影が、猫を拾って桜の木の下にかがみ込んでいた時の孝子の背中と、そっくりだったからだ。

影と私とを隔てる雪の幕が徐々に薄くなり、最後は数本の白い直線になる。

雪道の上に、スキーウエア姿の孝子がへたりこんでいた。毛糸の帽子にだいぶ雪が積もっているのと、傍らに、お菓子の箱があるのを見た。孝子はおしるこの缶を持って、開けないまま口の辺りに当てていた。私を見上げると、そのまま口も開かず黙っていた。

「孝子」

呼びかけながら、私は、彼女の左足の異変に気付く。左足だけ、つま先までウエアの裾に隠れているのだった。靴を履いていないように見える。

「なにやってんの?」

そう尋ねると、孝子は急に「うわあ」と言った。

「え、なに、マジ沙織なの?」

質問の意味がわからない。「私じゃなくてなんなのよ」と訊くと、孝子が言った。

「死に際に見る幻」

「ばかじゃないの」

雪道に膝をつく。座ったままの孝子に目線を合わせる意味もあったけれど、本当のところ、膝から力が抜けたこともあった。

地面の高さを、ひときわ強い風が滑っていく。ごうと白い粉が舞い上がる、耳の傍を轟音《ごうおん》が駆け抜ける。孝子と目が合う。

「ばかじゃないの」

ともう一回言ったら、孝子がわっと私の膝にしがみついてきた。


孝子が帰ってこなかった直接の原因は、なかなかにしょうもなかった。

「靴、片方流しちゃって」

ロッジまでは問題なく辿り着き、自販機で菓子を買った。しかし帰り道で側溝に落ちそうになり、左足から靴が脱げたのだという。

私の時と同じく、孝子が出てくる時、女子部屋の靴脱ぎ場に灯りは届いていなかった。適当に選んだ他人の靴をつっかけて、少しゆるいのに気付いたが、そのまま外に出た。結果として、ちょっと滑っただけで靴が脱げてしまったらしい。側溝は水かさはたいしてないが流れが速いので、あっという間に靴をさらっていった。

「自分の靴ならいいけど、誰のだかわかんないし。言い訳のしようもないし。どうしようって思ったら、動けなくなって」

孝子は雪の上に座ったまま半泣きで語った。私はそれを聞いていささか呆れた。

「そんなの、謝るしかないじゃない」

こんなうっかりな事情のために、自分がここまで、決死の覚悟をしていろんなことを考えて歩いてきたのかと思うと、損をしたような気分になる。

けれども孝子は、「そうだけど」と言ったあと、一瞬で目のふちに涙を溜め込んだ。

「そうだけどなんか、いいやって」

孝子は、ニット帽についた雪を払うような仕草をした。

「もう全部、いいやって思っちゃって……」

右手が、涙を隠すために動いたのが、声の濁り方でわかった。孝子の頬の端に、涙が見える。

いいわけないでしょ。

と、言おうとしたけれど、孝子が再び口を開くほうがずっと早かった。

「無職の時のこととか、わーっと頭に押し寄せてきて。自分がいるんだかいないんだかわかんなくなってく感覚とか、昔のことだけ隣にあるような感覚とか……」

息つく間もなく話す。私はそれを黙って聞いている。

「あたし、自分が要らない人間なんだっていつも感じてた。それでも食らいついていけって周りの人は言うの。あの時は不景気で、無職の人間なんて全然珍しくなかったし。でもあたしには、そういう言葉、『お前らは下を向いて歩け』って意味にしか聞こえなかった。もう真っ暗なの」

音を立てて、ひときわ大きな風が吹く。軽い地吹雪《じふぶき》が、孝子のウエアのフードをめくり上げた。背中に薄暗い街路灯の光を背負った孝子の顔に、一瞬ものすごい影が差す。

「村山くんのお父さんに色々言われた時、だめだ、って思った。やり直してもやっぱり同じ、あたしは世の中に必要のない人間なんだって。その上沙織とクラスが離れたら、すぐにでもまた、暗い高校時代に戻っちゃうんじゃないかって、すごい怖くなっちゃったんだよ」

頬にかかる細かい雪の粒を感じながら、私は話を終えた孝子の肩に手を伸ばした。孝子の、頬から耳にかけての輪郭が、疲れきった大人の顔に見えたから。孝子がそのままどこかに帰っていってしまいそうだったから。

わかんない。結局私には、わからないことなのかもしれない。私は大人になったことがないし、自分が要らない人間だと思ったこともない。でも私は、孝子を引き止めなくちゃと思った。

だめだよ孝子——。

そう思った瞬間、私の手に、孝子の手が触れていた。手袋ごしの、もこもこした手だったけど、芯《しん》まで冷えてひどく冷たいのがわかった。

「でもねあたし、わかった。さっき、沙織の顔見た時に」

視線が重なる。右手がどけられたので、私は孝子の、涙が溜まった目を見た。

「下向いてなんか歩けない。必要とされるとかされないとかじゃないんだ、ただ——自分が好きだと思う人やもののところに、向かっていかなきゃって」

孝子はそこで言葉を詰まらせた。私の手を握った左手に、ぎゅっと力が込められる。

「沙織、ごめん」

喉の奥から絞り出すようにして孝子が言った。

「三年間、ごめん」

「えっ?」

あまりに予想外の一言で、私の聞き違いなのかと思った。けれども孝子は風に逆らうようにしてはっきりと声に出した。

「沙織は卒業までずっとかばってくれた。つまんないあたしと友だちでいてくれたの」

「未来」の話をしているのだと、そこでやっとわかった。それは、孝子の記憶の中の話であって、「私」がしたことじゃない。けれども孝子は「私」に言うようにして続けた。

「教室で、あたし、沙織しか、おはようって言える人いなかった。それだけで救われたとは思うの。でも後ろめたかった。沙織の、足引っぱった、三年も。あたしもう一度高校時代をやり直したら、沙織の足引っぱらない子になるか、じゃなきゃもう関わらないことにしようかと思ってた。でも、結局」

握り締められた指が痛い。雪が吹き込む目も痛い。

「――これだよ。この通りだよ」

痛いのに、どこか熱いような気がする。痛いから熱いのかもしれない。

私は本当はちょっとだけ泣きそうだった。でも泣いてみせたくはなくて、歯を強く食いしばってから言った。

「……どうして、私に会いにこなかったの。その時」

二十七歳の孝子は、自分の人生を放り出す前に、どうして二十七歳の私に会いにこなかったの――。そういう意味で言ったのだった。

私なら引き止めた。元の孝子に、「消えないで」と伝えたはずだ。

「私、今、孝子に消えられるの、やだ」

目の前で孝子の顔が歪む。涙が落ちていた目元が、いっそうたわんで、急に幼い顔になる。

孝子は空いたほうの手で顔を覆い、わあんと泣き声を上げた。


孝子が落ちつくのを待って、その場を離れようと思ったのだけれど、いざ立ち上がって歩こうとすると、孝子が即座に悲鳴を上げた。「つめたっ！　無理、これ絶対無理」とケンケンでしがみつかれて、私までこけそうになる。たとえ数分でも、靴なしで雪道を歩くのは厳しそうだった。捻挫していたらおぶって帰る、と話していた村山くんたちの言葉に甘え、ひとまず助けを待つことに決める。

吹雪の中で、私たちはあまり言葉を交わさなかった。ふたりで座り込んで、街灯の光に照らし出され矢のように降る雪を見ていた。

そうしているうちに、私はぼんやりと別の世界にいるような気がしてきた。その世界には村山くんも大海くんも、単なるクラスメイトとしてしか存在しない。海に行った思い出も職場見学の経験もない。みねは名前のない猫のまま死に、私は母親のような人生を避けること以外夢を持たない。教室の隅で縮こまっている孝子――いつか見せてもらった中学のアルバムのままの、自信なさげな孝子に、おはようと声をかけ、その繰り返しで毎日が過ぎていく。

案外そんな世界ってあるのかもしれない、と思った。この、吹雪と闇に包まれている世界は、そっちの地続きのような気さえしてくる。

その想像の中で、私はひとつの幻を見た。何故か、真夏の。

今は毎日見ている駅前の通りを歩き、足を止める。日傘を傾けて、上を向くと、そこにあるはずのショッピングビルがない。そうして私は、いなくなった友だちのことを思うのだ。十年以上も昔、ここによく一緒に寄り道をしていた、孝子のことを。

白い日傘のふちで切り取られた空の遠さまでわかった気がして、くらっときた。

でも、孝子にも言わない。そんな「未来」はもうなくなったんだと、思いたい。


多分そうしている時間は、五分に満たなかったと思う。

雪の向こうから大海くんたちが現れ、おーいと手を振った。私は一瞬、現実に戻れなかったのに、孝子はそれを待っていたみたいにすばやく腰を上げ、「無理」なはずの左足をべたべたと雪につけて大海くんのほうへ走っていった。げんきんな人、と思う。でも、大海くんの横で、村山くんがこっちに苦笑を向けるのを見ると、私もぱっと立ち上がっていた。

結局、孝子は大海くんにおぶわれて帰ることになった。

「ちょ、これなかなかに試練すよ。ぬかったら足上げられなそう……」

「交代しないからな」

「交代しないよ」

「ちひろは男の中の男だよね！」

四人でけらけら笑いながら歩いた。孝子とふたりの時感じていた心細さも、大海くんたちに助けを求めにいった時の緊迫感も嘘のように掻き消えて、私たちはさながら、夏祭りの夜店の間を歩いているみたいだったと思う。もちろん、大海くんたちも、孝子が無事であることに拍子抜けしたり雪崩《なだれ》のように安心が押し寄せたりとか、内心では色々あったはずだけれど、今はみんなが、そういう空気の中にいたかったんじゃないだろうか。そしてみんなが望んだら、ちゃんと望んだ空気の中にいられる、と思う。

そっと合宿所の玄関をくぐったあとも、なんとなく離れがたくて、おのおの顔を見合わせた。

「なあ、それ食っちゃわね？」

大海くんが孝子の持っているお菓子を指して言う。私たちは足を忍ばせて食堂まで歩き、寒い部屋の隅に縮こまってお菓子を開けた。孝子が、なんだかおしるこ要らなくなった、と言うので缶をもらったら、すっかり冷えていてびっくりした。

さすがに寒いし、男子がふたりいるので、お菓子は五分くらいで食べきってしまったけれど、その五分間はとても楽しかった。

「そういやカールのおじさんって、脱サラＩ《アイ》ターンで農業やってるらしい」

大海くんがカールの袋を見て言う。それだけで私と孝子は噴き出してしまったのだけれど、村山くんだけは冷静な声で突っ込んだ。

「それ、正である確率ゼロだろ。どこ情報だよ」

「小学校の時クラスの女子から聞いた……あっ、野口かも」

野口さんの話になってしまったので、私は内心焦ったのだけれど、孝子があっさりと核心をついてくれた。

「ちひろのこと好きで、そんな面白いこと言ってみたのかもよ」

なおかつ大海くんが「あるかもー」などと肯定したので、今度は驚く。

「俺、小学校の時モテてましたよ！　鶴賀西小のナンバーワンでしたよ！」

大海くんが呑気な笑顔で言った。「最初で最後のモテ期だな」と村山くんがばっさり斬る。なんだかそうやって口にしてしまえばおかしいことで、こうなると野口さんすら面白い人に思えてくるから不思議だった。私は孝子と一緒に声を立てて笑った（まあ、冷静に考えるとやっぱりむかつくけど）。

そのままのテンションでずっと話していたい気もしたけれど、寒いし眠いのはみんな一緒だったから、案外すんなり引き上げることになった。出たゴミを孝子が回収し、みんなで食堂を出る。足音をひそめて、小走りに廊下を歩き、「おとめ座」の部屋の前で別れた。

「じゃあ、おやすみ」

「おやすみ〜」

男の子とそんな言葉で別れたのは初めてで、孝子と階段をのぼりながら、時間差でくすぐったくなってきた。緩みそうになる唇をぎゅっと嚙み込むと、前を歩いていた孝子が振り返った。

「沙織、変な顔してる」

思わず口元を手で隠してしまう。孝子は笑ったり、茶化したりするかと思いきや、すぐに前に向き直って言った。

「あたしさ、今、初めて思った」

「え?」

「戻らなくても、ちゃんと楽しいこと探せたかもって」

灯りのない廊下に、踊り場の窓から入るぼんやりとした、光とも言えないくらいの明るさがあって、孝子の小さい頭を影絵にしている。外は相変わらずの吹雪で、窓にぶつかる雪の音がぴしぴしと聞こえていたけれど、なんだかその光景はとても静かなような気がした。

私は孝子を見上げながら、「そうだね」と言う。薄闇の中、私たちの間に、時間が細かい粒になって降っているのが、見えるような夜だった。

## 15

「沙織、ちょっと話あるんだけど」

一年最後の定期テストが終わった夜、部屋で本を読んでいると、お母さんがふすまから顔を出して言った。

この母親が部屋までわざわざ私を呼びにくるなんていうことは、滅多にない。その上やたらににやにやしていたから、これは絶対ろくな話じゃないな、と思った。

前に同じようなことがあったのは中二で、その時お母さんは私の小学校の卒業アルバムを古紙回収に出してしまったのだった。回収の前に気付いて取りにいったものの、雨が降っていたせいで、私のアルバムはガビガビになった。母親は雨に濡れてよれたアルバムを居間のテーブルの上に置き、「ごめ〜ん、今度焼き肉連れてくから許して！」と言った。大人の謝罪とは思えなかった。

当時の衝撃をまざまざと思い出す。居間に入って、私はまっさきにテーブルの上を見た。雨でよれた私の持ち物などは置かれていない。けれども預金通帳が一冊、置かれていた。ものすごく嫌な予感がした。

向かいに座った母親は、やっぱりにやにやしたまま、「あのさあ」と言い、しばらく口元を引きつらせていた。

「さっさと言ってよ。私だって暇じゃないんだから」

苛々して急かすと、母親は腹をくくったように口を開き、通帳を押し出してよこした。

「これさあ、ヤスシくんが貯めてくれた沙織の進学資金なの。今まで黙ってたけど、離婚の慰謝料と別に、沙織が小学校出た時にくれたんだよね」

ヤスシくん、というのは私のお父さんのことだ。驚きつつ、通帳を手に取る。嫌な予感なんて気のせいだったんだ。お母さんごめんんね、そしてお父さんありがとう……。

しかしそう思ったのもつかの間だった。通帳のページをめくり、私は一瞬で「嫌な予感」をよみがえらせてしまう。

最初に三百万ある残高が、少しずつ減っていっている。

何故、お父さんからもらった進学資金が減っていくのだろう？　中学は町立、高校だって県立、塾に通ったこともない。しかし一度に二、三万円の引き出しがひと月ごとに、時にはそれ以上の頻度で記録され、最初のページは下まで埋まっていた。

もう一ページめくる。やはり印字でいっぱい。もう一ページ……。

ページをめくりながら、私は頭の血が下がっていくのを確かに感じていた。数字の羅列が終わり、最後の行に記された残高は、百万を切っていた。

それだって今の私には大金だけれど。でも、大学進学を見据えた今、医学部の初年度に必要な額はわかっている。学費と入学金の他、新生活を始めるための資金も計算に入れると、入学時点で百万以上のお金がかかるはずだ。

「ごめんね～！　ほんっとごめん！」

ドタキャンを謝る程度のノリで頭を下げている母親に、正直殺意が湧いた。私は震えそうな声をおさえつつ、尋ねた。

「一応訊くけど……これはどうして減っているの？」

私がいきなり怒鳴り散らしたりしなかったからだろうか、母親はけろっとして答えた。

「それがさあ、なんに使ったってこともないのよね。こう、ちょっと今月苦しいな～と思って、月末にヘルプしてもらうような感じで、二、三万ずつ……。あと、結婚式のご祝儀とかさあ、臨時も臨時の出費だとやっぱそこから借りてぇ、返せないみたいな感じで」

あとあと、あたしって意外と身体弱いじゃん？　それで店に出られなかった日が多いと、お給料そのぶん減っちゃうし。ていうか、不景気でお客さん自体が減ってるからさあ、やっぱさあ……などと、母親の言い訳は延々続いたけれど、もう聞こえなかった。怒りで耳の奥がきりきり痛んだ。

――どうしてこんなバカ親のところに生まれちゃったんだろう……。

気持ちとしては、今すぐこの通帳で母親を引っぱたいて部屋に籠ってしまいたかった。けれどもそれではなんの解決にもならない。

「それで……どうするの？」

私は通帳をテーブルに置き、震える肩を押さえた。母親が「えっ？」と間抜けな声を出してこちらを見る。

「お母さん、二倍働いて使い込んだお金を返してくれるの？　それとも、新しいパパでも見つけてお金出してもらう？」

本当に、怒りで身体が震えるというのは初めてだった。鈍い母親も、さすがに私の怒りっぷりを理解したらしく、たじろいでいたけれど、それでもなお作り笑いをやめずに言った。

「やだあ、使い込んだなんて、人聞きの悪い。パチンコしたり、ブランドもの買ったりしたわけじゃないのよ？　沙織のご飯だって、ここから……」

「このお金に手つけなくていいようにやりくりすんのも母親の仕事でしょ！　こんなに遠慮なく娘の進学資金からべろべろお金抜いてくなんて、どうかしてる！」

そりゃあ、うちはお金があるほうじゃない。今も、店とつながった戸の隙間からは風が流れ込んできているし、夏はエアコンなし、いまだ扇風機一本だ。でも、着るもの食べるものは、人並みに与えてもらったと思う。お母さんは肉じゃがが好きだが、「庶民の味というけれど、肉じゃがほど肉の質に左右されるものはないわ。あたし、安い肉の肉じゃがって許せない！」と言って、肉じゃがの日は必ず黒毛和牛を買ってきていた。肉じゃがは実際おいしかった。でも、あれも私の進学資金を削って出していた味なのだと思うと、許せない。肉じゃがの肉なんて豚肉でいい、むしろ肉なんて要らない。

お母さんは、私が思い出していることを読んでいるかのように、慌てて言い訳を再開した。

「そうは言っても、娘にはお金でつらい思いをさせたくない、変にけちけちした暮らしを押し付けたくないと思うのが母親なのよ……これも母の愛よ」

強引すぎる。無理だ。

「大学に行けないようにするのが母の愛なのね、お母さんにとっては」

私が冷たく言い放つと、さすがにお母さんは言葉に詰まってうつむいた。

「これ、お父さんが私のためにくれたお金でしょ。つまり、私のお金だよ」

自分の口から出ている言葉の薄汚さに、げんなりする。金、金、金。いつかマミちゃんが、私のことを「お嬢チック」と言っていたけれど、現実はこれだ。気が滅入るけど、言わなくてはこの母親は理解しないと思ったので、はっきりと言った。

「返して。二百万」

「ええっ！」

母親は飛びすさる勢いで驚いていた。その反応にむしろびっくりする。

「当然でしょ。今すぐ返してって言ってるわけじゃないよ、大学に入るのに間に合えばいいんだよ。それとも、なに、大学に行くなって言うの？」

「い、行くなとは言わないけど……医学部なら、行ったほうが最終的にお金になるし。でも、その、沙織くらい優秀ならタダで奨学金がもらえたりとか〜……」

ちなみに、大学進学でかかる費用と、奨学金のことについては、既に頭に入っている。孝子との居残りをしていなかった時期、暇を持て余して、進路指導室に籠って徹底的に調べたことがあったのだ。

「学費免除の特別待遇はあるけど、全額免除になるのは北大だと百人にひとりだって。優秀な学生ばっかり集まるところで、そこまで行けないよ。貸与の奨学金なら、県のやつとか行けそうだけど、これだけだと全然足りない」

淡々と告げると、母親はようやく顔から笑みを消した。

「だからいつかはお母さんに頭下げてお願いしなきゃって思ってたのに……こっちが頭下げられるなんて、信じられない」

「ご、ごめんね……」

呆然としながらも、すまなそうに眉を寄せた母親を、見ていたくなくて私は立ち上がった。そのまま去ってしまいたかったけれど、これ以上使い込まれてはたまらないと気が付き、テーブルの上から通帳を取る。

「ごめんじゃなくて、考えてよね」

そう言い捨てて、廊下に出た。通帳を胸に抱えて、階段を上がる。

部屋に入ってから、私はものすごい脱力感に襲われた。よろめきつつ、顔からベッドに倒れ込む。

母親にはキツく言ったけれど、本当はこの貯金がなくても、進学できないというほどじゃなかった。今の成績と、うちが母子家庭であることを考えれば、貸与の奨学金をもらえない可能性はゼロに近い。そして大学に入ってからバイトをすれば、なんとか学費を払い生活することはできるはずだ。安い学生寮に入り、余計な遊びは一切せず時間を生活のために削るなら。私はわりとそれをやってのける自信があった。

でも、お父さんからもらったお金を、たいした事情もなしに少しずつずるずると使い続けたお母さんのことが、情けなくてしょうがない。別れた人が、わざわざくれたお金なのに、どうして平然と手をつけることができたのだろう。

薄闇の中で、私は通帳を目の高さまで掲げてみた。通帳の表紙には、地元の銀行のキャラクターが描かれ、「小峰　沙織　様」と私の名前が印字してある。預金通帳というものを手にしたのは初めてだった。お父さんは、小さい私しか知らないのに、大きくなった私がこの通帳を手にすることを考えていたんだ、と思うと、涙が出そうになる。でもバカ母に泣かされたみたいで悔しいから、それは目の奥に押し戻した。

「どしたの沙織、元気ないじゃん」

孝子が、向かいの机から声をかけてくる。昼休み、お弁当タイムだ。

スキー教室の後、私たちはすっかり四人でのお昼に戻っていた。いきなり四人に戻った私たちに、周りはびっくりしていたけれど、それからもう一ヶ月近く経つ。誰も（野口さんと原田さんも）あの冬の期間なんてなかったみたいに平然と、元のメンバーでお昼を食べている。孝子が野口さんたちから離れるのはともかく、私が車谷さんに「もう、お弁当、大丈夫」と言うのはだいぶ勇気が要ったのだけれど、彼女が村山くんをちらちらと見ながら、「いいよ、あたしだって本当は尾形とふたりきりのほうがよかったし」と言いきってくれたので（爆弾発言だが）、あつかましくもその言葉に甘えることにしたのだった。車谷さんは、今も、道場でひとりでお弁当を食べているらしい。剣道部顧問から憐憫《れんびん》の目で見られてうざいから、春からは剣道部に女子新入生でも入れさせて巻き込むつもり、と話していた。

そんなわけで、今や私たちの間にはなんの軋轢《あつれき》もないのだけれど、金銭問題で憔悴《しょうすい》しているということを知られたくなく、私は孝子の問いに「ん？　そう？」ととぼけてみせた。しかしあっさりと、「やー、三日前くらいからずっと元気ないし！」と言いきられてしまう。母親に使い込みを告白されたのは、数えてみると確かに四日前だった。

――さすが友だち、よく見てるな。

そう思ったのもつかの間、見当違いなコメントが飛んできた。

「さては沙織、もうすぐあたしとクラスが離れちゃうからしゅんとしてるのね！」

孝子がひとりでうなずく。母親によって進学資金から二百万円使い込まれた、という事実と比べると、友だちとクラスが離れるなんてなんてちっぽけで幸せな悩みなのだろう……と一瞬遠い目をしてしまう。けれどもその時、村山くんが「あっ、今日って、最後のお弁当じゃない。この四人で」とつぶやくのが聞こえ、私は高校生らしい意識を取り戻した。いちはやくお弁当を食べ終え、今にもげっぷをしそうな顔をしていた大海くんも、「おおっ」と声を上げた。「そっかー、明日はもう修了式だもんね」と孝子が言う。

私たちの間に、なんとも言えない沈黙が漂った。修了式を終え、春休みが過ぎ、次に学校に来る時には、もう私たちは同じ教室にはいないのだ、という実感が初めて湧いてくる。

大海くんが唐突に机に伏した。

「そんなのダメっす！　二年生になっても俺らは俺ら四人で弁当食べよう！　むしろ永遠に弁当仲間でいよう！」

と、周りの人が振り向くほどの大声で叫ぶ。孝子が「ちょっ、なに言っちゃってんの、ちひろ」と、純粋に恥ずかしそうにして言った。

「子どもじゃあるまいし、永遠なんて言い出さないの！」

孝子がたしなめても、大海くんは首を横に振る。

「嫌だ！　俺たちの仲は永遠だ……小峰さん！」

そこで彼は顔を上げ私のほうを見た。孝子と、あと何故か村山くんも、大海くんの頭をどつく。

「それもう、ネタ的にお腹いっぱいだから」と孝子は言い、こちらに向き直った。

「で？　ほんとに、なんかあったわけじゃないの？　学校以外のこととかで」

やっぱり孝子は私のことを心配してくれているようだ。

——でも、お金のことなんて、シビアすぎて相談できないよ。

そう思った。しかし、孝子の顔を見て、私はふと箸を止める。

——孝子の「未来」では、私は薬学部に進学してる……。

薬学部は四年、医学部は六年なので、トータルの学費では差が出るけれど、国立ならとりあえず一年目に払う額は同じだ。どうやって「私」は薬学部に進学したのだろう。やはり奨学金をもらったりしたのだろうか。

それが「事実」でなくとも、孝子がなんらかの情報を持っているかもしれないと思い、私は意を決して告白をした。

「実はね、お父さんが私のために貯めてくれた進学資金を、お母さんが勝手に使ってたの。三分の二くらい」

わりとさくっと口にしたつもりだったのに、孝子も、村山くんも大海くんも、呆然としてこちらを見た。しまった、と思ったけれどもう遅い。誰も声を立てないまま数秒が過ぎる。

「す、すみません、シビアすぎてリアクション思いつきませんでした……」

大海くんが謝ってくる。孝子が横から「謝るな！」とチョップを入れ、私に微笑《ほほえ》みかけてきた。

「だ、大丈夫よ沙織！　沙織の成績なら間違いなく奨学金が」

「そうだよ、それに今や医療現場は跡継ぎ不足に悩んでるんだ！　こ、個人的にお金を出そうと言う地域の篤志家《とくしか》もいるかもしれない」

村山くんも必死にフォローしてくれる。ただでさえいたたまれない空気になったのに、大海くんが村山くんの肩に手を置き、「お前今、金の力で小峰さんをめとろうとしてるだろう」とか言い出したのでその場はしっちゃかめっちゃかになってしまった。

「なんでそうなるんだよ！　俺はただ小峰さんに医学の道へ進んでほしいだけだっ」

「道とかかっこつけて言ってるけど、お前、北の大地で思う存分小峰さんといちゃつきたいだけだろ！　きーむかつくー」

「ふたりとも、なんでいつも沙織のために喧嘩するの！　たまにはあたしのために喧嘩しなさいよ！」

——だめだ、なんの解決にもならない。

私が箸を置いてため息をつくと、三人はぴたりと黙り込んだ。

「ご、ごめんね、役に立てなくて。さすがに、お金は、ポンとは……」

孝子がすまなそうに肩を落とす。私は慌てて笑顔を作った。

「いいんだよ、うちの問題だし」

うちのバカ母のせいで生じてる問題だし。と心の中で付け足すと、笑顔が引きつってくる。

結局、もう一度ため息をついてしまった。三人が、気まずそうにうつむく。

しかし孝子が、ふと顔を上げてつぶやいた。

「お父さん……沙織のお父さんってさ、今どこにいるの？」

「え？　南方町《なんぽうちょう》だけど……」

私は、この学校がある鶴賀市の、南隣の町の名を答える。お父さんの家を訪ねていったことは一度もないけれど、そこに住んでいるとは聞いていた。

「普段会っては、いないんだよね」

「うん」

離婚から少しの間は、南方町のショッピングモールに連れていってもらい、そこでお父さんと落ち合って買い物をしたような記憶もある。でも、小学校入学よりあと、私は一度もお父さんと会っていない。お父さんが新しい奥さんと暮らし始めたからだ。「あんな生真面目な奴でも、女がいなけりゃ生きていけないのよ」とお母さんが鼻で笑いながら小学生の私に言って聞かせた。だからもう会いにいくなと言われたわけじゃないけれど、私は、他の女の人と暮らすお父さんをやっぱり見たくはなくて、それから会いたいと言わなくなった。以来、向こうからも声はかからず、あっという間に、私の人生は、お父さんがいないのが当たり前になってしまった。

養育費は毎月振り込まれていて、お母さんはお父さんと連絡を取ることもあるらしい。でも、私はお父さんが今どんな暮らしをしているのか、具体的には知らない。

お父さんがいなくても私の人生が続いているように、私がいなくてもお父さんの人生が続いているとは、あんまり思い知りたくないのかもなあ、と自己分析をした時、孝子が訊きづらそうにして言った。

「ちょっと突っ込んだこと訊くけど、お父さんって再婚……」

「してる。今は奥さんとふたり暮らしだってお母さんから聞いた」

私は声のトーンを絞って答える。孝子が再び口を開く。

「じゃあ、子どもはいないんだ？」

「うーん、私は聞いてないな」

「お父さん、なんの仕事してるの？」

「公務員」

短い質疑の後、孝子はひとりでうんうんとうなずいた。

「じゃあ決まりだ。お父さんにまたお願いしよう」

私は数秒遅れて「ええっ」と声を上げた。私の声にびっくりしたみたいに、男子ふたりが目を丸くする。教室のほうぼうからも視線が飛んできて、私は思わず自分の口を押さえた。孝子は椅子にふんぞり返って、平然と続ける。

「ひとり娘だよ？　しかも医学部への進学資金だよ？　出さないわけないじゃん」

「貫井さん、今、完全に悪党の顔してますよ」

横から大海くんが口を挟む。実際孝子は悪い政治家みたいに口の端を歪めていた。「やー、やっぱりねえ、出るとこから出してもらわないとねえ」とひとりごちる。

「でもっ、もう三百万円も出してもらってるんだよ。他に月々の養育費だってもらってるし……」

私は「三百万」のところを小声にして孝子に告げた。さすがに、これ以上お父さんから搾り取るんじゃやくざだ。いくら私が知りたくないとはいえ、向こうにも向こうの生活はある。くわえて私自身に、そんな情けないことをお父さんにお願いするのは嫌だ、という気持ちがあった。お母さんの使い込みを告白し、さらにお金を出してほしいなんてそんなこと、言えない。

けれども孝子が次に口にしたのは、予想外の提案だった。

「みんなで直接、沙織パパにお願いしにいこうよ。素敵なご学友と一緒に頭下げられたら、お金を貸さないわけがないよ！」

今度は驚きすぎて声も出なかった。しかし私が息を呑み下す間に、大海くんが両手を挙げて賛同していた。

「それいい！　情に訴える作戦すね！　賛成！」

村山くんは顎に手を添えて少し考えていたようだったけれど、すぐに顔を上げ、私に向かって微笑んだ。

「まあ、妥当なところかもね。奨学金だけだと少ないだろうし、まず親に甘えてみるのも間違いじゃないんじゃないかな」

ふたりの反応を見て、孝子が畳みかけてくる。

「ほうら、こんな素敵なご学友だわよ！　万が一、お金は無理って言われても、みんなで会いにいくだけでいいじゃん。沙織、ずっとパパに会ってないんでしょ？」

正直、どうして孝子がここまで「パパにおねだり」の線を推してくるのかわからない。単に面白がってるだけなのでは……と思いつつ、男子ふたりに「協力するぜ！」というきらきらした目で見られて、私は身動き取れなくなっていた。なんだか恥ずかしい。恥ずかしいと思っちゃいけないんだろうからまた恥ずかしい、と頭に血がのぼって、うまく考えられない間に、私はつい、「うん」と返事をしてしまっていた。


かくして三月最後の日曜日、私は三人の友だちと一緒にバスに乗って、お父さんの家へ向かうことになった。修了式があっけなく終わると、ものすごい勢いで春休みが過ぎ、約束の日になってしまった。

お母さんの許可は得ている。「お母さんがあまりに頼りないから、お父さんにお金を借りにいく」と言ったら、それがいいそれがいい、とふたつ返事でOKされた。この人にはプライドというものがないんだろうか、と呆れたけれど、住所や電話番号などはすんなりと教えてもらえた。アポの電話も、お母さんがしてくれた。どんな会話がなされたのか、私は聞いていないけれど、進学資金についての相談だということ、それから、友だちと一緒だということは先に告げたらしい。奥さんと住んでいる家だから、家の外で会う場所を指定されるかもしれない、と思っていたのだけれど、お父さんは、あっさりと家においでと言ってくれたそうだ。

よく晴れた日曜日だった。時々吹く風は冷たいけれど、日なたに出ると日差しの重みが感じられる。集合場所にした鶴賀バスターミナルは、通学の時の喧噪をなくし、のんびりとした空気に包まれていた。私が着いた時には、他の三人は既に揃い、日なたの椅子でうつらうつらしていた。ほどなく、南方町方面行きのバスがやってくる。

「小峰さん、パパんちまで何分ぐらい?」

ガラガラの車内に入ってから、大海くんが尋ねてきた。「お母さんの話では、三十分弱ってことだったけど……」と答えると、「うはっ、寝そう」と言われた。村山くんと孝子も顔を見合わせ「結構あるなあ」「通学バスの二倍だもんね」とつぶやく。皆、「暇」と書いたようなぼんやりした顔をしていたけれど、退屈という感じとはちょっと違った。自然とひとり席につき、各自日なたぼっこのような雰囲気になる。

「モトカズが眠そうなのって、珍しぃなー」

「ん? 昨日、二年の教科書開いて、面白そうなとこ軽く読んでたら、十二時過ぎててさあ」

「お前、もっと男子高校生らしいエピソード提供できないの?」

バスが出て少しの間、大海くんと村山くんが話していたけれど、その声もすぐに止んだ。見ると、大海くんは首を傾げて眠りこけ、村山くんも半目でうとうとしていた。お金がらみの問題に付き合うというのに呑気だなあ、とちょっと思ったけれど、村山くんは医者の子息だし、大海くんは家の会社が潰れたとはいえ今は特にお金に困っている様子じゃないから、あまり貧乏がリアルじゃないのかもしれない。

孝子はすぐ前に座っているので、私からは顔が見えない。寝ると傾く孝子にしては、しゃんと前を見ているので、寝てはいないとわかったけれど、話しかけてもこなかった。うるさくすると、男子たちを起こしてしまうと思っているのかもしれない。

私はしばらく、車窓の景色を見ていた。まるで知らない街並みが、前から後ろへ流れていく。バスはとろとろと走りながら鶴賀の市街地を抜け、国道から一本ずれた見慣れない道に入っていった。道沿いにしか家がなくなり、左手には山が姿を現す。

南方町も、私が住んでいるところと同じような、なんの特徴もない山村だ。どうしてお父さんはここに住むことにしたのだろう。私のわずかな知識によれば、お父さんは県外出身者のはずだった。お母さんが仙台で美容師見習いをしていた頃に知り合い、その時にはまだ学生だったという。お母さんと一緒になるために、こんな田舎に就職を決め、タバコ屋の婿になったのだ。別れたらもっと都会へ出ていってもいいのに、と私は思うけれど、公務員だから、今の仕事を捨ててまで県外へ出ていくのは現実的じゃなかったのかもしれない。結局お父さんは、元々なんのゆかりもないこの土地に縛られることになったのだ。

——別れた女に、子どもに、縛られるというのはどんな気持ちだろう……。

私は実は、ふたりが別れた理由を知らない。けど、どうせお母さんが悪いのだと思っている。なにしろあのバカ母だし、もしお父さんが悪いのならその詳細を小さい頃から私に言い聞かせているはずだ。それをしないというのは、お母さんが浮気とかくだらないことをして、三行半《みくだりはん》突きつけられたからに違いない(なんでそれで向こうから養育費を搾り取れるのかわからないけれど)。

改めて考えてみると、自分がしようとしていることはずいぶんと図々《ずうずう》しい気がしてくる。子どもがいないとはいえ、新しい家庭を持っているお父さんのところに、友だちと四人で乗り込んでいって、金を貸せと言うなんて。ただでさえ縛られたお父さんに、たかるような真似をするなんて。本当にこれが正しいことなんだろうか。肉親だというだけでこんなに甘えるのは非常識じゃないだろうか？

急に帰りたくなってきた。今さら「帰る！」と言い出すなんてバカな真似をするつもりはないけれど、もしお父さんが少しでも迷惑そうなそぶりを見せたら、すぐに退散しようと決める。そうだ、その場合はもう少しこの路線に乗って、小さい頃行ったショッピングモールにでも寄って、みんなで遊んで帰ろう。お父さんにどんな顔をされても、気にしないように、しよう。そこまで考えた時、前のほうから視線を感じた。孝子が首だけ回してこちらを見ていた。

「沙織、緊張してる？」

小さめの声で訊かれる。向こうが運転席の真後ろの少し高いシートに座っているので、私が見下ろされる形になった。正直に「少しね」と返事をすると、孝子は珍しく、自信ありげに唇を横に伸ばして笑った。

「大丈夫。絶対大丈夫だよ」

と言う。なにを根拠に……と思ったところで、私はふと、ひとつのことに思い当たる。孝子はやっぱり、私の進学資金がどこから出たか知っているのではないだろうか。

けれども、それを尋ねるべきかどうか、私は一瞬迷ってしまった。スキー教室の後、孝子は

「未来バナ」をしない。別に、それが意図があってのことだと確信しているわけじゃないけれど、なんとなくこちらからは振らないほうがいいのかなと思って、そういう話はずっとしていない。

私が迷った隙に、ちょうどアナウンスが入った。「次は南方中学校前」と告げられる。孝子が、正面にある料金表に並んだ停留所名から、中学校前を探し出し、指でさした。「降りるの、この次だよね」とつぶやく。

「……ねえ、沙織のお父さんって、どんな人だった？」

「え？」

急に話を振られて、少し戸惑う。孝子は通路に足を投げ出して、こちらに身を乗り出してきた。

「あ、憶えてないくらい小さい頃しか一緒じゃなかったり、する？」

彼女の声が、純粋な興味に満ちつつも、ゴシップとして他人の不幸話を期待している感じとは違ったので、私は素直に答えた。

「うーん……離婚は、私の保育園時代なの。小学校に入るまでは会ったりもしてたから、顔がわかんないってのとは違うけど、結構イメージしかないかも。やさしいお父さん～、みたいな。ものの静かなところは、孝子のお父さんと近いかな。でも、具体的な記憶って、あんまりないかも」

「へえ」

私はそこでやっと、冬の初めの放課後にしそこねた、お父さんの話をした。

「でもね、ひとつだけはっきり憶えてるのが、公園で肩車されてるところで……」

芝生の丘と、沈む夕日。お父さんの頭が鼻先にあって、風に乗って整髪料のにおいが漂ってきたこと。そして、景色全体がとても静かな感じがしたこと。記憶を思い出しながら語ると、孝子は、うん、とか、ふうん、とか言いながら聞いてくれた。私が話をしているうちに、誰も降りない中学校前のバス停は通過されていった。

話が一区切りついたところで、私は尋ねた。

「ねえ孝子、その公園って、どこだかわかんない？　公園に詳しいって言ってたよね」

孝子は少し考えるように目を上に向けたあと、きょろんとこちらを向いて答えた。

「多分、わかるけど。……あとで言うよ」

なんであとでなのよ、と言おうとしたところで、アナウンスが割り込んできた。

「次は、川森〜。川森。いつもいい目を保ちたい・目黒眼科医院はこちらです」

降りるバス停だった。孝子が席を立ち、よろけつつ大海くんのほうに歩いていく。

「ちひろ、起きて。村山くんも」

孝子は、私と話している間も、外の景色に注意していたらしい。大海くんが「どこだここ！」と叫び、村山くんは眠たげに目をこすった。

バスがスピードを落とす。目印だと聞いていた眼科の大きな看板が見えてようやく、私ははっきりとした緊張をおぼえた。ひとりだったら、家から一時間近く緊張し続けてここに来なきゃいけなかったのか、と思うと途方に暮れた。

お父さんの家は、眼科の裏手にある、小さな一軒家だった。門こそあれど、質素な平屋で、私の家と競えるくらい古い。門から玄関までの、わずか一メートルくらいの小道の脇に、腰の高さの枯れ木が植えられていた。孝子が「あじさいだ」とつぶやくまで、私はそれが花のつくものとは思わなかった。それはいつも枯れ木であるかのように、木造の古い家の壁と馴染んでいた。

「ピンポンないけど」

大海くんが言う。確かに玄関に呼び鈴は見当たらず、引き戸を開けて声をかけるしかなさそうだった。

みんなの視線が私に集まる。途端に心臓がぎゅっと縮み上がったけれど、思いきって戸を開けた。

「こんにちはー」

奥に向かって呼びかける。と同時に、目の前からふっとなにかが立ち上って頭の脇を抜けた。

「……おお」

通り過ぎてから気付く。それが、お父さんのにおいだったことに。

狭い廊下の先で、ビーズのれんを掻き分けた男の人がこちらを見ていた。痩せて少し背の丸い、その人はお父さんに違いなかった。

「よく来たねえ。お友だちも」

少し薄暗い廊下を三歩くらいで抜けて、あっという間にお父さんは目の前に立っていた。白髪が増えてる。生え際も後退してる。眼鏡が縁なしに変わった。……ほっぺたの周りが少し痩せた？　一秒ごとに、昔のお父さんと違うところが発見されて、その間違い探しがいつまでも止まらない。十年近く、会わなかったのだ。でも、笑っても目が線にならない、ひかえめな微笑み方が記憶そのままだった。

頭の奥で、光がきらきらとまたたきどこかへ信号を送る。今まで、送り先がないと思っていた信号が、たくさん、目の前のお父さんの姿に吸い込まれていく。

——ああこれが、懐かしいってことか。

もっと早く会いにくればよかった、と思った。その瞬間、頭にぽんと大きな手が置かれた。

「でかくなったなー」

ははは、と、明朗だけどどこかやわらかい声でお父さんが笑う。私は泣かないようにぎゅうと歯を食いしばって笑った。ひとりなら今、お父さんに飛びつけたのにな、とさっきと正反対のことを思う。

「さ、上がって下さい。ケーキを用意してるんだ」

お父さんが私の頭から手を離し、後ろのみんなに向かって言った。孝子が「わーい」とはしゃいだ声を上げる。みんなしてぞろぞろと靴を脱ぎ、奥に通してもらった。

居間は小さくて、テーブルだけでほとんどいっぱいだった。四人でなんとか押し合いへし合いしながら座る。大海くんと孝子が廊下に近いほうに座り、私と村山くんがその向かいの辺についた。男男、女女、で座らなかったからか、お父さんは少し意外そうな顔をしたけれど、特にそこに突っ込むことなく、お茶を淹れた。テーブルには既に、鶴賀の有名なケーキ屋さんの箱がのっかっていた。

「これ、開けていいですかっ」

「貫井さん、あつかましいっすよ！」

「いいよー。たくさんあるから、好きなの選んで」

孝子がケーキの箱を開けると、中にはなんと十個もケーキが入っていた。ショートケーキにチョコレートケーキ、いちごムースにチーズケーキ……全部違う種類だ。

「多っ！」と孝子が叫ぶ。横から大海くんが「愛すよ、パパの愛」と言う。村山くんが「ちひろ、おま……」と大海くんになにか言いかけるのに、お父さんの言葉がかぶる。「そう、パパの愛」と。

わはははは、とみんな笑ったけど（お父さんも含め）、私はひとりで顔を赤くしてしまった。

紅茶のいい香りが横から流れてくる。お父さんはいつもコーヒーじゃなくて紅茶だった、と思い出す。

窓にかけたレースの薄いカーテン越しに、陽が差し込んでいた。カーテンにさえぎられて外の景色は見えないけれど、春の空気がぼんやりと中に入っている。

「沙織、あんた一番に選びなよ！」

孝子が心底楽しそうな顔で言う。「なにしろパパの愛だからな！」と大海くんが付け加えた。村山くんも、視線だけで私にケーキを選ぶことをうながしている。私は十個のケーキの前で、五秒くらい迷って、いちごムースを取った。「だと思ったあ～」と孝子が間延びした声で言う。「え、なにそれ、その言い方」と言い返すと、「沙織、なんだかんだ言ってピンクとかいちごとか好きなのよ。この中じゃ絶対いちごムース！　って思ってた」とのたまわれる。

バカにされたみたいでちょっとむっとしたけれど、お父さんが横から「うん、沙織は昔からピンクが好きだもんな」と付け加えたので、なにも言えなくなってしまった。

孝子がチョコレートケーキ、村山くんが抹茶ムース、大海くんがモンブランを選んだところで、ちょうどテーブルに五人分の紅茶が揃った。

みんなでいただきますをして、ケーキに手をつける。紅茶のやさしいにおいがふわふわと漂う中、私たちはいつものようにお喋りをした。違うのは、私のお父さんがいることだけで、オレンジのタルトを選んだお父さんは、まるで女の子みたいにちまちまとケーキを食べながら、時折私たちに質問をした。学校の私はどうかとか。高校は楽しいかとか。

「君たちは……みんな、同じクラス？」

「はいもう、マブダチっす！」

「あっ、まだ自己紹介もしてないじゃん。あたし、貫井孝子です」

「村山基和です」

「大海ちひろです。小峰さんは僕のエンジェルです」

「ちひろお前……こっち側にいたら刺してるよ？」

村山くんが、フォークを握り締めて言う。孝子が「怖い！　本気ぽい！」と言いながら笑い、大海くんもまったく自分の言を改めることなくへらへらした。斜めに座ったお父さんをちらとうかがうと、お父さんもこちらを見ていた。目が合う。

お父さんは眼鏡の奥の目を細めて言った。

「よかった、沙織は幸せ者だな」

テーブルがしんと静まり返る。私は咄嗟に言葉を返すことができない。

幸せ。そうだ、今この瞬間私はすごく幸せかもしれない。でもそうだと認めてしまうのは、お父さんがいなくても幸せだと言っているようなものだった。

「お父さんが、いたら、もっと幸せ……」

と、私はつぶやいてみた。でもそれはほぼ、棒読みになってしまった。

——違う。私は今の私で、幸せなんだ。

何故だか、今まで思い出したこともないような些末《さまつ》な記憶が頭に浮かぶ。家の裏の、今はあまり戸を開けることのない湿った縁側で、お父さんの背中を見ている。きっと日曜日なんだろう、さんさんと陽が注いで、猫が塀の上でうたた寝をしていた。その猫を、お父さんが抱き上げて肩に抱える。

ちよ。

まるまると太った白い猫を、お父さんはそう呼んで撫でた。昔おばあちゃんが餌付けして、いつの間にかいなくなったと思っていたあの猫は、お父さんの猫だったのだ。お父さんが仕事でいない平日の昼、おばあちゃんが餌をやっていたのは事実だけれど、あれは出入りしている猫ではなく、うちの猫だ。いつもはまるで野良みたいに外をうろつき回っていたけれど、お父さんが休みの日にはちゃんと家の傍にいた。途中でふっつりといなくなったのは、うちを出る時、お父さんが連れていったせいだった。

その事実を思い出したからどうというわけでもなかったのだけれど、私は一瞬、猫がいた頃の家の感じをありありと思い描いていた。日曜の午後、おばあちゃんが早くも洗濯物を取り込んで畳んでいる。お父さんと私は猫と一緒に縁側にいる。お母さんは隣の居間で、寝起き顔でだるそうに週刊誌をめくり、りんごかなにかかじっている。なんでもない普通の家庭、退屈で満たされた時間。

あれはもうなくなってしまって、私と関係ないものになって、でも私は、ちゃんと別のものに囲まれて生きている。守られて、生きている。

「小峰さん……」

隣で村山くんの声がした。私はうつむいて、はたはたと涙をこぼしていた。

お父さんが、横から見守るように、私のつむじを見ているのがわかる。さっきまでとは打って変わって静かになった居間に、お父さんの声が響いた。

「進学資金は、出そう。そんなところは遠慮しなくたっていいんだよ」

私ははっとして頭を上げる。それじゃあ、私が、お父さんがいたらお金があるからもっと幸せ、と言ったみたいじゃないかと思って。「違っ……」と言おうとしたけれど、涙にさえぎられてうまく声にならない。

ただ首を横に振る私に、お父さんは「わかってるよ」と言った。

「沙織が、ただ単純にいっぱいお金が欲しいって言う子じゃないことくらい、わかるよ。――本当に、遠慮しなくていいんだ。もとはと言えば、月々に渡してる養育費が、世間の相場よりだいぶ安い。最初に、麻由子の言葉に甘えてそうしてしまったんだ。『離婚なんてどっちが悪いんでもないし、あたしが沙織といる幸せを取っちゃうんだから、たいして要らない』って言われたのを、そのまま呑んでしまったんだよ」

――でも。お母さんは肉じゃがを和牛でつくるとかいう贅沢《ぜいたく》を。安易にあれだけのお金を使い込むという愚行を。

言いたいことは色々あったけれど、多分言ったところでお父さんの意思が変わらないことはわかっていたので、私は、「必ず、返します」とだけ言った。

テーブルの向かいから、孝子がおずおずと口を挟む。

「あの。沙織さんは、医学部を目指していて。学校での成績もとても良くって……」

黙りこくっていた大海くんも、急に勢いよく喋り出す。

「そうなんです！　も、品行方正容姿端麗、歩く姿は百合の花です！」

村山くんも、襟を正してお父さんのほうを向いた。大海くんよりはいくぶん落ちついた調子で話し出す。

「僕も、沙織さんはきっと学資を有効に使い立派な医師になると信じています。う、うちの父は医師で、僕は小さい頃から仕事を見ていますが、沙織さんのような人がうちの病院にいたらと」

「『うちの』要らないだろ」と大海くんが小声で突っ込んだけれど、とりあえず無視された。皆の視線が、お父さんに集まる。

お父さんはしばらく口をきゅっと結んでいたけれど、突然相好《そうごう》を崩して笑った。

「いや〜、これだけ友だちに恵まれてるとなると、我が娘ながら嫉妬しちゃうな！」

お父さんが笑った途端、その場に張られた緊張の糸が切れたような気がした。皆軽く笑い、目線を交わし合う。私の涙も引っ込んできていた。

「俺の青春時代なんて、暗くて地味なもんだったけど……沙織は麻由子の血が入ってるから、華があるんだろうな」

私は皆の顔を見回してから、お父さんに視線を戻した。私を愛しそうに見るお父さんの目には、元妻の面影がいくらか重なっているんだろうか。

「生活費までは、すまん、回らないかもしれないけど。学費の心配はするな」

目を見て、力強く言いきられた。私は畳に三つ指をつき、頭を下げた。


その後はなんてことのないお喋りに戻り、私たちは夕方までお父さんの家にいた。別れる時、お父さんはバス停の前まで送ると言い、五人で家を出ることになった。

お父さんがカギをかけていると、横からにゃおと猫の鳴き声がした。

「お、ちょび」

あじさいの脇から、白い猫が姿を現す。お父さんは慣れた様子でその猫を抱き上げ、肩につかまらせた。私はその光景を見てどきりとした。

「ちよ……」

そうつぶやくと、お父さんは「お、憶えてたか」と言ってこちらを向いた。多分もう死んだ猫の話であろうに、何故か嬉しそうな顔をする。なんで、という違和感はすぐに消えた。

「これな、ちよの子ども！」

お父さんはその猫を抱いたまま、サンダル履きで門の外に出た。猫を囲むようにしてついていく。私と村山くんとで猫を撫で、大海くんが及び腰に距離を空けて歩き、孝子はその間を行ったり来たりしていた。

時間を見て家を出たので、バスはすぐにやってきた。私たちがバスに乗っても、お父さんは猫を抱いたままバス停に残っていた。後部座席に皆で座り、手を振った。バスはすぐに出てしまい、来た時は意識していなかったゆるいカーブを曲がって、お父さんを見えなくする。

前に向き直ってから、私はしばらく目を閉じて、今見たばかりの、手を振るお父さんの姿をまぶたの裏に描いていた。夕日を背にしていた。影が長かった。こちらに背を向けお父さんの肩にもたれた猫は、薄汚れたちよよりだいぶ白い毛をしていた。肩車されていた私の代わりに、今はあの猫がお父さんの傍にいるんだろう。

なんだか、身体じゅうに力が入らない。手も足も投げ出してもまだ足りなくて、私は、隣に座った孝子の肩にもたれた。孝子はなにも言わなかった。大海くんと村山くんも、こちらを見るわけでなく黙っていた。

右手から夕陽が差し込み、バスの床に、座席やつり革の形に切り抜かれた複雑な影を作っていた。バスが絶え間なく揺れるので、その影も小さく震えていた。私たちの他には運転手以外誰もいなかった。あまりにも静かで、夢の中みたいだった。

どれくらい走ってからだろう、村山くんがふっと軽い笑いを漏らした。

「なんか、喋りづらいね」

と、独り言のように言う。孝子も大海くんも、村山くんのほうを見たのがわかったけれど、ふたりとも口を開かなかった。村山くんが、ひとりで続ける。

「って、しんみりして、とかじゃなくてさ。なんか……」

「壊したくない」

孝子が言葉をつないだ。淡々とした口調だった。

「喋ったら壊れちゃいそうなんでしょ」

「そう、それ。なんかさ、いっぱいで……」

村山くんが同意し、ひとり窓の外に目を向ける。視線を追って左手を見ると、田んぼの向こうに夕日が見えていた。

「今の、この瞬間の気持ちって、人生であと何度味わえるんだろう、とか思ったりして」

村山くんの声を、私は孝子の肩に頭をのせたまま聞いていた。本当にそう、と思いながらまた、目を閉じる。孝子の体温と、バスの揺れが伝わってくる。

「いやいや、これからもハッピーがいっぱい！　特に小峰さんと過ごすお前の大学生活には言いようのない幸福が幾度となく訪れるじゃないか！」

村山くんと反対の窓辺に座った大海くんが、いつもの調子でわめく。でも、「あたしと一緒はハッピーじゃないのかよ！」と孝子が突っ込んだり、村山くんが大海くんを冷ややかな目で見たりすることはなく、また静寂が戻っていった。

きっと、今この瞬間だけの幸福の重さを、みんながわかってる。

私が一緒であれどうであれ、必ず家を継がねばならない村山くん。小学生時代に一家の危機を乗り越えてきた大海くん。そして、「未来から来た」孝子。

投げ出した右手に、あたたかく湿ったものが触れた。孝子の手だった。

「沙織、あたし決めた」

私の頭のすぐ傍で、小さく、早口に言う。多分、バスの揺れる音があるので、村山くんと大海くんまでは聞こえていない。

「あたし、もう、『未来』のこと言わない。誰にも——沙織にも。スキー教室のあとから考えてたんだけど、今ほんとに決めた」

私は薄く目を開けて、孝子を見た。孝子はまっすぐ前を向いていたけれど、一瞬横目で私を見た。視線を前に戻してから、言う。

「あたしはこのあたしで生きる。逃げたこと含めて引き受ける」

握られた手に、ぎゅっと力がこもる。

「沙織がその沙織なのと同じ……あたしはあたししかいないの。今はわかるよ」

私は目を閉じ直し、小声で孝子に尋ねた。

「これで最後。……私がお父さんに進学資金借りたって、孝子は聞いてたのね」

孝子は少し黙ったあと、「そう」と答えた。

「元の私は、沙織の家の事情を知らなかったから、ただ『お父さんに借りた』ってことしか聞いてなかった。家族から『借りた』なんて変な言い方だなってちょっと引っかかってたの。その時は、追及しなかったんだけどね。まあ、でも、あたしが今日のこと言い出さなくてもあのお父さんは出してくれたんだと思うよ。未来は同じ」

「……同じじゃ、ないでしょ」

私は、孝子の手を軽く握り返す。目を開けて下から顔を覗き込むと、孝子は小さく笑った。

「そうだね。同じじゃない」

バスが減速し、ゆっくりと止まる。ドアが開かないので、赤信号みたいだった。

お父さんに肩車されて歩いたあの公園がどこだったのか、訊きそびれてしまったなと思う。でも、いい。知ったところで戻れるわけじゃない。今こうしている時間と一緒で、あれは、一度きりの奇跡のような時間だったのだ。

エンジンが止まり、雑音が消える。本当にしんとした数秒間が過ぎ、バスはまた動き出す。

「内緒話は、終わりですか？」

大海くんが言った。孝子が顔を上げて、「うん、終わり」と言う。村山くんも私と孝子のほうを見ていたけれど、ただ微笑んでいるだけで、あれこれ聞き出そうとする気配はまったくなかった。

バスは進み、窓に映す景色をどんどん変えていく。この時間が終わらなければいいのにと思っても、やがて終点に着いてしまう。

でも、ここでこうしていたことは消えない。こんな友だちといる、こんな人生。私の、一度きりの。

そんなことを思いながら夕陽の差す車内を眺めた。影が少しずつ長くなり、傾きを変えていく。私と孝子がつないだ手も、自然と力が抜けて緩んでいく。最後は軽くかぶせた手の、体温だけが掌に残った。

一九九八年三月二十九日。この春休みが過ぎれば、私は二年生になる。

本書は「星星峡」(2008年3月号〜2009年6月号)に
連載されたものを加筆修正しました。

ブックデザイン　鈴木成一デザイン室

豊島ミホ
1982年秋田県生まれ。早稲田大学第二文学部卒業。
2002年、「青空チェリー」で新潮社「女による女のためのR-18文学賞」読者賞を受賞しデビュー。
著書に『日傘のお兄さん』『檸檬のころ』『陽の子雨の子』『夜の朝顔』
『エバーグリーン』『神田川デイズ』『ぽろぽろドール』『東京・地震・たんぽぽ』
『リリイの籠』『純情エレジー』『夏が僕を抱く』などがある。

# リテイク・シックスティーン

2009年11月25日　第一刷発行

著者　豊島ミホ
発行者　見城 徹
発行所　株式会社 幻冬舎 GENTOSHA
〒151-0051 東京都渋谷区千駄ヶ谷4-9-7
電話 編集 03-5411-6211 営業 03-5411-6222
振替 00120-8-767643

印刷・製本所　中央精版印刷株式会社
検印廃止
万一、落丁乱丁のある場合は送料小社負担でお取替致します。
小社宛にお送り下さい。

ISBN978-4-344-01754-2 C0093　Printed in Japan
幻冬舎ホームページアドレス http://www.gentosha.co.jp/
この本に関するご意見・ご感想をメールでお寄せいただく場合は、
comment@gentosha.co.jp まで。